Michelle Marly

Mademoiselle Coco
e il profumo dell'amore

Traduzione di
Sara Congregati e Lucia Ferrantini

GIUNTI

Titolo originale:
Mademoiselle Coco und der Duft der Liebe

www.giunti.it

Via Bolognese 165 – 50139 Firenze – Italia
Piazza Virgilio 4 – 20123 Milano – Italia

Prima edizione: ottobre 2018

In memoria della mia meravigliosa madre,
che mi ha aperto gli occhi sul mondo della moda.

Una donna senza profumo è una donna senza avvenire.
Coco Chanel

PROLOGO

1897

Uno, due, tre, quattro, cinque... Uno, due, tre, quattro, cinque...

Le sue labbra si muovevano, ma dalla bocca non usciva alcun suono. Contava in silenzio i tasselli del mosaico che aveva sotto i piedi. Ciottoli irregolari, calpestati per un secolo e incastonati nel pavimento in forme geometriche o immagini mistiche.

Cinque stelle, cinque fiori, un pentagono. Una disposizione tutt'altro che casuale. Aveva imparato che l'ordine cistercense considerava il cinque un numero dal valore simbolico, l'incarnazione pura e perfetta delle cose. Le rose avevano cinque petali, le mele e le pere erano frutti con una struttura a cinque raggi. L'essere umano aveva cinque sensi e le cinque stigmate di Cristo venivano ricordate in ogni preghiera. Quello che le monache non le avevano insegnato era che il cinque rappresentava anche il numero dell'amore e di Venere, la somma indivisibile del numero maschile, il tre, e di quello femminile, il due. Questa rivelazione, particolarmente interessante per una ragazzina di quattordici anni, l'aveva trovata in un libro che leggeva di nascosto in soffitta.

La biblioteca del convento nascondeva infatti tesori stupefacenti. Meno scandalose, ma comunque non destinate agli occhi di un'adolescente, erano le prediche medievali di Bernardo di Chiaravalle, in cui il monaco ricordava ai confratelli il significato delle essenze aromatiche durante le preghiere e i lavaggi rituali. L'abate consigliava addirittura di immaginare, con lo sguardo spirituale rivolto verso l'interno, i profumati seni della Vergine Maria osannati nel *Cantico dei Cantici*. Incenso e gelsomino, lavanda e rose sull'altare permettevano di intensificare la contemplazione con l'aiuto dell'olfatto.

Per gli orfani come lei, gli aromi ricavati dalle piante del giardino del convento, così come l'idea di rifugiarsi tra i seni prosperosi di una madre amorevole, restavano un sogno lontano. Le allieve venivano regolarmente strofinate in una tinozza con sapone scadente per ripulirle dopo il lavoro nei campi o in cucina, in modo che odorassero di pulito invece che di sudore e stanchezza... Ma certo non si poteva parlare di *profumo*. Le grandi lenzuola bianche che le ragazze dovevano lavare e all'occorrenza rammendare, per poi riporle in pile ordinate nella stanza della biancheria, venivano trattate con più cura della pelle delle orfane.

Uno, due, tre, quattro, cinque...

Ingannava il tempo contando mentre, in fila insieme alle altre ragazze, aspettava che il parroco la confessasse. Dopo un'attesa infinita, tutte sull'attenti come soldati nel cortile di una caserma, una dopo l'altra entravano finalmente nel confessionale. Era convinta che le monache le facessero aspettare così, dritte e in silenzio – una posa in cui nessun bambino poteva resistere a lungo – in modo che di lì a poco avessero davvero qualcosa da confessare. Di solito, infatti, nessuna di loro dall'ultima confessione del sabato precedente aveva commesso peccato. Lassù, tra quelle rocce lambite dal vento su cui nel XII secolo era stato eretto il monastero di Aubazine, non c'era nessuna occasione per peccare.

Erano due anni che abitava in quel mondo isolato nel centro

della Francia, abbastanza lontano dalla strada principale per Parigi da scoraggiare ogni idea di fuga. Ed erano passati più di settecento giorni dalla morte di sua madre e dall'istante in cui il padre l'aveva messa su una carrozza per poi abbandonarla dalle cistercensi. Come se fosse un peso. Quindi era scomparso per sempre, e per l'anima fragile della piccola si erano aperte le porte dell'inferno.

Fin da subito aveva iniziato a bramare il momento in cui sarebbe stata abbastanza grande da lasciare il monastero e iniziare una vita indipendente. Forse la chiave poteva essere l'ago da cucito. Infatti, chi sapeva cucire e si impegnava con costanza poteva arrivare fino a Parigi e trovare un impiego in una grande casa di moda. Così aveva sentito dire, ma in realtà non sapeva esattamente di cosa si trattasse. Però suonava allettante.

L'espressione "casa di moda" faceva vibrare in lei un ricordo lontano. Di belle stoffe, seta frusciante, volant profumati e pizzi eleganti. Non che sua madre fosse mai stata una signora. Era solo una lavandaia e suo padre un venditore ambulante che non aveva mai venduto merci così pregiate. Eppure ogni pensiero di cose belle era legato a *maman*. Le mancava così tanto quel senso di protezione che lei le aveva sempre trasmesso.

Ma adesso doveva cavarsela da sola, tra insegnamenti severi, punizioni e ogni tanto l'assoluzione divina. E dire che desiderava solo un po' di affetto. Era questo il peccato che doveva confessare? Era questo il segreto che avrebbe impedito alla sua anima di trovare pace? Forse… o forse no. Ma di una cosa era certa: non avrebbe rivelato al parroco che nella vita desiderava semplicemente amore. Né quel giorno, né mai.

Riprese a contare i tasselli del mosaico lungo il viale del monastero di Aubazine: *uno, due, tre, quattro, cinque…*

PARTE PRIMA

1919-1920

1

I fari gialli fendevano la nebbia che saliva dalla Senna avvolgendo i frassini, gli ontani e i faggi in un telo di lino bianco. *Come un lenzuolo funebre*, pensò Étienne Balsan.

Nella sua mente si formò l'immagine di un uomo disteso nel feretro: un sudario di lino copriva gli arti spezzati, la pelle bruciata. Ai piedi un rametto di bosso, sul petto un crocifisso. Vicino alla testa una ciotola di acqua santa, per mitigare l'odore della morte. La luce delle candele gettava ombre inquietanti. Le suore avevano composto il corpo in modo da non turbare i visitatori.

D'istinto Étienne cercò di immaginare il bel viso dell'amico completamente trasfigurato. Un volto che conosceva bene quasi quanto il proprio: i tratti regolari, le labbra ben disegnate, il naso diritto. Non poteva esserne rimasto granché, dopo che l'auto era precipitata da una scarpata, sbattendo contro le rocce e prendendo fuoco.

Étienne sentì scendere sulla guancia un rivolo umido. Pioveva dentro la macchina? Nel tentativo di azionare i tergicristalli cercò la leva con mani tremanti e l'auto per un attimo sbandò. Frenò in preda al panico, e il fango schizzò sul finestrino. Finalmente il tergicristallo si era messo in moto, ma strideva contro il parabrezza. Non pioveva: era lui che stava piangendo. Fu travolto da un'ondata di stanchezza e dolore, che rischiò di farlo crollare. Se non voleva finire come il suo amico, doveva assolutamente concentrarsi sulla guida.

La macchina era ferma di traverso in mezzo alla strada. Étienne si sforzò di respirare normalmente, spense il tergicristallo e afferrò il volante con entrambe le mani. Diede gas e il motore s'ingolfò, le ruote girarono a vuoto. Poi, con uno scatto, l'automobile si raddrizzò ed Étienne sentì il cuore calmarsi. A quell'ora, dopo mezzanotte, per fortuna non passavano molte vetture.

Si costrinse a tenere lo sguardo puntato sulla strada, sperando di non incrociare qualche animale selvatico. Ci mancava solo di investire una volpe… Le volpi preferiva cacciarle a cavallo. Lo stesso valeva per il suo amico: era stata proprio la passione per i cavalli a unirli. Arthur Capel – l'eterno ragazzino che non era mai riuscito a scrollarsi di dosso quel soprannome infantile, *Boy* – era un giocatore di polo straordinario… o meglio, lo era stato. Diplomatico inglese, *viveur* colto e affascinante, un vero gentleman, nominato capitano in tempo di guerra, benvoluto da tutti. Étienne si riteneva fortunato a essere uno dei suoi più vecchi amici. A esserlo stato…

Un'altra lacrima scivolò sulla sua guancia abbronzata, ma stavolta Étienne non staccò la mano dal volante per asciugarla. Se voleva arrivare a Saint-Cucufa sano e salvo non doveva distrarsi. Questo viaggio era l'ultimo servizio che poteva rendere all'amico scomparso. Doveva portare a Coco la terribile notizia prima che la leggesse sui giornali, o la scoprisse tramite la telefonata di qualche pettegola. Era un compito gravoso, ma lo avrebbe svolto con il cuore.

Coco era stata il grande amore di Boy. Su questo non c'erano dubbi. Per nessuno, figuriamoci per Étienne. Era stato lui a farli incontrare quell'estate, nella sua tenuta. Boy era venuto a Royallieu per via dei cavalli... e se n'era andato insieme a Coco. Anche se lei in teoria era la ragazza di Étienne. Be', in realtà non proprio. Era una che cantava canzoni equivoche nei varietà di Moulins, la città della guarnigione, e di giorno rammendava i pantaloni degli ufficiali con cui si divertiva la notte. Dolce, simile a un ragazzino, eppure bella come una bambola, esuberante, fragile e allo stesso tempo incredibilmente coraggiosa ed energica. L'esatto contrario della *grande dame* che tante giovani della Belle Époque aspiravano a diventare.

Étienne con lei si era divertito molto e così, il giorno in cui si era presentata alla sua porta, l'aveva accolta nella tenuta. Per lei, però, non aveva cambiato niente nella sua vita. All'inizio aveva cercato di tenerla a distanza, ma Coco, testarda come un mulo, era rimasta comunque. Un anno, due anni... non ricordava nemmeno quanto tempo avesse vissuto al suo fianco senza che lui la considerasse davvero una compagna. Soltanto Boy gli aveva aperto gli occhi svelandogli la bellezza interiore e la forza di quella ragazza. Ma era stato troppo tardi. Étienne aveva dovuto cedere la sua mantenuta, che non era stata nemmeno un'amante fissa, come si faceva nel suo ambiente prima della Grande Guerra. In compenso lui e Boy erano diventati amici. E lo sarebbero rimasti anche dopo l'ultimo respiro di Boy. Lo giurò a se stesso.

Doveva smetterla di tormentarsi. Erano ore che Gabrielle si rigirava nel letto. Ogni tanto cadeva in un sonno profondo, poi di colpo si risvegliava, confusa e ancora immersa in un sogno che non ricordava bene. Allungava una mano e tastava l'altra metà del letto per cercare il corpo che la faceva sentire così protetta. Ma il cuscino era vuoto, il giaciglio intatto... e Gabrielle di nuovo sveglissima.

Certo. Boy non c'era. Il giorno precedente – o quello ancora prima? – era partito per Cannes per affittare una casa in cui trascorrere insieme i giorni di festa. Una sorta di regalo di Natale. Gabrielle amava la Costa Azzurra ed era felice che lui avesse deciso di passare il Natale con lei, invece che con la moglie e la figlia piccola. Le aveva addirittura promesso di chiedere il divorzio. Appena trovata una villa adatta, lei lo avrebbe raggiunto. Ma non aveva ancora telefonato, nemmeno due righe di telegramma per farle sapere che era arrivato sano e salvo nel Sud della Francia.

Che avesse cambiato idea?

Dopo il suo matrimonio, circa un anno e mezzo prima, Gabrielle era stata spesso attanagliata dai dubbi. All'inizio il fatto che come moglie le avesse preferito una donna che rappresentava tutto quello che Gabrielle non era, l'aveva scioccata: una biondina alta, tanto pallida quanto snob, appartenente all'aristocrazia britannica. L'unione avrebbe permesso a Boy l'ascesa sociale nell'alta nobiltà inglese.

E dire che anche senza quelle nozze era già arrivato così in alto. Figlio di un agente marittimo di Brighton, era comunque riuscito a diventare consigliere del presidente francese Clemenceau e membro della conferenza di pace di Versailles. A cosa gli serviva una moglie aristocratica?

Ma, soprattutto, c'era il fatto che lui e Gabrielle abitavano insieme da dieci anni. Lei si era illusa che un giorno Boy l'avrebbe sposata. Forse non era un buon partito? Be', sulle sue umili origini era meglio stendere un velo scuro e impenetrabile, ma con il tempo era riuscita a costruire la propria celebrità: con il nome di Coco Chanel, Gabrielle era diventata una creatrice di moda di grande successo, e disponeva già di un cospicuo patrimonio.

Aveva iniziato confezionando cappelli grazie a un prestito del suo vecchio amico Étienne Balsan, e le sue creazioni, tanto semplici quanto eleganti, avevano conquistato subito l'attenzione delle parigine. Niente piume o strutture complicate. Dopo anni di decorazioni opulente, le signore avevano apprezzato. A far furore, però, erano state le morbide bluse alla marinara disegnate a Deauville. Gabrielle aveva messo al bando il busto e confezionato pantaloni per signore. Poi era arrivata la miseria della Grande Guerra e – per puro senso pratico – aveva osato disegnare abiti semplici e funzionali in jersey di seta, e pigiami con cui le donne potessero scappare in cantina durante i bombardamenti tedeschi sentendosi comode ma con un minimo di eleganza. Nuovi modelli che le signore si erano letteralmente strappate di mano. E adesso tutte le dame dell'alta società francese accorrevano da Gabrielle per essere vestite da Coco Chanel.

Allora perché Boy aveva sentito il bisogno di un certificato di nozze con una aristocratica? Gabrielle era arrivata in alto, si era fatta un nome. Come poteva sacrificare il suo grande amore per una carriera già all'apice? Gabrielle non lo capiva... non lo avrebbe capito mai. E quel dolore l'aveva consumata come una malattia.

Poi, però, Boy era tornato. Il legame tra lui e Gabrielle era stato più forte dell'anello d'oro che aveva messo al dito di Diana Wyndham, la figlia di Lord Ribblesdale. Gabrielle ovviamente aveva esitato, ma alla fine si era di nuovo gettata fra le sue braccia. Meglio accettare il ruolo di amante che rinunciare del tutto a lui, si era detta. In fondo, quali svantaggi poteva comportare quel compromesso? Nessuno. Funzionava tutto a meraviglia. Ma intanto i dubbi continuavano a logorarla senza sosta.

Di fatto Boy viveva separato dalla moglie, e passava la maggior parte del tempo con Gabrielle a Parigi. Ogni tanto, però, era necessario che si facesse vedere al fianco della consorte. Gabrielle lo lasciava andare perché ormai era sicura che sarebbe tornato. Il loro amore era più grande di qualunque altra cosa. A dispetto di ogni tempesta, durava da dieci anni e non sarebbe mai finito. Se c'era qualcosa di destinato all'eternità era il legame che li univa. Eppure ogni tanto tornava ad affacciarsi un pensiero cupo, facendola sprofondare nell'angoscia. Come quella notte.

Si girò su un fianco, si scoprì rabbrividendo, per poi tirarsi di nuovo la coperta fino al mento.

Perché Boy non si era ancora fatto vivo? L'atmosfera natalizia lo induceva a pensare alla figlia di nove mesi? Era così preso dalla famiglia da dimenticare l'amante, lasciata nella loro casa di campagna vicino Parigi? In realtà era andato a Cannes non in cerca di una casa per loro, ma per riconciliarsi con la moglie? Poco prima di partire aveva parlato di divorzio. Gabrielle fu presa dal panico. Non sarebbe più riuscita ad addormentarsi.

Ma non si alzò, non accese la luce sul comodino, non cercò una lettura piacevole che potesse distrarla. Si abbandonò ai suoi demoni, troppo stanca per fare qualunque altra cosa, finché lo sfinimento la trascinò di nuovo in un sogno cupo e agitato...

Un rumore la svegliò. L'inconfondibile rumore di gomme sulla ghiaia. Le ruote di una macchina che aveva appena frenato. Nel silenzio della notte, quel suono penetrò attraverso le imposte chiuse della camera da letto di Gabrielle. I cani iniziarono ad abbaiare.

Ancora nel dormiveglia, Gabrielle pensò: *Boy!*

In preda all'emozione, si chiese se fosse tornato a prenderla. Forse la voleva con sé fin da subito. Il suo corpo tremava di gioia: solo Boy poteva essere così folle. Per questo lo amava tanto. Che trascorressero il Natale sulla Costa Azzurra o in quella villa isolata a Saint-Cucufa, non importava.

La Milanaise era una grande casa immersa nel profumo di rose e lillà d'estate, mentre d'inverno era un luogo piuttosto desolato. Così avevano deciso di passare un po' di tempo in Costa Azzurra. In realtà, «desolato» poteva essere solo il posto in cui non erano insieme. Come aveva fatto Gabrielle a non capirlo subito?

Bussarono alla porta. «Mademoiselle Chanel?» Era la voce di Joseph Leclerc, il domestico. Non il dolce sussurro del suo amante.

Di colpo si svegliò completamente.

Étienne Balsan, oltre a conoscere profondamente Boy Capel, aveva anche una grande confidenza con Coco. Quando lei entrò nel salone in cui Joseph lo aveva pregato di attendere, il suo primo pensiero fu quanto poco fosse cambiata dal loro primo incontro, tredici anni prima. A trentasei anni sembrava ancora una ragazzina. Anzi, adesso pareva quasi un ragazzo. Piccola e minuta, senza seno e con i fianchi stretti. I capelli neri, corti e lucenti, erano scompigliati come dopo un abbraccio appassionato. Se non avesse saputo quanto potesse essere impetuoso quel corpicino sotto il pigiama di seta bianca, l'avrebbe presa per una creatura androgina, priva di carica erotica.

Un attimo dopo trasalì. La guardò negli occhi… e vide la morte. Lei era sempre riuscita a mascherare i propri sentimenti dietro una facciata di indifferenza, ma ogni tanto quegli occhi scuri lasciavano trapelare qualche riflesso dal profondo della sua anima. Adesso emanavano dolore, disperazione, e un dubbio lacerante. Ma neanche il bagliore di una lacrima.

Coco taceva, immobile davanti a lui nel suo pigiama bianco, dignitosa come Maria Antonietta di fronte alla ghigliottina. Era un'immagine agghiacciante. Avesse singhiozzato, Étienne avrebbe saputo come comportarsi. L'avrebbe abbracciata. Ma il suo dolore silenzioso e quegli occhi asciutti erano una lama nel cuore.

«Mi dispiace averti disturbato in piena notte» esordì. Continuò a schiarirsi la voce parlando a scatti. «Ma lo dovevo a Boy, dovevo essere io a darti questa notizia... Lord Rosslyn mi ha telefonato da Cannes...» Un respiro profondo. Era difficilissimo. «Boy ha avuto un terribile incidente. La macchina è uscita di strada. Guidava lui, il meccanico era seduto di fianco. Mansfield è rimasto ferito gravemente... mentre per Boy non c'è stato più niente da fare.»

Lo aveva detto. Lei però non mostrò alcuna reazione.

Così Étienne capì che il domestico doveva averle già dato la notizia. Ma certo. Joseph aveva dovuto spiegare a Mademoiselle come mai avesse fatto entrare un ospite nel cuore della notte buttandola giù dal letto. Ma allora perché lei non diceva nulla?

Per spezzare il silenzio, Étienne riprese a parlare. «La polizia sta indagando... ancora non si sa bene cosa sia successo. O meglio, a Parigi non sono giunte altre notizie, si sa solo che l'incidente è avvenuto in Costa Azzurra. A quanto pare i freni della sua macchina hanno... ceduto.»

«Monsieur, Mademoiselle ha capito» lo interruppe Joseph.

Étienne annuì, non si era mai sentito così a disagio in vita sua. Guardò la donna, che adesso singhiozzava senza versare lacrime. Ogni fibra del suo corpo sembrava irradiare incredulità e angoscia. L'infelicità stava prendendo possesso di lei. Ma Coco non piangeva, non ancora. Si girò senza dire una parola e uscì dalla stanza. La porta si richiuse alle sue spalle.

Étienne restò interdetto.

«Monsieur, posso offrirle qualcosa?» domandò Joseph. «Magari gradisce un caffè?»

«Un cognac, per favore. Doppio.»

Il bicchiere venne riempito con generosità, Étienne serrò le dita intorno al vetro bombato per scaldare il liquido. La porta del salone si spalancò di nuovo.

Coco era tornata. Stavolta indossava un tailleur da viaggio lungo fino alle caviglie, il cappotto sul braccio, una borsa con il minimo indispensabile. La stringeva così forte che le nocche erano diventate bianchissime. Ma era l'unico segno visibile di tensione. Il suo sguardo era una maschera impassibile, i suoi occhi erano vuoti.

«Possiamo andare» disse con voce ferma.

Étienne scosse la testa. Lei ricambiò lo sguardo senza dire nulla.

E lui, in un gesto di totale impotenza, annuì. In realtà non aveva la più pallida idea di cosa avesse in mente Coco. Étienne mandò giù un bel sorso di cognac confidando nell'effetto calmante dell'alcol. Invano. Si accorse che la mano con cui teneva il bicchiere tremava.

«Dici a me?» Esitò, irritato, incerto se lei non preferisse viaggiare con il suo chauffeur… qualunque fosse la sua destinazione.

«Andiamo in Costa Azzurra.» Di nuovo quella fermezza nella voce che non si addiceva affatto al suo volto spettrale. «Lo voglio vedere. E voglio partire subito, Étienne.»

«Cosa?» L'uomo ansimò, buttando giù un altro sorso di cognac. «È pericoloso. Per strada è buio, c'è la nebbia e…»

«Presto farà giorno. Non c'è tempo da perdere. Fino in Costa Azzurra la strada è lunga.» Si girò, pronta a uscire.

Lui scambiò un'occhiata impotente con Joseph. Perché non chiedeva al suo chauffeur di prepararsi per partire all'alba? I doveri di un amico arrivavano a questo punto? Doveva assecondare la follia di Coco? Ma Coco non era pazza, constatò Étienne con tristezza.

La seguì nella notte, senza altri commenti.

2

L'allegra atmosfera natalizia che accolse Gabrielle a Cannes le parve dolorosamente abbagliante e chiassosa. Dai caffè e dai ristoranti si riversavano sulla Promenade ondate di canzoni natalizie in inglese e brani jazz molto ritmati. Un omaggio ai numerosi turisti provenienti dalle isole britanniche e dagli Stati Uniti. Per farli sentire a casa lì in Costa Azzurra, oltre alle campanelle, tipicamente francesi, alle palme erano state appese anche stelle di carta.

Il clima era mite, quasi senza vento, il cielo stellato si allungava scintillante sulla baia come tulle blu scuro punteggiato di paillette. L'eleganza dominava la Croisette, davanti agli hotel più prestigiosi si fermavano automobili di lusso da cui scendevano uomini in abito da sera. Era la vigilia di Natale: sulle lunghe tavole apparecchiate con porcellane finissime, bicchieri di cristallo e argenteria, e decorate con rametti di agrifoglio e vischio, lo champagne scorreva a fiumi accompagnando le ostriche. In dispensa, vassoi carichi di dolci attendevano solo di essere serviti.

Il pensiero di una cena di gala procurava a Gabrielle un senso di nausea. Era in viaggio da quasi venti ore, ma niente aveva potuto attenuare il senso di impotenza che aveva provato quando era partita.

Appena Joseph aveva bussato alla sua porta, dentro di lei era montata la paura. Boy non avrebbe mai svegliato il domestico, avrebbe usato il suo mazzo di chiavi e sarebbe subito entrato in camera da letto. Era evidente che fosse successo qualcosa. Qualcosa che aveva completamente sovvertito l'ordine del suo mondo. Nei meandri della sua mente si era già insinuato un sospetto, ma lo aveva subito cacciato via. Boy aveva l'aura di un eroe, a un uomo come lui non poteva succedere nulla. Ma poi il fedele Joseph le aveva inferto il colpo. Con cautela, riguardo, compassione. Il maggiordomo non perdeva mai la sua compostezza, anche se persino lui era rimasto scosso dalla notizia portata da Monsieur Balsan. D'un tratto, tutto era mutato. Gabrielle aveva sentito quasi fisicamente la sua vita andare in mille pezzi.

Alla rivelazione era seguita la speranza che si trattasse di un errore. Per alcuni assurdi minuti si era aggrappata a questo pensiero. Ma ben presto realizzò che Étienne non avrebbe mai percorso tutta la strada da Royallieu a Saint-Cucufa in piena notte solo per farle uno scherzo di pessimo gusto. E di certo Joseph non avrebbe mai fatto irruzione nella sua stanza a quell'ora per una sciocchezza. No, Boy non c'era più. E all'improvviso l'unica cosa che contava era rivederlo. Forse per capire se era morto davvero. Forse per convincersi che non aveva sofferto. Voleva vegliare sulla sua bara. Era il suo uomo, non suo marito, ma comunque la parte più importante della sua vita. Anzi... lui *era* la sua vita.

Senza Boy, niente aveva più significato.

Quando Étienne lungo la strada si era fermato in un *auberge*, lei non aveva mangiato nulla, solo bevuto a forza il caffè che lui le aveva portato, nient'altro. Non era nemmeno scesa dalla macchina. Era rimasta incollata al sedile di pelle, impietrita. In silenzio, come a La Milanaise. Il suo amico non lo meritava, lo sapeva, ma Gabrielle aveva la sensazione di non poter più parlare se non dello stretto necessario… come se Boy andandosene si fosse portato via anche le parole. Lontano da lei. Per l'eternità.

Étienne non imboccò la sinuosa salita dell'Hotel Carlton, ma parcheggiò di sotto. Spense il motore. Fuori, attutiti dai finestrini chiusi, rumori di festa. Étienne fece un respiro profondo, poi si girò verso di lei: «Spero che riusciremo a trovare Bertha. Da quel che so alloggia qui. È sua sorella, lei saprà meglio di chiunque altro cosa è successo a Boy e dove si trova adesso il suo corpo».

«Sì» convenne Gabrielle. Tirò su il colletto del cappotto per nascondere il pallore del volto.

Con un gesto quasi paterno Étienne le sfiorò il braccio. «Devi dormire un po', ci saranno senz'altro due camere libere…»

Dormire? Che proposta sciocca. Come se dovesse accettare di andare avanti con la sua vita. Come poteva dormire prima di vedere Boy per l'ultima volta?

«No.» Scosse la testa con veemenza. «No. Ti prego. Riposati tu. Ti sei meritato un letto. Io ti aspetto qui.»

Silenzio.

Gabrielle guardò l'amico, visibilmente combattuto. Serrava la mandibola come per triturare la rabbia che stava provando per lei. Il lungo viaggio lo aveva stancato. La seconda notte insonne avrebbe spezzato anche un uomo di mondo come Étienne Balsan. Ma lei non cercò di sollevarlo dalle sue pene.

«Torno subito» promise lui infine. Esitò ancora un momento e poi uscì.

Iniziò a salire con passo lieve. Per essere un francese era incredibilmente alto, perfino più alto di Boy. La statura marziale era stata la cosa che l'aveva impressionata di più all'inizio. Si addiceva a quel baldanzoso ufficiale di cavalleria, giocatore di polo e allevatore di cavalli. L'uomo dal portamento perfetto. L'amico migliore che avesse mai sperato di avere.

Mentre lo guardava allontanarsi, la sua mano iniziò a rovistare nella borsa in cerca dell'astuccio delle sigarette. Era come un riflesso automatico. Fumava di continuo, aveva iniziato quando le sigarette non erano ancora considerate *comme il faut* per una signora. La nicotina la calmava. Tenere in mano una sigaretta o un bocchino d'avorio le dava una sicurezza speciale. All'inizio, scioccare i benpensanti con quel gesto poco convenzionale l'aveva divertita. Poi le sigarette erano diventate compagne indispensabili. E nessuno ormai si indignava più per le donne che indossavano pantaloni da cavallerizza o fumavano. Coco Chanel aveva portato un vento nuovo nella moda.

Trovò subito l'accendino. Una fiammella bluastra balenò nel buio all'interno della vettura.

All'improvviso, nella sua mente, vide accendersi un fiammifero. Una lucina gialla nel crepuscolo grigioazzurro di una sera d'estate in campagna. Sulla terrazza era quasi notte, ma al bagliore di quella fiammella Gabrielle riuscì a distinguere una mano sottile e curata, dalle unghie lucide…

«Una donna come lei non dovrebbe mai accendersi la sigaretta da sola» disse una voce maschile con un leggero accento, quasi attutita.

Lei non rispose, e aspirò il fumo, lo sguardo puntato sulle dita dello sconosciuto, che adesso scuotevano il fiammifero. «Lei ha le mani di un musicista.» Ogni parola intervallata da un minuscolo anello di fumo bianco.

«Suono il piano, a volte.» Anche se non lo guardava, lei per-

cepì il suo sorriso ironico. «Ma me la cavo molto meglio con il polo.»

«È per questo che è qui?» Con una mano disegnò un cerchio che abbracciò l'intero castello di Royallieu, le stalle con i purosangue di Étienne e il campo da gioco ai margini del parco.

«No, credo che il destino mi abbia condotto qui per incontrare lei, Mademoiselle Chanel.»

«Davvero?» Lei lo schernì con una risata sprezzante, da cui però non trapelava alcuna civetteria. Non aveva intenzione di flirtare con quello sconosciuto. «Visto che lei conosce il mio nome, anch'io dovrei sapere con chi ho a che fare, non trova?»

«Arthur Capel, per gli amici Boy.»

«Coco?»

Lei trasalì.

Ci volle un po' perché la mente di Gabrielle tornasse alla realtà. Il ricordo di quella sera d'estate a Royallieu l'aveva travolta. Aveva sentito la presenza di Boy, rivissuto ogni secondo del loro primo incontro come se fosse stato al suo fianco. Dolorosamente constatò che si trovava nella macchina di Étienne, non sulla sua terrazza... e non all'inizio della sua vita con Boy, bensì alla fine.

Abbassò il finestrino e buttò via il mozzicone.

«Ho parlato con Bertha» disse Étienne. «È inconsolabile...» S'interruppe, e poi aggiunse: «Com'è ovvio che sia».

Entrò una folata d'aria tiepida, accompagnata dallo scroscio delle onde. Lì vicino, una voce baritonale cantava con scarsa intonazione ma molto impegno *Jingle Bells*.

Dashing through the snow in a one-horse open sleigh...

«Dove posso vederlo?» domandò lei in tono piatto.

Étienne sospirò. «Tu... noi... io...» Pose fine a quel balbettio impotente, si strofinò gli occhi. «Scusa, Coco. Dovremmo coricarci un paio d'ore, entrambi. Perlomeno fino all'alba. Bertha ti ha invitato nella sua suite...»

«Dov'è Boy?» insistette.

Dapprima lui non rispose, poi gli uscì tutto insieme. Come se gridasse contro una persona assente. «La bara è già stata chiusa e caricata su un carro funebre. Hanno celebrato i funerali stamattina, nella cattedrale di Fréjus, con tutti gli onori militari. Madame Capel aveva fretta. Ha fatto in modo che tutta la comunità britannica della Costa Azzurra fosse presente, ma nessuno dei suoi amici francesi ha potuto congedarsi da lui.» In un attimo di perdita di controllo sbatté il pugno contro il volante, ma si ricompose subito. Come se lui stesso non capisse come fosse potuto succedere, mormorò: «Coco, mi dispiace. Siamo arrivati troppo tardi».

Diana voleva impedirmi di partecipare al funerale, pensò Coco. *Da vivo è appartenuto a me, da morto vuole portarmelo via.*

A questo pensiero seguì lo shock. Iniziò a tremare, scossa da brividi. Sentiva davvero freddo, e al tempo stesso era in preda alle vertigini. Il mondo oltre il parabrezza si sfocò in una massa scura. Un dolore le martellava contro la fronte, un forte senso di nausea nella gola, le orecchie pervase da un ronzio. Le sue dita tastarono il cruscotto in cerca di un sostegno, ma afferrarono il vuoto. Tutti i suoi sensi persero l'equilibrio. Ma ancora non riusciva a versare una sola lacrima.

Étienne le prese la mano gelida. «Anche se crolli, Boy non tornerà indietro comunque. Ti prego, Coco, entriamo a dormire un po'. Se non vuoi stare da Bertha ti prenderò una stanza...»

Il suo cervello funzionava ancora. «Bertha sa dove è avvenuto l'incidente?» disse con un filo di voce.

«Sì. Sulla strada nazionale, al chilometro 7, tra Saint-Raphaël e Cannes, dalle parti del Fréjus. Vicino a un paese che si chiama Puget-sur-Argens.»

«Voglio andare lì.»

«Domani» promise lui in un tono quasi disperato. «Ti accompagno appena fa giorno. Adesso però, ti prego, vieni con me in hotel.»

Lei non lo contraddisse. Cosa doveva obiettare? Non poteva certo passare le ore successive nella macchina di Étienne, sul ciglio della strada nel centro di Cannes. Prima o poi sarebbe spuntata la polizia e sarebbe scoppiato uno scandalo: Coco Chanel trascorreva la notte in macchina invece che in hotel. Il suo istinto l'avrebbe spinta subito sul luogo della tragedia, ma non poteva chiedere a Étienne un altro rischioso viaggio notturno. Era stato così carino con lei, più di un amico, quasi un fratello. Meritava che lei fosse ragionevole e gli concedesse qualche ora di sonno. Lei invece non avrebbe chiuso occhio, ma questa era un'altra storia.

Le gambe minacciarono di cedere, ma Gabrielle alla fine scese dalla macchina. Aveva i muscoli contratti per le lunghe ore seduta, le ossa doloranti. Al primo passo inciampò, ma Étienne le offrì il braccio sostenendola.

L'amico spiegò al *portier* che Mademoiselle era attesa da Lady Michelham; poi si fece assegnare una suite allo stesso piano.

Gabrielle non disse una sola parola mentre attraversavano l'ingresso di marmo fino all'ascensore, osservati con diffidenza dagli altri ospiti per l'abbigliamento poco consono, la mancanza di bagagli, e l'aria spettrale di lei. Gabrielle non li degnò di uno sguardo.

Cosa le importava dei viventi? I suoi pensieri erano tutti

concentrati su un uomo che non c'era più. Non parlò nemmeno quando il fattorino la accompagnò nella suite di Bertha. Camminò in silenzio vicino a Étienne nel lungo corridoio, i tacchi che affondavano nel tappeto folto.

Al contrario di Gabrielle, la sorella di Boy era in un mare di lacrime. Baciò la guancia asciutta della nuova arrivata lasciandole sulla pelle una scia umida.

«È terribile» disse Bertha singhiozzando. «Avrei preferito rivederti in altre circostanze.»

«Sì» si limitò a rispondere Gabrielle.

«Cara, devi riposarti. Ti ho fatto preparare un letto...»

«No» la interruppe Gabrielle. «Non ho bisogno di nessun letto.» Perlustrò il salone arredato con eleganti mobili Luigi XVI, finché i suoi occhi non si posarono sulla chaise-longue alla finestra. «Se per te va bene, mi metterei lì.»

Bertha guardò contrariata la porta della seconda camera, sbattendo le ciglia imperlate di lacrime. «Ma come puoi dormire, lì? Prendi il letto, è più comodo.»

Gabrielle scosse la testa e si avviò verso la poltrona senza spiegazioni. Si sedette un po' rigida, e grata che Étienne fosse già scomparso nelle sue stanze. La sua arte persuasiva le avrebbe dato più filo da torcere degli impotenti tentativi di Bertha.

Non si cambiò, rifiutò la camicia da notte e la coperta leggera che le fece portare la donna. Restò nel posto che aveva scelto completamente vestita, con lo sguardo puntato sulla finestra.

Da lì poteva vedere il cielo. Era il luogo migliore per la sua veglia funebre. Dopo che le avevano negato l'ultimo sguardo al suo amato, forse sarebbe riuscita a vedere almeno l'anima di Boy che saliva in paradiso.

Il sole sorgeva tingendo le rocce e i crepacci di una luce purpurea, i pini marittimi svettavano nel cielo crepuscolare come orli neri su un vestito azzurro chiaro; a fianco della strada che saliva per poi scendere di nuovo in strette curve, il mare luccicava come un manto di platino.

Lo chauffeur messo a disposizione da Bertha Michelham imboccò lentamente il tratto più insidioso. Era così concentrato perché anche lui, come i due passeggeri, pensava all'incidente che aveva avuto luogo lì. Bertha aveva proposto a Gabrielle ed Étienne di farsi condurre sul posto con la sua macchina. Una soluzione saggia, in modo da sollevare Étienne dalla fatica della ricerca. L'autista conosceva già il punto preciso.

Eppure, nonostante la massima prudenza, lo chauffeur non poté impedire che la macchina sbandasse un po' quando, superato un carro trainato da un mulo, cercò di schivare una lepre sbucata fuori dai fitti cespugli di ginepro.

Gabrielle, afflosciata sul sedile posteriore, venne scaraventata contro la spalla di Étienne. Trattenne il respiro, per un paio di battiti si chiese se fosse giunta la sua fine. Un secondo incidente sulla strada tra Cannes e Saint-Raphaël nel giro di pochissimo tempo. Un grande amore che trovava la sua fine sul massiccio montuoso. Probabilmente seguire Boy sarebbe stata la soluzione migliore.

«Non è successo nulla» disse Étienne accarezzandole un braccio. La macchina riprese a scivolare placida nel paesaggio solitario.

No, pensò Gabrielle mentre guardava fuori dal finestrino, *morire non sarebbe la soluzione migliore. Sarebbe la strada più facile, ma non quello che avrebbe desiderato Boy*. Non aveva idea di come andare avanti senza di lui, ma doveva trovare un modo per vivere senza l'uomo che le aveva fatto dono della vita. La vita di Coco Chanel. Boy, infatti, non era stato solo un amante, ma anche un padre, un fratello, un amico.

«Mademoiselle, Monsieur, siamo arrivati.» Lo chauffeur frenò, accostò sul ciglio della strada e spense il motore. Poi scese per aprire la portiera ai suoi ospiti.

Gabrielle ebbe l'impressione di osservare se stessa. Una donna sulla trentina che teneva stretto il cappello perché il vento fresco d'alta quota non lo trascinasse via. Una donna con un tailleur spiegazzato che avanzava a passo incerto.

I resti di una vettura bruciata erano stati recuperati dalla scarpata e lasciati sul ciglio della strada. Sotto, rocce aguzze e, nel punto in cui l'auto si era schiantata, eucalipti ed eriche schiacciati.

I due uomini restarono indietro per lasciare Gabrielle da sola. Così, attraverso una sorta di distanza, vide se stessa avvicinarsi all'intrico di lamiere bruciate, legno, pelle e gomma, che un tempo era stato una costosa Cabriolet. Sembrava tutto irreale come lo spezzone di un film.

Solo quando ebbe raggiunto la carcassa si rese conto che era realtà. Un odore fortissimo le invase le narici. C'era ancora puzza di benzina, zolfo e gomma bruciata, e stranamente l'olfatto le trasmise una percezione più forte della vista. D'un tratto, ciò che fino a quel momento non era riuscita ad afferrare diventò chiarissimo.

Lampi di luce si alternavano a ombre scure sempre più lunghe, abbagliando il guidatore. Il vento contrario, umido e freddo, gli irritava la pelle, fondendosi con il suo respiro caldo e appannandogli gli occhiali. Eppure lui proseguì velocissimo, come se stesse guidando su un rettilineo in condizioni ottimali. Troppo veloce, ma lui era un uomo che non faceva mai nulla con cautela. Il rombo del motore era musica per le sue orecchie, quasi un Rondò, a volte uno Scherzo. Le gomme stridettero. Acciaio contro acciaio, gomma su catrame. Poi, la vettura si sollevò nell'aria, spezzò arbusti e alberi, sbatté contro una roccia ed esplose in una palla di fuoco.

Gabrielle allungò una mano, lentamente. Toccò i resti contorti della Rolls-Royce temendo di scottarsi. Invece il metallo era freddo, come il corpo di Boy dentro la bara.

Fu in quel momento che crollò. Le lacrime che dall'arrivo di Étienne a La Milanaise non erano volute sgorgare ruppero l'argine. Come se tutte le barriere del suo corpo, della sua anima, del suo cuore si fossero spezzate, Gabrielle iniziò a piangere lacrime amare.

3

All'età di quarantasette anni Marie Sophie Godebska, divorziata Natanson, divorziata Edwards, era una donna di immutata bellezza e di un'eleganza mozzafiato. L'educazione ricevuta a casa della nonna a Bruxelles e il trasloco a Parigi insieme al padre polacco, come anche i precoci contatti con gli artisti più significativi della cosiddetta Belle Époque, avevano plasmato il suo gusto. Questo senso della bellezza, insieme a una grande intelligenza, facevano di Misia, come veniva chiamata, una persona eccezionale. Grazie al patrimonio del suo secondo marito e alla relazione con il famoso pittore spagnolo José Sert, da musa era diventata la regina della società parigina, nonché una generosa mecenate. Inoltre, la sua gentilezza e la sua brama di libertà avevano fatto di lei, due anni dopo il loro primo incontro, l'amica più stretta di Coco Chanel.

Quando si fece portare dal suo chauffeur a Saint-Cucufa in un tetro pomeriggio d'inverno, non si trattava solo di una visita di condoglianze, ma di una missione salvifica. Ciò che aveva sentito dire riguardo all'amica in lutto era inquietante. Certo, Coco aveva bisogno di tempo per ricominciare una vita senza Boy. Non per questo, però, doveva diventare l'ombra di se stessa.

Le sue condizioni erano così allarmanti che Joseph aveva chiesto aiuto a Misia. Se il domestico le avesse detto che Coco celebrava messe nere o organizzava sedute spiritiche, Misia si sarebbe agitata meno. Quanto doveva essere disperato per dirle addirittura che la padrona stava perdendo il senno?

Étienne Balsan era l'unico al corrente della situazione. Dal loro ritorno dalla Costa Azzurra nessuno aveva più visto Coco; la sua casa di moda durante le feste di Natale restava chiusa.

In preda alla preoccupazione, Misia decise di recarsi a La Milanaise per vedere con i propri occhi. Mentre l'auto imboccava il viale, pregò di non essere arrivata troppo tardi. Per qualunque cosa. Soprattutto, per difendere Coco da se stessa.

Joseph aprì la porta. «Madame, meno male che è arrivata» disse sollevato. Le sue parole sovrastarono i guaiti e il piagnucolio alle sue spalle. Il domestico annuì scusandosi e poi alzò la voce per sgridare i cani. «*Couchés!*»

I due cani pastore si zittirono all'istante battendo la ritirata verso la cuccia sul retro della villa; solo i due piccoli terrier, un regalo di Boy alla padrona di casa, continuarono ad abbaiare strusciandosi curiosi contro le gambe della nuova arrivata.

«Come sta Mademoiselle Chanel?» domandò Misia guardando Pita e Popee.

Joseph l'aiutò con la pelliccia. «Ho l'impressione che Mademoiselle abbia completamente perso il senno. Quando è tornata da Cannes ha preteso che le pareti della sua camera venissero verniciate di nero. Madame, provi a immaginarselo... nero, nero pece!» Scosse la testa. «Ha vissuto nelle sue stanze come in una tomba. Si è chiusa dentro e non voleva più mangiare. È stato terribile.»

«Ha vissuto?» Il tempo passato usato da Joseph distolse Misia dal timore che i terrier rovinassero le sue calze di seta con i loro artigli. «E poi cos'è successo?»

«Poco fa è scesa e mi ha detto di richiamare l'imbianchino.

Adesso vuole che vernici la sua camera da letto di rosa. Non vuole più entrare finché non avrà finito. Quello che mi chiedo è se rosa sia davvero la scelta giusta per lo spirito di Mademoiselle...»

«Adesso dov'è?» chiese Misia interrompendo le riflessioni del domestico.

«Nel salone, Madame.» Joseph si chinò e prese un cane scalciante in braccio. «Se vuole seguirmi...»

Misia diede una rapida occhiata alla caviglia sottile che spuntava da sotto la gonna. Nella calza, un forellino si stava allargando in una smagliatura. Che guaio increscioso. Ma assolutamente futile rispetto alla disperazione che l'aspettava oltre la porta che Joseph stava per aprire.

Nel giro di pochi secondi Misia si sentì avvolta da un'atmosfera glaciale. Nel camino del salotto scoppiettava un bel fuoco – Joseph e sua moglie Marie si occupavano di Coco con estrema cura –, ma nella stanza c'era un'atmosfera da brividi.

Coco era seduta, o meglio accovacciata, su una poltrona e fissava il vuoto davanti a sé. Uno sguardo senza vita. All'ingresso di Misia ebbe un piccolo fremito, i suoi occhi sembravano torbidi. Il viso era bianco come la seta del pigiama che indossava, nonostante l'ora tarda. Era sempre stata molto magra, ma adesso era davvero pelle e ossa. Denutrita. Probabilmente non mangiava da giorni.

«Cara, che tragedia.» Misia si chinò per posare la guancia contro quella dell'amica in un lieve bacio. «Mi spiace così tanto» aggiunse rialzandosi e cercando un posto per sedersi. Scelse il divano. Coprì la calza bucata in modo che non si vedesse.

Ma Coco in quel momento non era affatto interessata alle apparenze. «Grazie per essere venuta» rispose in tono opaco.

«Cosa ti faccio portare da Joseph? Un caffè, un calice di vino?» Non lontano dalla sua poltrona, su un tavolino, c'era una tazza di tè, probabilmente già freddo.

«Se tu non prendi nulla, non voglio nulla neanch'io.»

Coco annuì in silenzio.

«Cara, so che è difficile. Certo.» Misia cercò le parole giuste. «Ma devi tornare in te. Siamo tutti preoccupati a morte.» Non specificò a chi si riferisse con quel pronome plurale.

Coco annuì di nuovo e poi finalmente parlò. «Stamattina c'è stata una cerimonia di commemorazione per lui nella chiesa di Place Victor Hugo.» Fissò di nuovo davanti a sé, evitando lo sguardo di Misia. Forse da qualche parte, tra i suoi pensieri remoti, stava vedendo Boy. «Étienne ha detto che verrà sepolto al cimitero di Montmartre...»

«Lo so» rispose Misia con un filo di voce. Poco prima di partire per Saint-Cucufa aveva sentito da un'amica che la vedova di Boy non si era fatta vedere alla messa. Probabilmente Diana era stata certa della presenza di Coco, ma in realtà nemmeno lei aveva partecipato.

Come se le avesse letto nel pensiero, Coco aggiunse: «Non sono voluta andare perché il mio posto sarebbe stato in fondo alla schiera di fedeli. Questo trionfo sul nostro amore non volevo concederglielo... Misia, è stato un errore?». Finalmente alzò gli occhi verso l'amica.

Accorgendosi della disperazione nello sguardo di Coco, Misia sentì stringersi il cuore. «Certo che no» rispose spostandosi sul bordo del divano per accarezzarle la mano. «Hai sempre fatto quello che ritenevi giusto in ogni momento, e a posteriori si è sempre rivelata la scelta corretta. Sarà così anche stavolta. Il tuo intuito è uno dei tuoi punti di forza. Ti ammiro molto per questo.»

«Boy per me era quanto di più prezioso avessi. Eravamo una cosa sola, ci capivamo senza bisogno di parole.»

«Lo so» ripeté Misia. Le due amiche avevano incontrato l'amore della loro vita più o meno nello stesso periodo. Quando Coco e Boy si erano messi insieme, Misia ancora non li conosceva, ma era stato allora, una decina di anni prima, che si era innamorata di José Sert. José era per Misia quello che Boy era stato per Coco... l'idea che da un giorno all'altro potesse perderlo per sempre era così terribile che non solo capiva i tormenti di Coco, ma soffriva con lei.

Scrutò l'amica, che sembrava diventare più piccola ogni momento che passava. Fisicamente era deperita, ma Coco non era a un passo dalla follia, nonostante i drastici cambi di colore sulle pareti della sua stanza. Non aveva perso il senno. Certo, le sue condizioni erano preoccupanti. Ma in fondo, quante donne erano mai morte per un cuore spezzato? Durante la Grande Guerra, le vittime di sesso femminile erano state molto meno rispetto ai soldati caduti, rimuginò Misia. O perlomeno così si diceva. *È nostro dovere sopravvivere*, pensò. *Solo grazie al nostro amore i morti possono restare in vita. Nel ricordo.*

«Boy era una persona eccezionale» disse, «non ci sono dubbi. Per questo vorrebbe che tu ripartissi dal punto in cui avete interrotto. Per amor suo.»

«Ma come potrei fare qualcosa senza di lui? Io senza di lui non sono niente!» si ribellò Coco.

«Invece sei ancora tutto quello che Boy ha amato.»

Lei la guardò stupita, come se non avesse pensato alla possibilità che Boy in qualche modo potesse continuare a vivere in lei, attraverso di lei.

Felice di aver scalfito almeno per un attimo l'impenetrabile maschera del lutto, Misia insistette. «Hai appena comprato il palazzo al numero 31 di Rue Cambon, cinque piani di Chanel ancora da sistemare. Boy mi aveva raccontato che nel registro delle società per la prima volta sei stata inserita come *couturier*, non come semplice modista. Era così fiero di te. Non puoi mollare proprio adesso...» Una breve pausa per stringerle la mano. «Sì, ti è capitata una cosa terribile, ma non credi che sia tuo dovere realizzare i vostri progetti comuni? È vero, dovrai farlo da sola, ma *è necessario*. Coco, guarda avanti!»

Un'altra pausa, in attesa del consenso dell'amica, ma lei tacque fissandola con occhi spenti. «Cara, io non ti lascerò da sola. Se hai bisogno di me, io ci sarò. Te lo prometto.»

Lo sguardo di Coco si spostò, come se cercasse la risposta in un luogo lontano. Provò a sedersi eretta, ma il peso del dolore glielo impedì.

«Qual è stata l'ultima cosa di cui avete parlato?» domandò Misia. Mandò in cielo una preghiera silenziosa, in cerca di un'ispirazione per risvegliare Coco dal suo letargo. «Avevate dei progetti d'affari?»

«Misia, non me lo ricordo. Non ricordo nei dettagli di cosa parlavamo. C'erano così tante cose...» Coco cercò di riafferrare un brandello di memoria, invano. Una lacrima scese dai suoi occhi e lei l'asciugò subito come per allontanare un insetto fastidioso.

Poi, di colpo si rianimò. «Si trattava di un profumo. Ma certo, abbiamo parlato di una eau de toilette.»

Misia ringraziò il cielo e rimase in attesa. La voce di Coco suonava stranamente monotona, quasi stupita di quanto riuscisse a emergere dalla sua memoria: «Sul giornale si parlava di quell'assassino di donne che fu catturato perché una testimone lo aveva riconosciuto dal profumo. L'uomo usava Mouchoir de Monsieur di Jacques Guerlain... Io e Boy abbiamo parlato della sua particolare fragranza e riflettuto sulla possibilità di offrire alle mie clienti una Eau de Chanel. Non da vendere nelle boutique, ma come regalo di Natale. Un'edizione limitata di cento flaconi...» La sua voce si ruppe.

Misia sapeva che per Coco non ci sarebbero più state delle feste spensierate, un Natale che non le ricordasse l'incidente di Boy. Nel timore che risprofondasse nella tristezza, ricominciò a parlare freneticamente: «Be', un profumo è un regalo che resta, è un'idea fantastica. Pensa a François Coty, con Chypre ha guadagnato una fortuna. I soldati americani hanno spedito milioni di boccette in America come souvenir della Francia, e ne hanno portate via altrettante dopo la ritirata delle truppe. Le tue clienti adoreranno l'Eau de Chanel...».

«Monsieur Coty è un profumiere. Possiede una fabbrica, io sono solo una piccola sarta.»

«Tesoro, non essere sciocca.» Misia iniziava a scaldarsi, lasciò la mano di Coco gesticolando. «Anche Paul Poiret è *solo* un creatore di moda...»

«Il più grande...»

«Il successo di Poiret finora non ha mai frenato le tue ambizioni, perché dovrebbe farlo in futuro? L'importante è trovare una fragranza unica come la tua visione della moda. Non il solito profumo dal pesante sentore di rose. Il Parfum de Rosine di Paul Poiret è solo un'altra espressione sensoriale delle sue creazioni. Che fra l'altro non sono più all'ultimo grido. Coco, tu hai successo perché...»

«... perché al mio fianco c'era Boy.»

Misia sospirò. «Sì, certo. Ma con tutto il rispetto, cara, non è stato lui a disegnare i tuoi vestiti. Sono le tue idee a essere moderne. Ed è per questo che hai tanto successo. E se scegli l'aroma dell'eau de toilette tenendo presente la particolarità del tuo stile, sarà come un monumento in memoria di Boy.» Misia trattenne il fiato, incrociò le mani in grembo e attese la reazione di Coco.

«Hai ragione. Ci avevo già pensato. A erigere un monumento per Boy, di pietra però. Sul luogo dell'incidente. Vorrei creare un luogo della memoria.»

«Coco, ti prego, guarda al futuro, non al passato! Fallo per Boy… e per me. Non puoi mollare proprio adesso.»

Coco si passò una mano tra i capelli, persa nei suoi pensieri. «Non dico che una Eau de Chanel non sarebbe una buona idea. Santo cielo, è stata una trovata di Boy, come posso dubitarne? È che io so disegnare cappelli e cucire vestiti, ma non ho la più pallida idea di come lavori un profumiere. È un mondo a parte, un settore specifico. Da sola non posso farcela. E non conosco nessuno che possa aiutarmi. In lui dovrei avere una fiducia cieca. Boy mi avrebbe aiutato. Ma Boy non è più qui, e non può scoprire insieme a me quale sia il *mio* profumo.»

Misia dubitava che il raffinato intellettuale Arthur Capel fosse la persona giusta per spiegare a Coco i processi di un laboratorio di chimica. Superò ogni remora e decise di prendere in mano la situazione. «Yvonne Coty è una mia buona amica. La conosci anche tu, no? Non è perfino tua cliente? Ad ogni modo, io potrei chiederle di parlare con il marito. François Coty ti appoggerà senz'altro. Non è capace di dire di no a una donna. E chi può iniziarti ai segreti dei profumi meglio del più grande fabbricante di cosmetici al mondo?»

«Sì, quando ne parlammo, Boy disse che François Coty sarebbe stata la persona più adatta a produrre una Eau de Chanel» mormorò Coco.

«Quanto aveva ragione.»

Coco guardò Misia con i suoi enormi occhi imperscrutabili. «Ma perché un uomo così impegnato come Monsieur Coty dovrebbe dedicarmi il suo tempo? Dicono che sia un tiranno.»

«Sì, ma un tiranno con un certo fascino.» Misia ghignò. «Sai, anche François Coty ha le sue debolezze... Yvonne mi racconta sempre quanto sia importante per lui impressionare gli altri. Come quel duca nella *Certosa di Parma* di Stendhal. E più famosa è la persona da impressionare con le sue doti, meglio è. Cosa c'è di più stimolante di una donna famosa che cerca di realizzare l'ultimo desiderio del suo amante scomparso, in omaggio alla sua memoria?»

Le guance pallide di Coco finalmente presero un po' di colore. «Un profumo in ricordo di Boy. Non è esattamente un monumento...»

«Be', se riesci a creare un profumo speciale *lo sarà*. Sarà un monumento al vostro amore.» Misia cercò di cogliere l'effetto delle sue parole. Come le era venuta in mente questa formula? Un angelo doveva avergliela sussurrata all'orecchio. Era proprio il pensiero giusto per strappare Coco alla sua apatia.

«Forse hai ragione. Ma dovrebbe essere davvero speciale.»

«Sarà il miglior profumo al mondo.» Misia s'illuminò. Cercò di ricordare se nell'antica mitologia ci fosse una divinità dei profumi. Purtroppo non lo sapeva. Ma che esistesse o meno, la felicità di Coco era troppo importante per lasciarla in mano agli esseri umani. Così mandò una preghiera silenziosa a tutti gli dèi che le venivano in mente.

«Tanto per cominciare prenderò un appuntamento per te da François Coty. Dopo sarà tutto facile, ne sono sicura.»

4

Poteva bastare un profumo a riempire il vuoto che dentro di lei cresceva di giorno in giorno? Era questa la domanda che ricorreva continuamente, soprattutto quando Misia, intenzionata a far seguire alla loro prima conversazione sull'Eau de Chanel delle decisioni concrete, faceva pressioni su di lei. Ogni pomeriggio passava a trovarla: all'atelier, a casa... nessun posto per l'amica era troppo lontano.

Gabrielle tuttavia non era sicura che fosse la scelta giusta. Si stava muovendo un po' troppo in fretta. Seguiva gli energici piani di Misia come in trance. Si sentiva una marionetta. Era il destino a reggere i fili, o forse la stessa Misia. Gabrielle non trovava una spiegazione convincente al perché si alzasse ogni mattina, svolgesse il suo lavoro abituale in atelier e ogni sera andasse a letto. Funzionava, ma senza che ne percepisse un senso. Allo stesso modo studiava i libri di botanica e chimica che le portava Misia senza porsi domande, pur non capendo una sola parola del loro contenuto. Leggeva articoli di giornale vecchi e nuovi scritti da François Coty, raccolti e ordinati dall'amica. Faceva tutto quello che lei le chiedeva. Come un automa, per farla felice. Come quando obbediva alle suore nel monastero di Aubazine.

Quando si ritrovò davanti alle porte della fabbrica di François

Coty nel sobborgo parigino di Suresnes si sentì di nuovo assalita dai dubbi e ancora una volta non riuscì a comprendere quale motivo l'avesse spinta fin lì. Alzò gli occhi verso una scultura che nella luce lattiginosa di quel mattino di tardo inverno le sembrò diffondere un'atmosfera magica. Si convinse che ogni sua azione in qualche modo aveva a che fare con Boy. Con nessun altro. Nemmeno con se stessa.

La scultura rapì la sua totale attenzione. Due donne inginocchiate, in atteggiamento devoto, davanti a un alambicco. Una scena misteriosa, magnetica. Erano dee che stavano creando un profumo oppure semplici creature terrene inebriate da una fragranza divina? Era il simbolo dell'azienda di Coty, ideato da René Lalique, riprodotto anche sulla carta da lettere con cui Coty in persona, con una calligrafia affusolata e sinuosa, aveva confermato l'appuntamento.

Esaminò l'immagine alla ricerca di qualche riferimento a un numero magico – *uno, due, tre, quattro, cinque* –, ma non lo trovò.

Urtata da qualcuno, tornò al presente. Gabrielle fu superata da un gruppo di giovani donne, irrispettose e in ritardo. Era l'ora in cui la maggior parte delle operaie si affrettava verso la fabbrica. Gabrielle aveva scoperto che Coty dava lavoro a novemila persone nei suoi laboratori, nelle fabbriche e nella cosiddetta "casa di vetro"; donne e uomini in pari numero. Nel giro di dieci anni a Suresnes aveva creato una sorta di "Città del profumo", come veniva chiamata quella zona industriale sulla Senna. Boy ovviamente aveva avuto ragione: era il posto migliore per creare un'Eau de Chanel.

Gabrielle si lasciò trasportare da quel fiume di persone. Era più elegante, di sicuro, ma come temperamento assomigliava molto alle operaie di Coty. L'ultimo grido in fatto di moda proponeva gonne longuette fino al polpaccio, capelli tagliati in un bob corto e le rotondità femminili nascoste da un reggiseno speciale. Era la moda di Coco Chanel, che dopo la Grande Guerra aveva forgiato una nuova generazione di donne consapevoli ed emancipate... in tutti gli strati sociali; come poté constatare in quel momento. La vista di quelle ragazze fece salire i battiti del suo cuore e crescere il suo orgoglio. Almeno per un momento scomparve la tristezza e si fece largo in lei la fiducia, che le diede un senso di calore, assai più del cappotto guarnito di pelliccia che indossava.

Gli uffici dell'impero dei profumi si trovavano nella villa ai margini dell'area industriale. L'edificio portava l'eloquente nome di *La Source*, La Fonte. Era disposto su due piani in vago stile provenzale con scandole rosse e ringhiere in ferro battuto sui balconi e sulla scalinata d'ingresso. Per un uomo che aveva fama di collezionare lucchetti rinascimentali e rococò come gli altri collezionavano francobolli, la costruzione parve a Gabrielle un poco feudale, ma fu una sorpresa piacevole. Lo sfarzo non le era mai piaciuto. Forse con François Coty sarebbe andata più d'accordo di quanto avesse immaginato.

Un'altra cosa sorprese Gabrielle: all'interno non c'era sentore dei profumi e degli altri prodotti esportati in tutto il mondo. Nella sala d'ingresso dell'edificio amministrativo, dominata da una sobria eleganza, si percepiva solo l'odore dell'umida aria invernale proveniente dall'esterno, dovuto al viavai delle persone che passavano di lì per raggiungere il loro posto di lavoro. Gabrielle provò un po' di delusione, ma si consolò al pensiero che anche i ritagli di stoffa, i fili e gli spilli in giro nel suo atelier non rivelavano nulla riguardo ai modelli che vi venivano disegnati, tagliati e cuciti.

Attese un po' prima di essere condotta dall'*Altissimo*. L'ufficio del capo era in prevalenza arredato in legno, adornato da mobili barocchi e dipinti probabilmente di valore, che Gabrielle però non era in grado di valutare. Al centro c'era una credenza, vicino alla scrivania su cui, sotto una luce diretta, erano esposti scatole, flaconi di un cristallo finissimo e comuni bottiglie da medicinali. Gabrielle sapeva che le confezioni in vetro di Coty erano create da René Lalique, un nome noto ormai da decenni, almeno da quando aveva disegnato i gioielli dell'attrice Sarah Bernhardt.

«Mi scusi per l'attesa» esordì François Coty accennando un baciamano.

Gabrielle lo aveva già incontrato in serate d'affari, e in segreto lo chiamava "Napoleone". Non solo in riferimento al fisico: Coty veniva dalla Corsica e si diceva fosse davvero parente di Bonaparte. Anche lui, come il grande condottiero, era basso di statura, ma noto per essere un donnaiolo e, ovviamente, un cultore del lusso più sfrenato. Girava voce che nella tasca dei pantaloni tenesse una manciata di diamanti, con cui giocava come se fossero biglie.

«Non esagero se dico che qui da noi sta andando tutto a catafascio» proseguì Coty. Strinse la mano di Gabrielle più a lungo di quanto prescritto dall'etichetta. «Il mio fornitore di boccette non riesce più a soddisfare le richieste. Vendiamo centomila flaconi al giorno, reggere questi ritmi non è facile, lo capisco, ma io non ho intenzione di rallentare perché Lalique non è in grado di stare dietro ai bisogni delle mie clienti.» La cifra, apparentemente detta *en passant*, era un modo per far capire alla visitatrice che era a capo di un impero.

Mi vuole impressionare, pensò Gabrielle sfoggiando un sorriso comprensivo. «La ringrazio per avermi concesso il privilegio di ricevermi.»

«In futuro disegnerò e produrrò le boccette da solo. Snellisce il processo. Proprio poco fa ho dettato alla mia segretaria una circolare per informare i miei clienti. Verrà spedita domani. Mademoiselle Chanel, lei è la prima a saperlo.»

«Che onore.»

Lui la guardò raggiante. «Prego, si sieda.»

Mentre si accomodava pensò a un particolare di grande importanza: per il suo profumo era necessario anche un bel flacone. Le difficoltà che aveva François Coty con René Lalique per lei erano irrilevanti. Gabrielle non aveva intenzione di mettere sul mercato quantità così ingenti. Con Boy avevano parlato di un regalo di Natale speciale per le sue migliori clienti, e il progetto sarebbe rimasto questo. Una produzione di non più di cento esemplari.

Coty le offrì un caffè. Seguirono le solite chiacchiere su argomenti vari; Coty si rammaricò per la morte dello scrittore Paul Adam, Gabrielle si lamentò per il tempo umido. Poi venne al punto e illustrò le sue intenzioni. L'industriale annuì: alcune informazioni le aveva già ricevute dalla moglie tramite Misia, ma ascoltò tutto con interesse. «Mademoiselle Chanel» disse infine con galanteria «per me è un onore poter creare un profumo per lei. La nostra collaborazione darà senz'altro buoni frutti.»

«È per questo che sono qui.»

«Il mio motto è: "Offri a una signora il prodotto migliore possibile, dentro un flacone perfetto e a un prezzo ragionevole... e conquisterai una fetta di mercato di dimensioni incredibili".»

«Io cerco un regalo per le mie clienti, non un vasto mercato.»

«Non si preoccupi, lei si fidi di me e...»

«Certo, Monsieur» lo interruppe lei con un tono particolarmente gentile. «Vorrei solo farle presente che desidero essere parte del processo di produzione fin dall'inizio.»

Lui esitò. «In che senso? Lei non è una chimica, lei...»

«Certo che no...» lo interruppe di nuovo. «Ovviamente il lavoro artigianale lo lascerò a chi di mestiere.» Fece una piccola pausa in cui sfoggiò un sorriso pieno di premure e poi riprese: «Ma voglio seguire ogni passo della produzione, essere informata su tutto, comprese le formule. Ci tengo moltissimo. Questa eau de toilette per me è una questione di cuore».

«Lo è sempre, Mademoiselle Chanel, sempre. Se non fosse il cuore a percepire, i profumi non sarebbero magici. Il fascino viene da qui dentro.» Si batté il petto con la mano aperta. «Non da qui sopra» aggiunse puntando l'indice alla tempia. «Per esaudire i suoi desideri, però, serve un presupposto essenziale: cosa mi dice del suo naso?»

D'istinto lei si toccò il viso. «In che senso?»

«Le faccio vedere.» Si alzò, si avvicinò alla credenza con i flaconcini e prese una boccetta e tre fiale da farmacia. Tornato nel salottino, posò tutto sul tavolo, vicino alle tazze di caffè. Poi aprì il flacone e le porse il tappo di cristallo. «Cosa sente?»

Era facile, riconobbe l'inconfondibile profumo all'istante. «Questo è Chypre.»

«Sì, è il mio profumo. L'eau de toilette più famosa del mondo. Sapevo che l'avrebbe riconosciuta; la domanda si riferiva agli aromi.»

«Gelsomino...» mormorò lei aggrottando la fronte. Di colpo non fu più sicura, lo diceva perché lo sapeva o perché davvero sentiva il penetrante sentore del gelsomino? Cercò di concentrarsi sull'olfatto, ma gli altri ingredienti non riuscì a individuarli con certezza. «Un po' mi ricorda la cipria...» s'interruppe e poi aggiunse: «e anche una passeggiata nel bosco».

«Non male» commentò. «Mademoiselle Chanel, lei è brava. Addestrare un po' il suo olfatto varrà la pena. La nota principale è di fatto il gelsomino, cui si aggiungono patchouli, vetiver, sandalo, bergamotto e legno di quercia. Questo *bouillon de mousses* è il segreto di ogni profumo moderno. Le possibilità sono centinaia di migliaia, l'arte è trovare la formula giusta. È bene saperlo prima di iniziare il processo creativo.»

Forse si aspettava che lei seguisse un corso di chimica, prima di intraprendere la produzione dell'Eau de Chanel? «Sì, ho sentito quanto è difficile la formazione di un profumiere» ammise. *Niente, però, è così difficile da rinunciare a un tentativo*, pensò. Boy l'aveva sempre ammirata per il suo coraggio di cimentarsi in cose davanti a cui altre donne avevano capitolato. Una volta, per far cosa gradita a Étienne Balsan e ai suoi ospiti, in pochi giorni aveva imparato a cavalcare. Sembrava fosse nata per montare in sella. E dire che non amava i cavalli in modo particolare.

Coty interruppe i suoi ricordi togliendole di mano il tappo e richiudendo il flacone. Aprì una delle fiale marroni. «E questo cos'è?»

Dolce e speziato, era un profumo inconfondibile. «Sandalo» rispose trionfante.

«Esatto.» Passò alla fiala successiva. «Adesso questa, per favore.»

Gabrielle si aspettava che le difficoltà aumentassero, ma mai avrebbe immaginato... santo cielo, ma che le era preso? Il suo naso non sentiva nulla. Come se fosse chiuso da un brutto raffreddore. Percepiva appena un debole aroma di arance, ma poteva essere la sua immaginazione. Stava cercando di confonderla con una sostanza dall'odore neutro? Scosse la testa. «Non ne ho idea.»

«Com'è ovvio che sia.»

Gabrielle non sapeva se arrabbiarsi o sorridere... le aveva teso una trappola! Coty stava giocando a fare il maestrino. Che sciocco.

«Il naso, al massimo dopo tre prove, non recepisce più; nel caso di profumi intensi anche prima» spiegò invece l'uomo. «Questo comunque è bergamotto.» Allungò la mano verso un barattolo di porcellana antica decorata in oro e svitò il coperchio. Gabrielle aveva pensato che vi conservasse i sigari, e fu sorpresa dall'aroma che giunse alle sue narici. «La prego, Mademoiselle Chanel, annusi un po' questi chicchi di ottimo caffè. Il caffè neutralizza l'olfatto.»

Ho ancora molto da imparare, pensò Gabrielle obbedendo. L'effetto fu sorprendente. Il suo naso fu di nuovo libero, pronto per nuovi aromi. *Mi eserciterò a casa*, decise. *Proprio come sono montata in sella e subito ho iniziato a cavalcare, mi farò una cultura nell'arte dei profumi.* Quando aveva imparato ad andare a cavallo non aveva immaginato che poco dopo avrebbe incontrato un giocatore di polo che sarebbe diventato il grande amore della sua vita. Adesso voleva addestrare il proprio olfatto per rendere questo amore eterno. Sensuale, fresca, immortale: così doveva essere l'Eau de Chanel. Gabrielle sorrise soddisfatta. Con quell'incontro Coty la stava aiutando ad avere una visione.

Continuò a metterla alla prova: le faceva annusare nuovi aromi indicandole i nomi, aromi di cui, nonostante le sue intense letture in preparazione di quell'incontro, non conosceva nemmeno l'esistenza. Coty non usava solo le definizioni "nota di testa" e "nota di cuore", ma distingueva anche tra accordi e famiglie olfattive. Come sempre, quando voleva imparare, Gabrielle ascoltò in silenzio immagazzinando tutte le informazioni. Per esempio, scoprì che la più grande sfida, per un chimico, era l'intima connessione tra l'eau de toilette e la pelle di chi l'avrebbe usata. La maggior parte delle sostanze, infatti, si disperdeva nell'aria troppo in fretta. Per questo molti profumieri sperimentavano sostanze artificiali come veicolo di quelle naturali. «Ma non durerà» disse Coty. «La produzione è troppo costosa.»

Poi le fece fare un giro della fabbrica. Andando verso i grandi capannoni le spiegò che le specie di rose e gelsomino più pregiate crescevano nella Francia del Sud, per questo avevano uno stabilimento a Grasse dove veniva fatta la selezione. «Ogni giorno un centinaio di donne sceglie i petali migliori per la distilleria. Il risultato poi viene lavorato qui.» Gli spazi che attraversarono erano così puliti da assomigliare a un ospedale, e non solo per i camici bianchi indossati da tutte le dipendenti. Da una porta socchiusa Gabrielle vide una sala con lunghi tavoli e un gran numero di donne, perlomeno cento, che prendevano delle boccette di vetro da una cassetta, le ispezionavano e le mettevano in un'altra cassetta. «Il controllo è l'unica via per la perfezione» disse Coty notando la sua curiosità. Poi arrivarono in una sala piena di pacchetti in cui degli uomini, anche loro vestiti con camici di un candore clinico, preparavano le spedizioni. La quantità era davvero impressionante.

«E questo è il laboratorio» disse Coty aprendo un'altra porta. «Mademoiselle, lo consideri la sua prossima base operativa.» Ammiccò e la fece entrare.

D'improvviso Gabrielle fu avvolta da una nuvola di profumo. I famosi aromi, fino a quel momento impercettibili nel regno di Coty, la travolsero con un'intensità inaudita. Nell'aria sembravano fondersi tutte le sostanze conservate nelle fiale, nelle provette e dentro i flaconi, per poi essere mischiate sui pulitissimi tavoli da lavoro. Le venne un forte mal di testa. Guardò gli uomini e le assistenti e si chiese come potessero distinguere le componenti di un'eau de toilette in un posto come quello.

«Un naso ben addestrato è in grado di concentrarsi su un profumo in particolare» disse Coty come se le avesse letto nel pensiero. «Lo scopo però non è sempre questo. Spesso le note di cuore vengono composte solo attraverso formule chimiche, quindi in quel momento l'olfatto gioca un ruolo secondario. Ma lo imparerà durante le nostre lezioni.»

Gabrielle si chiuse il naso con la punta delle dita e annuì rassegnata.

5

Nelle settimane successive Misia volle essere informata su ogni minimo progresso fatto dal naso dell'amica. Iniziarono a incontrarsi con una certa regolarità nell'enorme reparto profumi delle Galeries Lafayette. Era la cornice adeguata per le disamine di Coco, sempre più professionali. Ma oltre a ciò, Misia adorava la densa nuvola di aromi che si diffondeva sulle merci esposte e il luccichio dei flaconcini sotto le luci. Coco stava spiegando che il famoso Jicky, da decenni il profumo più venduto dei fratelli Guerlain, era una miscela di patchouli e vaniglia, quando d'improvviso si rivolse all'amica con una domanda spiazzante: «Qual è il profumo dell'erotismo?».

«Muschio» rispose Misia. «La sessualità profuma sempre di muschio.»

«Io però non voglio aprire un bordello.»

Misia inarcò un sopracciglio. Coco le aveva spiegato che un profumo era sempre un messaggio di chi lo portava. Con quel discorso le stava forse suggerendo che nella sua vita c'era un nuovo uomo? Nessuna notizia l'avrebbe resa più felice. Ma era difficile che Coco avesse iniziato una relazione all'insaputa di tutti. E poi, come poteva conoscere un nuovo cavaliere se usciva di casa solo per andare al lavoro e per le lezioni sui profumi? La società parigina la vedeva ai *dîners* e alle prime teatrali in cui la presenza della casa di moda Chanel era imprescindibile. Altrimenti si teneva lontana perfino dai suoi migliori amici, e solo con Misia aveva contatti regolari. Dall'incidente erano passati tre mesi, ma Coco rifiutava il mondo che continuava a esistere anche senza Boy.

«Niente muschio, quindi» replicò Misia prendendo un flaconcino a caso. I dolci aromi di rosa, gelsomino e pesca la travolsero.

«Una donna moderna dovrebbe esaltare la propria sensualità. La modernità è alla base delle mie creazioni, quindi dev'essere presente anche nel mio profumo. Voglio che il mio legame sensoriale con Boy sia uno degli elementi portanti, per questo ti ho chiesto dell'erotismo.»

Nessun nuovo amante, quindi, pensò Misia sospirando. Per un attimo si era addirittura domandata se l'amica non avesse ceduto allo charme di François Coty. Poche donne avevano resistito, ma Coco, a quanto pareva, era una di quelle. Oppure la sua ossessione di voler erigere un monumento a chi non c'era più spaventava il profumiere. Ed era più che comprensibile.

Misia ammirava Coco per questo amore incondizionato. Lei stessa amava José Sert al punto da trascurare la propria felicità per lui, ed era convinta che l'uomo con cui viveva fosse degno di questa dedizione. E Arthur Capel? Pensare male di un defunto non era molto delicato, ma la recente apertura del suo testamento, pubblicato sul *Times*, aveva dato adito a non pochi pettegolezzi. Le principali eredi del suo patrimonio di settecentomila sterline erano naturalmente la consorte e la figlia, un paio di lasciti sarebbero andati alla sorella. Lo scandalo era scoppiato per le donazioni a Gabrielle Chanel e alla principessa Yvonne Giovanna Sanfelice, vedova Viggiano: quarantamila sterline a entrambe. Da allora *tout le monde* si chiedeva se

Arthur Capel avesse condotto più di una doppia vita. A questo si era aggiunta la notizia della seconda gravidanza della sua vedova. Voleva davvero lasciare la moglie, come sosteneva Coco, o la sua vita si era complicata a tal punto che la sua morte non era dovuta a un tragico incidente?

Il pensiero di un possibile suicidio era un peccato assai più grande di ogni pettegolezzo; Misia s'indignò per la propria sfrontatezza. Per pensare ad altro che non fosse il turbinio sentimentale di Arthur Capel, guardò l'etichetta dorata del profumo che aveva appena inalato: Mitsouko, il nuovo di Guerlain. Richiuse senza provare la seconda volta. E cercò una risposta ragionevole per Coco.

«Qualche tempo fa ho letto che Cleopatra, prima del fatidico incontro con Marco Aurelio, si fosse cosparsa di sandalo e nelle sue stanze avesse fatto bruciare cannella, mirra e incenso. Forse sono queste le sostanze che stai cercando.»

«Anche Madame Pompadour confidava negli effetti afrodisiaci... però del cibo.» Coco finalmente sorrise.

Misia continuava a sentirsi oppressa, sia dai profumi che dai pensieri poco piacevoli. Era ora di prendere una boccata d'aria. «A proposito di cibo, che ne dici di uno spuntino? Ho fame, potremmo concederci qualche ostrica. Dicono siano le ultime *bélons* della stagione.» Prese l'amica sottobraccio, come se dovesse trascinarla via a forza.

Coco non aveva niente in contrario. «Volentieri! Quando ci saremo sedute ti racconterò della mia nuova casa.»

Misia, già diretta verso l'uscita, si fermò all'istante. «Vuoi traslocare?»

«Ho trovato una villa a Garches, molto vicino alla mia vecchia dimora» rispose Coco. «È il modo migliore per investire i soldi che mi ha lasciato Boy.»

Misia non sapeva se rallegrarsi o essere delusa di non averlo saputo prima. All'inizio prevalse il dispiacere. «Perché lo hai tenuto segreto?»

«Ma non è un segreto, te lo sto raccontando! Volevo chiederti un aiuto per gli arredi. Dài, andiamo al Café de la Paix, sono sicura che anche lì hanno le ostriche. E decideremo quando verrai a vedere dove andrò ad abitare.»

Sta guardando avanti, pensò Misia. *Finalmente*.

In realtà non aveva la più pallida idea di quali retroscena nascondesse quella casa.

«Cosa? Cosa hai fatto?» Nel tono di Misia risuonavano incredulità e indignazione. Le sue parole riecheggiarono tra le spoglie pareti del salone non ammobiliato.

Gabrielle non se l'aspettava. Misia era arrabbiata perché aveva comprato la casa di Boy? Insieme al testamento sul *Times* era stata pubblicata anche una lista delle sue proprietà. Coco aveva letto di questa tenuta non lontana da La Milanaise. C'era rimasta male per non esserne stata a conoscenza, ma poi aveva incaricato un agente immobiliare di indagare e aveva scoperto che Monsieur Capel era da poco diventato proprietario di Bel Respiro, una stupenda villa a tre piani, tanto sobria quanto affascinante. L'aveva comprata per lei, Gabrielle ne era sicura. Per chi altro? Probabilmente era il regalo di Natale. E visto che Boy non aveva potuto apporre il suo nome sull'atto di proprietà, lei si era impossessata della villa per altre vie. Il prezzo si aggirava intorno alle quarantamila sterline e la vedova di Boy aveva scoperto solo a carte firmate chi era il compratore rappresentato dall'avvocato. Gabrielle si era tutelata in questo modo per evitare che Diana, per gelosia, decidesse di non vendere.

«La Milanaise non è mia, sono in affitto» spiegò in modo

pacato, anche se lo scarso entusiasmo di Misia la irritava. Sì, aveva previsto qualche remora da parte dell'amica; per questo aveva aspettato a raccontarle tutto. Dava per scontato che Misia e José e gli altri amici l'avrebbero sconsigliata. Orgogliosa, aggiunse: «L'acquisto di questa tenuta è un buon uso del lascito di Boy».

«Perché non ti sei comprata una casa in Costa Azzurra?» replicò Misia.

«Bel Respiro è un buon investimento!» insisté Gabrielle.

«La devi smettere di vivere nel passato, ti devi liberare dei tuoi ricordi! Coco, vivi!»

«Io non voglio liberarmi dei miei ricordi» replicò Gabrielle ferita. «E vivo. Perfino molto bene. Lo vedi anche tu.»

Le due donne si accorsero che non c'era possibilità di conciliazione.

Misia in un certo senso aveva ragione, Gabrielle lo sapeva. La sua vita però non sarebbe mai tornata come prima, a prescindere dal suo impegno. La casa che Boy aveva scelto e comprato lasciava intravedere qualcosa che apparteneva al suo gusto, che faceva parte delle sue visioni. Soggiornare tra quelle mura le donava un po' di quel senso di protezione che solo l'abbraccio di Boy le aveva trasmesso. Non poteva lasciare a nessun altro quella proprietà, sarebbe stato un tradimento. Ma non aggiunse nulla. Aveva paura che una parola sbagliata avrebbe spinto Misia ad andarsene senza salutarla. E poi non voleva umiliarsi.

Vedendo che l'amica non parlava, azzardò un tentativo di riconciliazione: «Mi è venuta un'idea per gli arredi: colori chiari e legno scuro. Che ne dici?».

Misia scrollò le spalle ma i suoi occhi si accesero. «Bianco e nero. Sì, potrebbe fare un bell'effetto.»

«La casa vorrei dipingerla di bianco» continuò Gabrielle euforica «e le imposte nere.»

«Imposte nere?» L'incredulità di Misia divampò. «Ti prego, non puoi farlo! Significherebbe rompere con tutte le convenzioni.»

È un segno del mio lutto permanente, pensò Gabrielle, ma rispose così: «E da quando faccio caso alle convenzioni?».

«I tuoi vicini ti odieranno» replicò Misia.

Gli occhi di Gabrielle fiammeggiavano. «Lo so.»

«Però io ti adoro» disse Misia «e ti regalerò i mobili più belli ed esclusivi mai visti a Parigi!» Allargò le braccia e tirò Gabrielle verso di sé.

La risata delle due amiche echeggiò tra le pareti spoglie.

PARTE SECONDA

1920-1921

1

«Benvenuta a Venezia, Mademoiselle!»

Gabrielle si svegliò di soprassalto e guardò confusa l'amichevole volto del controllore che aveva appena aperto la porta dello scompartimento. Le ultime ore di viaggio erano state un incubo. Erano passati molti mesi dall'incidente di Boy, ma ancora riviveva nell'immaginazione gli ultimi momenti del suo amato. Appena chiudeva gli occhi sentiva lo stridere dei freni, amplificato dallo sferragliare del treno. Si ritrovava sul sedile posteriore della Cabriolet di Boy come un fantasma, a osservare la tragedia in silenzio. La locomotiva che entrava nella stazione, frenando, produceva gli stessi rumori dell'auto che si schiantava.

Troppo veloce, ma lui era un uomo che non faceva mai nulla con cautela. Il rombo del motore era musica per le sue orecchie, quasi un Rondò, a volte uno Scherzo. Le gomme stridettero. Acciaio contro acciaio, gomma su catrame. Poi, la vettura si sollevò nell'aria, spezzò arbusti e alberi, sbatté contro una roccia ed esplose in una palla di fuoco.

Quando l'addetto del Simplon-Orient-Express la riportò nel presente l'esplosione le rimbombava ancora nella testa.

Gabrielle si fece forza, lo sguardo che vagava tra il finestrino della sua carrozza-letto di lusso e il controllore. Sui binari c'era già il solito caos degli arrivi, come in tutte le stazioni: persone che camminavano in ogni direzione, borse e cestini caricati sulla testa quando non si riusciva a passare. Con la voce più ruvida del solito, a causa del sonno poco riposante, chiese al controllore se poteva trovare qualcuno che si occupasse dei bagagli.

L'uomo accennò un inchino. «È tutto sistemato. Le sue valigie verranno portate direttamente alla barca del Grand Hotel des Bains al Lido.» Esitò, poi si fece coraggio e disse: «Mademoiselle… sta bene? Mi è sembrato di sentirla gridare».

«Ha sentito male.» E con uno svolazzare di mani lo congedò. «Grazie.»

Solo quando la porta fu di nuovo chiusa la sua tensione si sciolse. Sì, era possibile che avesse gridato. Forse non era stata un fantasma così silenzioso. Gabrielle si lasciò andare sul sedile e per un attimo chiuse gli occhi. Per fortuna le agghiaccianti immagini dell'incubo divennero sfocate. Perché in quel momento? Perché su quel treno? Perché proprio durante quel viaggio i ricordi la braccavano come un amante ostinato dopo un rifiuto? Non era diretta in Costa Azzurra, ma in un posto in cui non era mai stata. Niente in Italia le ricordava Boy, men che meno Venezia.

Nei suoi instancabili tentativi di strappare Gabrielle al suo lutto Misia aveva deciso di portarla con sé in viaggio di nozze. Misia Edwards e José Sert si erano sposati alla fine di agosto a Parigi, con una cerimonia sobria, per poi partire per l'Italia. Prima, però, la coppia appena unita nel sacro vincolo del matrimonio aveva convinto Gabrielle ad accompagnarli. Che idea assurda! Tanto strana quanto commovente. Solo per questo

Gabrielle stava andando a Venezia, per non deludere l'amica. Gli sposi erano stati così carini con lei, che non poteva essere sgarbata. E forse il sole del Sud e l'arte veneziana l'avrebbero davvero aiutata a rilassarsi. Il suo corpo smagrito sembrava sul punto di spezzarsi sotto il peso della disperazione.

Fece un sospiro profondo e riaprì gli occhi. Prese la borsetta, cercò uno specchio e controllò il suo aspetto. Aveva appena compiuto trentasette anni, ma se prima era sempre sembrata più giovane, adesso ne dimostrava perlomeno quaranta. Il suo colorito olivastro era spento, le sopracciglia nere due segni di carbone, gli occhi sempre arrossati dal pianto e cerchiati dalle occhiaie, gli angoli della bocca piegati all'ingiù. Cercò di sorridere, ma non ci riuscì.

Anche da vicino la banchina era come quella delle altre stazioni: grigia e sovraffollata. Niente di maestoso, come si era aspettata da Venezia. Nessuna vista di canali e palazzi, nessun principe carico di gioielli, nessuna nobile veneziana. Le persone che viaggiavano in prima classe sul Simplon-Orient-Express erano perlopiù americani rumorosi e britannici che fin dal primo istante si scontravano con il caldo delle città meridionali. La tremolante calura settembrina scendeva sui binari, si incollava al marciapiede e si univa all'odore di carbone incandescente e di corpi sudati.

Il fine olfatto di Gabrielle si oppose. Trattenne il fiato, ma servì a poco visto che era ingabbiata. Davanti a lei, piccola e minuta, passeggeri, ferrovieri e carrelli carichi di valigie si ergevano come un massiccio montuoso che le impediva di guardarsi intorno. Se Misia e José erano venuti a prenderla, erano nascosti in qualche assembramento di persone. E quanto rumore! La cacofonia di voci, lingue diverse, motori e vapore sibilante stava per bucarle i timpani. In confronto, l'ora di punta alla stazione di Nizza era un'oasi di pace. Rinunciò a cercare gli amici, trovare un varco in quel caos le costava troppa fatica.

«Coco!»

Quella voce fu per Gabrielle come una coperta che la proteggeva.

Misia era in fondo all'atrio, sotto il cartello con la scritta *vaporetto*. La vista dell'amica, bella ed elegante, fu come una brezza fresca: alta, i capelli biondi raccolti sotto un ampio e sobrio cappello da sole e un vestito leggero sotto il ginocchio, firmato Chanel. Attirava occhiate di ammirazione e sorpresa: era difficile trovare una persona dall'aspetto così fresco in quel delirio.

Gabrielle sorrise. «È così bello essere di nuovo con te» disse sprofondando tra le braccia dell'amica.

«Hai un aspetto terribile» osservò Misia abbracciandola e spingendola poi verso l'uscita. «Ma vedrai, qui penserai ad altre cose. Non c'è città migliore di Venezia per risvegliare la vita.»

Non ebbe il tempo di rispondere perché le porte della stazione si aprirono... e Gabrielle restò abbagliata. Il suo sguardo finalmente trovò gli scenari che conosceva dalle foto, ma che mai avrebbe immaginato di vedere dal vivo.

Il Canal Grande luccicava di un azzurro intenso nel sole del pomeriggio, due gondole passarono scivolando sull'acqua, nascondendosi nelle scie bianche dei fumaioli dei vaporetti che aspettavano di imbarcare la gente all'attracco della stazione. Sull'altra riva del canale s'innalzavano maestosi palazzi medievali dai colori accesi, sotto un bellissimo cielo sereno. Tirava una leggera brezza, non proprio vento, ma abbastanza forte da farle percepire distintamente l'odore di alghe e catrame tipico di ogni città portuale. All'aperto il brusio di voci non era diminuito, ma sembrava meno fastidioso. Le persone salirono a bordo dei vaporetti, simili alle piccole chiatte sulla Senna. Gabrielle seguiva la corrente umana ma Misia la spinse in un'altra direzione.

Sotto un piccolo baldacchino azzurro le aspettava José Sert. Lo spagnolo fece un cenno con la mano, abbracciò Gabrielle e la baciò sulle guance. «Mademoiselle Coco, il taxi la aspetta» scherzò indicando l'imbarcazione a motore vicino alla passerella. «I bagagli arriveranno al Lido con la barca dell'hotel. Noi ci godiamo il mezzo di trasporto più comodo. Non il più romantico, ma ogni cosa a suo tempo.»

Il pilota, con la camicia da marinaio blu e bianca, tese la mano a Gabrielle per aiutarla a salire. Lei esitò perché avrebbe preferito non perdere d'occhio le valigie, ma poi decise di affidarsi al destino. O meglio, al facchino veneziano, al Simplon-Orient-Express, al Grand Hotel des Bains e al suo amico José. Senza girarsi nemmeno una volta salì a bordo e si accomodò sulla panca nella direzione di marcia.

Benvenuta a Venezia, Coco Chanel, pensò Gabrielle. *Benvenuta in una nuova vita.*

2

Gabrielle conosceva Deauville, Biarritz, Cannes e Monte Carlo. Conosceva le sconfinate spiagge bianche e l'infinità del mare, le casette di pescatori colorate e le ville maestose, gli hotel di lusso e i loro clienti eleganti. Tutto ciò si poteva trovare anche al Lido di Venezia, ma era diverso. Nessuna immagine nella sua memoria riusciva a offuscare lo scenario della chiesa di San Giorgio Maggiore, una sorta di porta sul canale. La consapevolezza dell'incredibile varietà dell'arte veneziana in cui ci si imbatteva a partire dal Canale degli Orfani, metteva le ali anche ai discorsi più leggeri sotto il sole cocente, all'ora dell'aperitivo sulla terrazza a colonne del Grand Hotel des Bains. Erano conversazioni più appaganti di qualunque pettegolezzo sulla sfera sociale, politica o artistica.

Il pubblico mondano dell'Adriatico non era così diverso da quello di altri posti simili. Perlopiù era costituito da emigrati russi scampati alla Rivoluzione, che festeggiavano con inesauribile ebbrezza l'essere sopravvissuti. Mentre Gabrielle sonnecchiava sotto un ombrellone vicino a Misia e José, intorno percepiva spesso cantilene slave o discorsi di gente che mischiava il francese all'inglese con i più svariati accenti. Ormai, sebbene non capisse una parola di russo, erano diventati suoni familiari. Ad ogni modo la maggior parte dei rifugiati, discendenti della nobiltà zarista, parlava francese. Gabrielle aveva aperto il suo cuore a questa gente da quando i primi prìncipi e conti erano comparsi a Parigi. Non solo trovava del fascino in questi longilinei aristocratici decaduti, ma stimava la loro cultura, l'erudizione, il gusto e l'eleganza. Sfortunatamente molti di loro avevano perso il patrimonio ed erano poveri; campavano alla giornata o vivevano della generosità di mecenati o amanti, oppure delle donazioni di amici. Anche Misia stava raccogliendo soldi, tramite una specie di comitato promotore, soprattutto per i Ballets russes, una compagnia di ballo che era stata in tournée in Europa già prima della Grande Guerra. A inizio serata i Sert avevano un incontro con il loro impresario, Sergej Djagilev. Ovviamente con Gabrielle al seguito.

In quei giorni essere una sorta di ombra dei suoi amici non le creava alcun problema. Non le era mai piaciuto stare al centro dell'attenzione, anzi preferiva ascoltare gli altri parlare, ritenendo che le conversazioni ingegnose acuissero la sua memoria e il suo intelletto. Il viaggio a Venezia si rivelò davvero un balsamo per il suo animo ferito. Non aveva responsabilità, non doveva organizzare né risolvere problemi come nel suo atelier, non incontrava nessuno che volesse qualcosa da lei, non doveva concentrarsi con la testa e con il naso per trovare la giusta miscela per il suo profumo; che nonostante i massimi sforzi di François Coty era ancora nella fase di ricerca. Per la prima volta in vita sua affrontava le giornate senza programmi.

Tutto per lei era fonte di benessere, anche le lunghe visite alle chiese e ai musei veneziani e gli instancabili, istruttivi commenti di Sert sui quadri, le sculture e l'architettura. Per non parlare dei fantastici pasti con cui si concludevano le uscite, in uno dei tanti ristoranti della città lagunare. Gabrielle piangeva meno rispetto agli ultimi mesi. Di solito dopo le estenuanti visite e i banchetti era troppo su di giri. Le notti in cui sprofondava nel lutto diminuirono perché finalmente i suoi pensieri abbracciavano anche altri temi. Più cresceva la sua pace interiore e si rimetteva in salute, più i suoi occhi brillavano.

«L'incontro con Sergej Djagilev è per l'aperitivo al Caffè Florian» spiegò Misia mentre fendevano la laguna a bordo di un taxi-motoscafo verso il sole al tramonto. Le torri e le cupole di Venezia erano avvolte da una luce rosso-dorata; dall'attracco pieno di gente della piazzetta arrivavano le note di un sassofono. Un musicista di strada stava suonando ragtime, non molto in tono con la facciata del palazzo dei dogi, ma in sintonia con il commento di Sert: «Napoleone diceva che piazza San Marco era una delle sale da ballo più sontuose d'Europa. E lo è ancora oggi».

Sotto gli archi delle Procuratie, turisti e locali si riunivano per un caffè espresso, un'ombra – un piccolo bicchiere di vino – o un altro drink. Gabrielle in realtà avrebbe preferito sedersi dentro e ammirare le allegorie alle pareti. Le piacevano le opere d'arte fuse con l'architettura d'interni. Ma ovviamente quando José le scostò una sedia, invitandola ad accomodarsi all'aperto, non protestò.

L'impresario russo e il suo accompagnatore apparvero prima che i camerieri chiedessero le ordinazioni. Sergej Djagilev era un uomo di bell'aspetto, elegante e dai movimenti sinuosi, più o meno dell'età di José. Il giovane al suo seguito era magro e delicato; di sicuro non aveva più di sedici anni. Si chiamava Boris Kochno, scoprì Gabrielle.

I due russi salutarono Gabrielle con cordialità, ma lì finirono le attenzioni a lei destinate. Djagilev non aveva mai sentito parlare di Mademoiselle Chanel e il ragazzo quasi non riuscì a pronunciare il suo nome. Lei non si offese, anzi lo trovò divertente, visto che con queste persone si sentiva alla pari. Tra artisti non era mai importante il luogo di provenienza, la famiglia da cui si discendeva e dove si era stati educati. Tutto ciò ad attori, pittori, poeti e musicisti era indifferente. Qualunque fosse il motivo della scarsa considerazione di Djagilev, di sicuro non erano le sue origini. Per questo quando Misia si accinse a parlare della illustre carriera dell'amica, Gabrielle le diede un calcio sotto il tavolo.

Relegata nel ruolo di ascoltatrice apparentemente invisibile, Gabrielle si gustò un bicchiere di vino bianco. La conversazione ruotava intorno alla granduchessa Marija Pavlovna, morta da poco in Francia, principessa per nascita del Granducato del Mecklenburg-Schwerin, che aveva sposato il fratello del penultimo zar ed era stata l'eminenza grigia della corte di San Pietroburgo.

«Era senza dubbio la più importante granduchessa di Russia» disse Djagilev con occhi sognanti. «Rincontrarla qui a Venezia a inizio anno, dopo l'acqua alta, è stato uno dei momenti più belli della mia vita. Purtroppo non stava bene. La sua morte... che tragica perdita!» Per dare forza alle sue parole prese un fazzoletto bianco e si tamponò gli occhi. «Questo fazzoletto è l'ultima cosa che mi è rimasta di lei.»

Fu solo un alito, ma grazie all'addestramento di François Coty, Gabrielle percepì subito la fragranza con cui era stato profumato il fazzoletto: floreale e allo stesso tempo legnosa, aspra ma con un pizzico di dolce. Aspettativa e realizzazione insieme. Un inusuale miscuglio di aromi che Gabrielle non riuscì a classificare. Che strano! Dovette trattenersi per non avvicinarsi con la sedia a Djagilev.

«Quando penso alla granduchessa mi ritorna in mente la prima della *Sagra della primavera*» sentì dire a Misia.

«Che rappresentazione!» esclamò Djagilev. «Musiche di Stravinskij, coreografie di Nižinskij e costumi di Roerich. Stupendo. Che spreco per un pubblico snob e ignorante come quello di Parigi.»

Gabrielle si ricordava di quella serata. Aveva visto lo spettacolo all'incirca un anno prima dell'inizio della Grande Guerra, una delle poche occasioni in cui aveva rinunciato alla compagnia di Boy. Era andata insieme a una cliente del suo atelier di cappelli. In realtà solo per vedere lo sfoggio di abiti eleganti disegnati da Paul Poiret. La sua attenzione si era concentrata sui tagli e le stoffe, i ricami e le pistagne arzigogolate, sul tripudio di colori brillanti, e così si era a malapena accorta di tutto quel clamore. Certo, aveva ammirato gli strani esercizi ginnici dei ballerini e ascoltato i musicisti che avevano messo a dura prova i loro strumenti. La reazione era stata di indignazione generale, invece che di entusiasmo. I fischi e le proteste da parte del pubblico avevano costretto l'intendente del nuovo Théâtre des Champs-Élysées ad accendere le luci, mentre i ballerini sul palco e i musicisti nella buca avevano proseguito con una calma stoica. Un fiasco colossale, che al compositore Igor Stravinskij aveva senz'altro procurato fama mondiale, ma agli altri artisti coinvolti e alle celebrità presenti non aveva giovato granché. A parte Poiret, già intoccabile e ai vertici del mondo della moda.

«Non fu proprio la granduchessa a finanziare lo spettacolo?» domandò Misia.

Djagilev ripose il fazzoletto nel taschino della giacca e con grande rammarico di Gabrielle la nuvola di profumo svanì. «Non dimenticherò mai la generosità di Sua altezza» rispose. «Tale magnanimità oggigiorno purtroppo è inimmaginabile.»

«Per quanto... i soldi nell'arte non dovrebbero avere alcun ruolo» commentò José Sert.

«Anche solo in memoria della granduchessa» proseguì l'impresario ignorandolo «vorrei inserire la *Sagra* nel programma autunnale. Léonide Massine, il nostro coreografo, sta già provando con l'ensemble, ma le spese sono enormi. *Mon dieu*, solo l'orchestra sinfonica che vuole Stravinskij costa un capitale! Soldi, sempre i soldi! Madame Sert, nonostante la sua inestimabile opera di raccolta fondi non è detto che ce la faremo.» Djagilev si chinò in avanti, prese la mano di Misia e se la portò alle labbra con un movimento elegante. «Eppure io so che i tempi sono maturi per la *Sagra*...» Scosse la testa e prese il suo calice.

«Vedrà, in qualche modo ce la faremo, la nuova versione della *Sagra* andrà in scena» disse Misia, anche se suonò poco convincente.

«È triste che la nostra ultima tournée in Inghilterra sia stata brillante dal punto di vista artistico, ma finanziariamente poco proficua.»

Gabrielle quasi non ascoltava. Cosa gliene importava del balletto? Nei suoi pensieri aleggiava ancora il profumo, come l'alito di un ricordo. Era proprio questa sensazione che voleva trasmettere con la sua Eau de Chanel. Si guardò intorno, i suoi occhi si fermarono sul taschino dell'impresario e sul suo fazzoletto. Doveva assolutamente scoprire quale profumo avesse un effetto così lungo e inebriante. Poteva essere così scortese da interrompere la conversazione tra Djagilev e i suoi amici? Lui forse lo sapeva? Tante domande la fecero arrivare a una conclusione: la nuova versione della *Sagra della primavera* per la compagnia dei Ballets russes non poteva essere più importante della formula che lei cercava.

«Tutto il mondo lo conosce, eppure Stravinskij e la sua famiglia vivono in condizioni molto precarie» si lamentò Djagilev.

«Un grande compositore che tira avanti come un povero contadino. Che brutti tempi...»

«*¡Pues bien!*» Sert interruppe il momento di malinconia sollevando il proprio bicchiere. «Suvvia, amici, beviamo comunque alla vita e all'amicizia. *¡Salud!*»

Si sarebbe resa ridicola se avesse affrontato in quel momento l'argomento del profumo. Gabrielle brindò con gli altri, sempre nell'indifferenza generale. *Sergej Djagilev, un giorno dovrai considerarmi*, si disse. *Se riesco a creare un profumo con la stessa, inimitabile fragranza del fazzoletto della granduchessa, niente potrà più ostacolare il successo della* Sagra della primavera *dei Ballets russes. Ci penserò io.* E ghignò, divertita dai voli pindarici della sua mente.

3

Al contrario dei suoi amici, Gabrielle era mattiniera. Abituata a iniziare il lavoro alle sette, il suo orologio interiore la svegliava presto anche in vacanza.

I primi giorni aveva ingannato il tempo fino alla tarda mattina in giardino o nella terrazza dell'hotel a leggere. Tuttavia, alle lunghe, nemmeno *Chéri*, il nuovo romanzo di Colette sull'amore impossibile tra una donna matura e un uomo molto più giovane, poteva competere con l'atmosfera della città. Venezia, con i suoi tanti canali, testimoni silenziosi di infinite storie, attirava Gabrielle. Così un giorno lasciò la copia di *Chéri* nella sua stanza, prese la borsa e camminò fino alla fermata del vaporetto per piazza San Marco. Per la prima volta era da sola, una semplice turista.

La magia che la inebriava durante i giri pomeridiani con i Sert, quel giorno ardeva nel sole del mattino. Piazza San Marco era caldissima e sovraffollata di turisti. Perfino i piccioni, rincorsi da bambini scalmanati con i sacchetti di mangime, si alzavano con un volo pigro. E le mura tacevano. Gabrielle sentì piccole perle di sudore sotto il nastro del cappello, e la seta della casacca appiccicata alla schiena. Meditò di prendere un drink da qualche parte ma decise di no: i tavolini dei caffè erano quasi tutti pieni e nei ristoranti stavano apparecchiando per il pranzo. Che lo volesse o no doveva mischiarsi con il fiume di gente che vagava nei vicoli. Passò vicino a un attracco sul Canal Grande trascurato dai turisti e si fermò a guardare i movimenti di una barca, una di quelle piccole.

L'unico passeggero della lunga gondola che collegava il sestiere di Dorsoduro a San Marco era un cagnolino color champagne che assomigliava a una volpe. Il gondoliere attraccò e l'animale con la coda tesa a ricciolo saltò sul molo saltellando. Si sedette e si guardò intorno pieno di aspettative. Dopo un po' iniziò ad annoiarsi e trotterellò fino all'ingresso di una casa, dove annusò con interesse tra i rifiuti sparpagliati. Poi, sollevata una zampa marcò il territorio e tornò verso l'attracco.

Nel frattempo a bordo era salita una coppia con un bambino piccolo, ma il gondoliere attese paziente il passeggero quadrupede. Senza pensarci troppo, Gabrielle si mosse e salì anche lei. Non le interessava il percorso, ma adorava i cani. Quelli che aveva alla villa erano i suoi migliori amici, nonché i consolatori più pazienti nelle ore buie. Il suo cuore naturalmente batteva soprattutto per Pita e Popee, un regalo di Boy. Gabrielle era certa che stessero bene, assistiti dalle cure dei domestici, ma in quel momento fu presa dalla nostalgia. Le venne voglia di accarezzare le loro morbide teste, sentire il pelo soffice sotto le dita, il muso umido sulla pelle. Per questo il piccolo amico che saltò a bordo per ultimo la attirava tanto. Ma non osò allungare una mano verso di lui, ogni minimo movimento avrebbe destabilizzato l'equilibrio dell'imbarcazione. Si limitò a osservarlo. Era sul sedile davanti, con il naso in alto, come se volesse capire che aria tirasse.

La placida traversata durò pochi minuti. A Gabrielle dispiacque scendere dalla barca. Iniziò a vagare, stavolta senza seguire le orde di turisti, scegliendo percorsi nelle zone ombreggiate.

Attraversò vicoli sorprendentemente deserti finendo spesso in piazzette inondate di sole con un albero o una panchina che la invitavano a fermarsi. Lei però non si concesse pause nonostante fosse madida di sudore; proseguì godendosi il vuoto nella mente. Raggiunse un piccolo canale dov'era attraccata una barca carica di ogni tipo di frutta e verdura: quella vista le sembrò una festa per gli occhi, e finalmente si fermò a osservare.

Una casalinga robusta e un gruppo di giovani con abiti appariscenti si unirono a Gabrielle. L'italiana iniziò a discutere a squarciagola con il fruttivendolo, contrattando sugli acquisti: gli altri erano turisti come Gabrielle, a quanto pareva altrettanto impressionati dallo sfarzo di colori.

Poi arrivò uno stuolo di bambine, di non più di sei anni, guidate da una suora. Superarono la barca in fila per due. Le bambine erano più pallide dei coetanei che scorrazzavano in spiaggia al Lido o davano la caccia ai piccioni di San Marco. Indossavano grembiuli scoloriti e guardavano la barca con occhi bramosi. La suora però le fece proseguire come un branco di pecore.

Gabrielle d'istinto chiuse gli occhi. Le bastarono i vestiti malridotti per capire il destino di quelle bambine. Probabilmente vivevano in un monastero lì vicino, morse dalla fame e assalite da un senso di solitudine che oscurava qualunque altra cosa. Gabrielle sentì gli occhi riempirsi di lacrime. Piangeva sempre quando vedeva adolescenti nella sua stessa condizione di un tempo.

«Mademoiselle...»

All'inizio sentì solo una voce soave.

Poi, con un attimo di ritardo, intravide oltre il velo di lacrime un fazzoletto di batista bianco. Una mano maschile ben curata glielo stava porgendo.

Gabrielle ignorò l'offerta e si asciugò gli occhi con le dita.

«Anch'io mi commuovo sempre quando vedo i bambini di un orfanotrofio» disse il giovane cavaliere al suo fianco in francese. «La capisco, Mademoiselle...» Esitò e poi aggiunse: «Mademoiselle Chanel, dico bene?».

Sorpresa, Gabrielle lo guardò con attenzione. Era alto e magro, le gambe lunghissime e il corpo muscoloso che si addicevano poco alla testa piccola e ai tratti spigolosi, agli occhi verde mare cerchiati dalle occhiaie e ai capelli biondo scuro. Eppure era molto attraente. Sembrava sensibile, triste, forse era per questo che le piaceva. Era un uomo che non si dimenticava facilmente.

«Mademoiselle Chanel, se le interessa glielo cedo» aveva detto Marthe Davelli. «Per me sta diventando un po' troppo costoso.»

Marthe Davelli, la diva dell'opera, un paio di mesi prima aveva invitato Gabrielle a cena da lei, nel suo appartamento a Parigi, e Coco non aveva potuto dire di no. In quell'occasione, la padrona di casa le aveva presentato la sua ultima conquista: il granduca Dmitrij Pavlovič Romanov, cugino dell'ultimo zar; ventinove anni, un po' timido ma affascinante, ex fantino alle Olimpiadi, avventuroso e circondato da un'aura di follia. Era uno dei congiurati che avevano ucciso Rasputin, che poi era scappato dai bolscevichi passando per Teheran e Bombay fino a Londra.

Gabrielle si ricordava di una breve conversazione con lui, dei suoi sguardi a tavola che l'avevano cercata di continuo. A quanto pareva era il suo tipo. E infatti, Marthe Davelli aveva cercato di copiare lo stile di Coco Chanel. Gabrielle a quei tempi aveva ignorato la coraggiosa offerta della cantante, essendo in lutto per un uomo che niente e nessuno avrebbe potuto sostituire. E poi non osava immaginare i commenti di Dmitrij

Romanov se avesse scoperto che era la figlia di un venditore ambulante.

Si costrinse a sorridere. «Dmitrij Pavlovič, nemmeno io l'avevo dimenticata.»

Avrebbe dovuto rivolgersi a lui con il vecchio titolo? D'un tratto non sapeva più cosa fosse giusto, la sua testa era presa dalle tragedie della sua vita e dai ricordi della Davelli. I suoi occhi tornarono sulle orfane, poi di nuovo su quell'uomo tanto più alto di lei.

«Mademoiselle Chanel, sono contento di questo inaspettato incontro.» Accennò un inchino. «Molto contento, davvero.»

«Dmitrij, ma dove sei finito?» lo chiamò una voce femminile che non sembrava quella di Marthe Davelli. Apparteneva a una delle graziose signorine in mezzo a un gruppo di giovani.

Lui non si girò, non scollò gli occhi da Gabrielle. «Non adesso, vi raggiungo» rispose.

«La sua ragazza si arrabbierà.»

«Mia sorella Marija mi perdona tutto» replicò lui sorridendo.

Con la coda dell'occhio Gabrielle vide i giovani russi allontanarsi bisbigliando. La sorella di Dmitrij cercò di non rivolgere il suo sguardo a Gabrielle in maniera troppo insistente. Lei, di rimando, non poté far a meno di osservarla con interesse. *Strano*, pensò. La principessa sembrava una donna grintosa, con quel cappello di paglia a tesa larga, anche se Gabrielle trovava un po' fuori luogo il velo di tulle che portava sotto. Il suo guardaroba lasciava un po' a desiderare; Marija Pavlovna si vestiva come una contadina.

Per un attimo i loro occhi si incontrarono. Qualunque altra donna avrebbe distolto subito lo sguardo sentendosi colta in fallo, invece Gabrielle e Marija si scrutarono a lungo con un misto di orgoglio e curiosità.

Poi all'improvviso la russa si girò. Seguì i suoi amici a testa alta e attraversò lo stretto ponte sul canale. Gabrielle continuò a guardarla: le signore che accompagnavano Marija e Dmitrij, a giudicare dall'andatura, sarebbero state delle mannequin eccezionali.

«Se volesse prendere il mio fazzoletto... ne sarei onorato» disse Dmitrij Pavlovič.

Gabrielle dovette girarsi verso di lui, altrimenti sarebbe stata scortese. Le sue parole suonavano così antiquate, il suo gesto così romantico che non poté fare a meno di sorridere. «Mi dispiace» si scusò prendendo il fazzoletto e tamponandosi le palpebre ormai asciutte «che mi abbia incontrato in questo stato d'animo.»

«Una signora che alla vista di poveri orfani scoppia a piangere mi commuove. Sa, anch'io sono cresciuto senza genitori. Mia sorella è l'unica persona della mia famiglia che mi è rimasta.»

«La capisco, anch'io sono stato cresciuto da estranei.» Nella testa di Gabrielle riecheggiò la voce di Boy. Vicina e familiare quanto l'eco degli zoccoli dei cavalli da polo e lo schiocco della mazza che colpiva la palla. Era stata la prima confidenza che lui le aveva fatto. Alla fine di una partita, mentre erano appoggiati al recinto del castello di Royallieu a guardare i pony al pascolo.

Dmitrij aveva usato parole simili a quelle di Boy, e questo bastò ad aprirle il cuore. Rifletté su cosa potesse rispondere senza rivelare troppo di se stessa ma dimostrando empatia. Però era ancora troppo confusa, troppo prigioniera dei ricordi per usare la fantasia. Così la sua risposta, molto evasiva, fu: «Sua sorella è una bella donna».

«Oh, sì. E ha anche molto talento. Disegna e ricama in maniera meravigliosa. L'artigianato russo per lei è diventato un'ossessione. Ci tiene molto a preservare dall'oblio la nostra cultura.»

D'istinto Gabrielle pensò ai piani di Djagilev. «La salvaguardia dei vecchi valori non è un compito facile.»

«Già, soprattutto adesso che le speranze della maggior parte degli emigrati sono definitivamente svanite. Non potremo più tornare a Pietrogrado e alla nostra vita di un tempo. I bolscevichi hanno vinto.»

Mentre parlava l'aveva presa a braccetto, come se fosse una cosa ovvia. Fianco a fianco, passeggiarono nella piazza e poi imboccarono una calle deserta. Gabrielle non aveva la più pallida idea di dove stessero andando, ma non le importava. Non aveva una meta, la meta era la strada stessa. E passeggiare di fianco a un granduca aveva un certo fascino.

Dmitrij aveva accompagnato l'osservazione sulla vittoria dei bolscevichi con un calcio a un frammento di pietra caduto sul lastricato. Fu l'unico rumore che interruppe per un momento il silenzio intorno a loro. Il turbolento viavai di Venezia si era come spento.

Per un po' proseguirono senza parlare. Gabrielle trovava piacevole non dover sostenere con Dmitrij conversazioni banali, come dettava l'etichetta nel caso ci si trovasse a passeggiare con persone poco conosciute. Era bello sentire la sua vicinanza e allo stesso tempo poter tacere. Rifletté su come proseguire. Le limitazioni sociali del mondo prima della guerra erano davvero state abbattute? L'avrebbe invitata a bere un drink? Chi avrebbe pagato il conto? Aveva avuto esperienze con gli uomini e finora aveva pagato quasi sempre lei. Il granduca disponeva di mezzi propri? La maggior parte dei nobili russi in fuga non possedeva nulla e, se non ricordava male, Dmitrij a Londra lavorava come rappresentante di una marca di champagne. Il suo stipendio bastava per corteggiare una donna facoltosa, ma non nobile?

«*Lei* però non mi ha ancora spiegato perché gli orfani la fanno piangere» Dmitrij interruppe i pensieri di Gabrielle. La sua voce era così soave e melodiosa che le parole rimanevano un sussurro anche negli stretti vicoli di Venezia.

Non gli avrebbe mai detto la verità. Mai. Non l'aveva detta a nessuno, nemmeno a Boy. E neppure a Misia. Si vergognava delle sue origini e di quello che le aveva fatto suo padre. La leggenda dietro cui si riparava, e in cui aveva iniziato a credere anche lei, era un'invenzione, come le altre favole con cui completava la sua biografia. Aveva imparato ad aggrapparsi a clementi bugie fin dall'infanzia e tuttora non poteva sopportare la verità. Era un'onta troppo grande.

«Mi rammarico per il destino dei poveri bambini e sono grata che a me non sia toccata la stessa sorte, sebbene anch'io abbia perso presto i genitori» rispose audace. «Dopo la morte precoce di mia madre, mio padre è emigrato in America, dove è diventato un uomo d'affari di successo. Ovviamente non ha potuto portarmi con sé. Così mi ha lasciato dalle zie. Non l'ho mai più rivisto.» Tutte bugie, tranne l'ultima frase.

«Siamo entrambi orfani» constatò Dmitrij Pavlovič Romanov. «Una cosa che unisce, non trova?» E, come per caso, con le dita le sfiorò l'interno del braccio.

Un leggero brivido la fece vibrare, come la corda di uno strumento abbandonato che vuole essere ripreso in mano per produrre di nuovo suoni perfetti. Ma non fu solo l'improvviso risveglio del desiderio delle mani di un uomo sul proprio corpo a darle le vertigini: il cugino dell'ultimo zar provava un sentimento di empatia con la figlia illegittima di una lavandaia e di un ambulante. E poi Dmitrij le ricordava Boy.

Gabrielle giocò con il fazzoletto donatole, incerta se ridere o piangere.

4

«Ha otto anni meno di me.»

«E cosa importa» rispose Misia mezza addormentata. «Dimentica l'età, sono solo numeri.»

«È un granduca russo.»

«E allora?»

«È povero in canna.»

«Tu hai soldi per entrambi.»

«Potrebbe diventare il nuovo zar.»

«Coco!» L'esclamazione fu come un grido di dolore.

Misia sollevò la testa, giocò con la sabbia e osservò i granelli caderle sulle gambe nude. «La vecchia aristocrazia incontra la donna d'affari moderna. *Ma chère*, questo è il nuovo mondo.» E riappoggiò la testa sulla sdraio come se la questione fosse chiusa.

Gabrielle aveva sperato di trovare in Misia un'alleata. Un'amica che condividesse con lei gli impedimenti a una relazione con il granduca Dmitrij Pavlovič Romanov. Per la precisione, voleva che Misia la convincesse a lasciarlo perdere. Si sentiva così attratta da lui che non avrebbe avuto la forza di impedire quello che dopo il loro primo incontro si sarebbe verificato, per forza. La questione non era *se*, ma solo *quando*. Però non si sentiva affatto pronta per una nuova storia. Il suo lutto continuava e anche tra le braccia di un altro avrebbe pensato solo al suo amore defunto... Finendo per distruggere tutto. Era ingiusto paragonare Dmitrij a Boy. E aveva paura che non avrebbe amato nessun altro quanto aveva amato Boy. Aveva il terrore di fallire, anche se era il suo stesso corpo a chiedere tenerezza e soddisfazione. E la sua anima provava piacere per le attenzioni e i complimenti. Dmitrij era attraente, colto, elegante. Era un principe, seppur diverso da quelli delle favole. Era ovvio che a Gabrielle piacesse.

Aveva approfittato dell'ora del riposo in spiaggia per confidarsi con Misia. Dovendo fare alcune telefonate José era rimasto in hotel; era l'occasione giusta per quattro chiacchiere tra amiche. Stese l'una di fianco all'altra sotto un ombrellone vicino alla riva, lontane dagli altri ospiti dei bagni, nessuno disturbava la loro conversazione. All'inizio Gabrielle aveva letto le ultime pagine di *Chéri* sentendosi stranamente coinvolta. La storia tra la donna matura e il suo giovane amante non finiva bene. Era un cattivo presagio per il suo incontro con Dmitrij? Ad ogni modo, la differenza di età le sembrava l'argomento più convincente contro la *liaison*, ma con Misia non aveva funzionato.

«Non è Boy» disse Gabrielle con un filo di voce.

La mano dell'amica, ancora affondata nella sabbia, si spostò per cercare quella di Gabrielle. Misia non disse nulla. *Cosa doveva dire?*, pensò Gabrielle. Il fatto che Dmitrij non fosse Boy era scontato.

«Non sono pronta per un nuovo amore» disse quindi in tono energico.

Misia tirò via la mano. «E chi ha parlato di amore? Devi divertirti, per questo siamo a Venezia. Dmitrij Pavlovič ti venera come una dea, quello che provi tu è del tutto indifferente.»

La sua voce si addolcì e aggiunse: «Coco, è ora che le tue ferite guariscano. E lui secondo me è il balsamo perfetto».

Lo era. Misia aveva ragione e Gabrielle lo sapeva. Ma seppellire il lutto per Boy in un meandro silenzioso del suo cuore le sembrava un tradimento. Le era già capitato di smettere di pensare a lui per qualche ora, e questo le aveva procurato sensi di colpa.

Al fianco di Dmitrij aveva passeggiato per i bei vicoli antichi di Dorsoduro e San Polo. Avevano parlato, ammirato e chiacchierato. Si erano segnalati a vicenda la particolarità di una facciata o di una ringhiera, avevano guardato sorridendo gatti che poltrivano sul davanzale di una finestra o una gondola che scivolava lungo uno stretto canale; avevano parlato di paura di essere abbandonati e di trasgressioni dei rapporti di fiducia. Non vedere le cose che avevano in comune era impossibile: sì, le loro esperienze provenivano da mondi completamente diversi, ma i sentimenti provati erano del tutto simili.

La madre di Dmitrij, la principessa Alessandra di Grecia e Danimarca, era morta durante il parto. Anche se lo zar aveva vietato un nuovo matrimonio, il padre si era risposato con una donna della semplice nobiltà di campagna, da anni la sua amante. La coppia aveva dovuto lasciare la Russia ed era fuggita a Parigi, ma Marija e Dmitrij erano rimasti nel regno degli zar. Uno zio, Sergej Aleksandrovič Romanov, governatore di Mosca, li aveva presi con sé. Ma questa sorta di vita familiare non era durata a lungo: Sergej era rimasto vittima di un attentato quando Dmitrij aveva tredici anni. I bambini, sradicati di nuovo, erano finiti a corte, Dmitrij sotto la custodia diretta della famiglia dello zar. Per lui aveva significato il precoce inizio della carriera di ufficiale. «Probabilmente la carriera militare non è molto diversa dalla vita in un orfanotrofio» aveva detto Dmitrij e Gabrielle aveva annuito. Sapeva cosa intendesse. Eppure non gli aveva rivelato nulla riguardo al periodo più buio della sua vita, che risaliva più o meno agli stessi anni.

Avevano vagato per Venezia per ore e parlato tanto che fra loro era nata una profonda confidenza. Alla fine Gabrielle era dovuta tornare al Lido; i Sert si sarebbero preoccupati per la sua prolungata assenza. Si era congedata da Dmitrij su un molo.

Lui le aveva baciato la mano e le aveva chiesto del suo hotel.

Lei ovviamente gli aveva rivelato dove alloggiava. Il giorno successivo, mentre si avviava verso la spiaggia con Misia, il *portier* le aveva consegnato un messaggio del granduca: un biglietto scritto a mano con la richiesta di un nuovo incontro, la sera stessa. Dmitrij proponeva il casinò del Grand Hotel Excelsior, sempre al Lido, non lontano dall'albergo di Gabrielle. Probabilmente pensando che lei preferisse un incontro in un posto vicino. Si addiceva alla sua gentilezza esemplare. Una passeggiata dopo cena, il gioco d'azzardo. Tutte le opzioni aperte.

Tuttavia, l'attuale situazione di Gabrielle suggeriva altri risvolti. Accettare l'incontro significava prendere una decisione carica di conseguenze. *Rien ne va plus.*

«Ma di cosa hai paura?» domandò Misia. «Sei sempre stata l'unica persona che conoscessi a non aver paura di niente.»

Certo che non avevo paura, pensò Gabrielle. *Avevo Boy.*

Nello stesso istante si rese conto che non era vero. I primi passi verso una vita libera li aveva mossi da sola. Allora, quando aveva lasciato l'abbazia. E in seguito, presentarsi alla tenuta di Étienne Balsan a Royallieu, nella speranza di una vita migliore, era stata una decisione solo sua. Lei ed Étienne erano stati a letto insieme un paio di volte prima di allora, nient'altro. Nulla che potesse incoraggiare quella sfrontatezza. Ma quando lui le aveva aperto la porta, per Gabrielle si era spalancato un nuovo mondo, che lei aveva conquistato con coraggio, audacia e determinazione. Era stato l'accesso alla felicità. E alla sua più grave perdita.

Rifletté su come poter esprimere a parole la confusione che sentiva nel cuore e nell'animo; doveva spiegare a Misia cosa desiderava fare pur non sentendosi ancora in grado di farlo. Mentre continuava a rimuginare, apparve José Sert con un cameriere al seguito. Il ragazzo portava un vassoio con dei bicchieri di limonata e una ciotola d'argento in cui i cubetti di ghiaccio avevano già iniziato a sciogliersi.

«Mie signore, che ne dite di fare un salto a Roma?»

«Cosa devi fare a Roma?» replicò Misia sistemandosi gli occhiali da sole.

José continuò a guardarla raggiante. «Be', rendere omaggio a Bernini e Michelangelo.»

Misia sorrise girandosi verso Gabrielle. «Meglio che ti sbrighi, con il tuo *rendez-vous*, altrimenti non ci sarà neanche un primo bacio.»

«Mi sono perso qualcosa?» domandò José.

«Niente» rispose subito Gabrielle «non è niente.»

Prese un bicchiere e pose fine alla conversazione con un grande sorso di limonata.

Champagne, pensò, *stasera berremo champagne*. E il suo corpo fu attraversato da un brivido.

5

I bicchieri si toccarono con un leggero tintinnio.

«*Santé*» disse Dmitrij guardando Gabrielle dritto negli occhi. Per un attimo il tempo sembrò fermarsi, con gli ospiti del bar del Grand Hotel Excelsior immobili come pupazzi. Perfino l'aria era immobile, le foglie smisero di tremare nella brezza mite, le cicale interruppero il loro canto, le onde sciabordarono mute contro il molo dell'hotel. Restarono solo la soave voce di Dmitrij e il suo sguardo che arrivava fin dentro l'anima.

«*Cheers*» rispose Gabrielle in inglese. Più per caso che per intenzione, constatò stupita. Era un'espressione che aveva imparato da Boy.

Dopo un po' la magia si ruppe e riapparve lo scenario reale: l'orchestrina intonò *Whispering*, la canzone del momento, il cantante fischiettò il ritornello, in pista si mossero le coppie, mentre i camerieri correvano da un tavolo all'altro. Bar e ristorante, all'aperto, erano delimitati da mura orientaleggianti e da un giardino ricolmo di piante rigogliose che arrivava fino alla spiaggia. Milioni di stelle facevano luccicare il tetto del cielo e i grilli continuavano i loro riti di accoppiamento.

«Come si dice *alla salute* in russo?» domandò Gabrielle, che aveva posato il calice di champagne dopo un primo, piccolo sorso.

«A corte parlavamo tutti francese, quindi brindavamo nella sua lingua.» Dmitrij si rigirò il calice tra le dita con sguardo trasognato. Tacque, perso nei pensieri, poi riprese a parlare. «Il francese aveva i suoi vantaggi. *Santé* è molto breve, permette di bere prima. I discorsi in occasione dei brindisi russi spesso sono molto lunghi: si augura la felicità, si rende omaggio a questo o quello, si auspicano una vita interminabile, la salute e chissà cos'altro. Insomma, una cosa impegnativa. Però si dice anche che bere senza discorso sia cosa indegna.»

«Mi piacciono queste storie.» Gabrielle rispose al sorriso di lui.

«In realtà sono storie tristi, perché parlano del passato invece che del futuro.»

«E sentiamo, che brindisi farebbe adesso in russo?» chiese sollevando di nuovo il calice piena di aspettative.

«*Sa ljubow!*»

«Che significa?»

I suoi occhi risposero prima delle parole. «All'amore!»

Gabrielle esitò. D'un tratto la musica le sembrò più rumorosa, lo sguardo di Dmitrij più intenso, e ogni cosa più nitida, come sotto una lente di ingrandimento. Come se dovesse percepire questo attimo in tutta la sua chiarezza. Il suo intelletto sapeva di dover prendere una decisione… ma il cuore ebbe la meglio. Non brindò, lasciò parlare i suoi occhi, che sprofondarono in quelli di Dmitrij mentre beveva un sorso di champagne.

Poco dopo si ritrovò tra le sue braccia. Fluttuarono sul parquet alle note della versione jazz di *O sole mio*. Dmitrij era un ballerino eccellente, tanto passionale quanto elegante. La guidò con una forza segreta che risvegliò il suo desiderio. Sotto le sue dita Gabrielle sentì il gioco dei muscoli delle spalle, percepì il suo profumo, fu rapita dal suo calore. Lasciò che la stringesse più forte, che i loro fianchi si toccassero. Le loro cosce si mossero all'unisono, come se fossero una sola persona. Le piroette rallentarono, trovarono un loro ritmo e persero il contatto con la briosa melodia. Quel ballo fu una promessa.

Quando tornarono al tavolo, mano nella mano, lo sguardo di Gabrielle per caso si rivolse all'ingresso, all'apertura nelle mura moresche. Non era ancora del tutto tornata in sé; continuava a vibrare per il desiderio e per la musica. Così dovette guardare due volte prima di riconoscere Sergej Djagilev. In compagnia di diversi signori, tra cui anche il segretario, Boris Kochno. Il capocameriere stava per guidarli al loro tavolo. Il gruppo si mosse, e subito fu chiarissimo chi fra loro avesse la leggiadria di un ballerino di danza classica e chi fosse un uomo d'affari – che avrebbe pagato il conto quella sera. Probabilmente Djagilev concedeva a questi uomini la sua attenzione solo nella speranza di ricevere donazioni generose. Nessuno nel gruppo guardò verso di loro.

Dmitrij però notò lo sguardo di Gabrielle. «Conosce Sergej Pavlovič Djagilev? Vuole salutarlo?»

«Sì. No. Nel senso che non è necessario.» Anche se non era decoroso, Gabrielle non riusciva a togliere gli occhi di dosso all'impresario. Djagilev tirò fuori il fazzoletto per sventolarsi e lei all'improvviso disse: «Vorrei tanto sapere che profumo usava la sua granduchessa...».

«Quale granduchessa?»

Gabrielle, che si era appena seduta, alzò gli occhi stupiti verso Dmitrij. Che stupida... perché non aveva chiesto subito al suo spasimante che profumo usasse la defunta Marija Pavlovna? La granduchessa era stata sua zia, se aveva capito bene gli accenni di Misia all'albero genealogico dei Romanov. Ogni membro dell'alta nobiltà russa era o un granduca o una granduchessa; a confondersi ci voleva un attimo. E poi non era affatto certo che un nipote sapesse quale eau de toilette prediligesse la zia. Ma un tentativo valeva la pena farlo.

«La granduchessa Marija Pavlovna, nata principessa del Mecklenburg» spiegò Gabrielle inviando in cielo una preghiera di ringraziamento per le preziose conoscenze di Misia.

Senza un attimo di esitazione Dmitrij rispose: «Credo si tratti di Bouquet de Catherine, lo usava anche mia sorella».

Gli occhi di Gabrielle s'ingigantirono. «Oh!» Altro non riuscì a dire.

Lui aspettò che il cameriere si allontanasse dopo aver riempito i calici e chiese: «Perché le interessa?».

Il desiderio fisico percepito da Gabrielle tra le braccia di lui si trasformò in istinto di caccia: l'amante in lutto era diventata una donna d'affari determinata. La magia erotica non tornò nemmeno quando Dmitrij si accese una sigaretta e gliela passò senza dire una parola. Gabrielle fece un tiro e disse: «Quando ho incontrato Monsieur Djagilev ho avuto l'impressione di sentire un aroma particolare. Il fazzoletto che gli aveva regalato la granduchessa aveva un profumo diverso dagli altri che conosco. Non il solito, stereotipato profumo di rose che serve solo a coprire l'odore del proprio corpo. Un miscuglio portentoso, molto inusuale. Un po' come Chypre di Coty ma molto, molto meglio. Purtroppo non ho avuto più occasione di chiedere a Monsieur Djagilev il nome.»

Dmitrij accese una sigaretta per sé. Mentre la sua bocca emetteva piccole nuvole di fumo disse: «Sono sicuro che sia proprio Bouquet de Catherine, creato in onore della zarina Caterina II e ribattezzato all'inizio della guerra, a causa delle origini tedesche della sovrana, Rallet N° 1, il nome del fornitore di corte. Solo le signore più altolocate di Pietrogrado e Mosca potevano usarlo».

«Mi congratulo con le signore per i loro gusti.»

«Sa, in nessuna corte d'Europa i profumi erano importanti come a Pietrogrado. Tutti impazzivano per i profumi.» Sprofondò di nuovo nei ricordi, guardò la pista da ballo serio e trasognato, poi di nuovo Gabrielle e il suo volto fu rischiarato da un sorriso. «Però non ha risposto alla mia domanda. Perché le interessa tanto? Lei non fa uso di profumi, mi sbaglio?»

«Ha ragione, di solito uso solo saponi.»

Dmitrij scosse la testa con aria triste. «Mi piacerebbe tanto poterle regalare un flacone di Bouquet de Catherine, ma temo che non ce ne siano più in giro. Come la vecchia Russia... sopravvissuta nel fuggevole alito del ricordo, ma persa per sempre.»

«Basterebbe la formula chimica» scappò detto a Gabrielle.

Dmitrij inarcò un sopracciglio ma tacque, in evidente attesa di ulteriori spiegazioni.

Gabrielle si arrabbiò per la propria avventatezza. Era giusto fidarsi di quell'uomo mettendolo al corrente dei suoi piani? Non si trattava di cose personali, si trattava di affari. Gabrielle aveva la tachicardia per l'agitazione. Si tolse dagli impicci con una promessa. «Glielo racconterò la prossima volta che ci vedremo. È troppo per una sola sera.»

La mano di Dmitrij si strinse intorno alle dita della donna che stavano spegnendo la sigaretta. «Mademoiselle Chanel, lei mi rende felice.»

In quel momento Gabrielle desiderò che la magia di prima non fosse svanita. Il suo cuore però ormai non batteva più per quell'uomo attraente, ma per il profumo, di cui adesso conosceva perlomeno il nome. Sorrise a Dmitrij. «Andiamo a giocare?» Il suo sguardo escluse qualunque doppiezza.

Dentro di sé si chiese cosa sarebbe successo se lui l'avesse fraintesa. Ma Dmitrij Pavlovič Romanov non era un uomo che si prestava a simili frivolezze.

Gabrielle perse. Poi vinse. Poi perse ancora più soldi. Tuttavia, anche se alla fine si bruciò il doppio della posta alla roulette, usò i soldi con molta più accortezza rispetto a Dmitrij. Il granduca scialacquò i gettoni con incredibile leggerezza, come se la corte di San Pietroburgo esistesse ancora. Il divertimento di fissare insieme a lui, tesissimo, la pallina della roulette, sperare ed esultare quando si fermava sul numero giusto o gli attimi di cocente delusione quando non andava bene, valsero ogni singola lira. Ridere con lui, poter essere spendacciona e allo stesso tempo generosa fu bellissimo. Aveva provato una forte ebbrezza. E, divertendosi, Gabrielle dimenticò il suo lutto.

Quando si avvicinò la fine dell'appuntamento e lui la accompagnò all'hotel, la serata era ormai più di un episodio innocuo. Consapevoli di un'unione profonda, le loro dita si erano trovate intrecciate. Avanzavano allo stesso passo e Gabrielle pensò di nuovo alla facilità con cui i loro corpi si erano fusi.

«Con lei voglio sbancare il casinò di Monte Carlo» disse Dmitrij. Anche se aveva parlato piano, la sua voce risuonò nel silenzio notturno. Oltre a loro, in quel momento sul lungomare non c'era nessuno. Il leggero fruscio delle onde e lo sferragliare di un'automobile erano gli unici rumori della notte.

È un sogno, pensò lei, *è solo un sogno. Prima o poi mi sveglierò e tornerò alla mia vecchia vita.* «Monte Carlo è sempre una buona idea» replicò un po' vaga.

«Allora partiamo subito.»

«Domani vado a Roma con i Sert. Una breve gita, torneremo tra un paio di giorni. Forse allora avremo occasione di andare a Monte Carlo.»

Erano arrivati davanti all'ingresso dell'Hotel des Bains. Restarono l'uno di fronte all'altra, in silenzio. Pieni di aspettative. Gabrielle era certa che lui stesse pensando a una domanda che gli avrebbe consentito di accedere alla sua stanza. Per quanto non ci fosse bisogno di parole. A una serata come quella poteva seguire solo una notte insieme. Erano adulti, sapevano cosa li aspettava. Non si sarebbero rubati nulla, solo regalati tantissimo.

Lui la tirò verso di sé e la baciò su entrambe le guance. Un gesto amichevole di totale fiducia, non la passionale tenerezza di un amante. Ma non per questo meno sconvolgente. Era il rispettoso gesto di un uomo che sapeva aspettare.

«Purtroppo ci resta poco tempo per Monte Carlo. Ho ricevuto un invito dalla Danimarca e non posso permettermi di dire di no all'ambasciatore britannico a Copenaghen. È più di un amico… mentre fuggivo dai bolscevichi mi ha salvato la vita. Quando lei tornerà, io non sarò più a Venezia…» Fece una pausa, come se ci stesse ripensando, ma poi in tono deciso aggiunse: «Però ci rivedremo. Glielo prometto».

Non aspettò la sua risposta, si girò e si avviò a passo leggero. Un uomo che avrebbe potuto essere lo zar di Russia dava per scontato che una donna credesse alla sua promessa senza obiezioni.

E infatti Gabrielle lo fece.

Lo guardò sorridendo. *È un maestro nel gioco dell'amore*, pensò. Un cavaliere che aspetta garbato e discreto, invece di pretendere con ottusità e determinazione, cosa che molti uomini consideravano un diritto. Dmitrij sapeva benissimo che così aveva più possibilità di raggiungere il suo scopo. Gabrielle lo aveva capito dal luccichio dei suoi occhi. Un luccichio che la attraeva e accresceva le sue aspettative. Se avesse seguito il desiderio lo avrebbe richiamato a sé. Forse Dmitrij voleva addirittura che fosse lei a fare il primo passo. Gabrielle invece entrò nel foyer quasi volando.

Anche lei era una maestra nel gioco dell'amore.

6

L'Italia cambiò Gabrielle. Al flirt con Dmitrij non ne seguì nessun altro, ma quando tornò a Parigi si sentì in forma come non mai e pervasa da una nuova voglia di vivere.

Le sembrò di svegliarsi da un sogno cupo. Il solo essere stata corteggiata con tanto riguardo da un uomo del rango di Dmitrij Pavlovič Romanov le diede nuova linfa. Certo, Boy era molto più ricco dell'esule Dmitrij, ma non apparteneva alla nobiltà. Figlio dell'alta borghesia, si era costruito da solo il suo status, e nella Francia di prima della guerra era considerata una cosa importante, quanto la gloria che portavano con sé i granduchi in fuga da San Pietroburgo e Mosca. Gabrielle comunque sviluppò affinità spirituali non solo con il suo adorato Dmitrij ma con tutta la cultura russa. Non era assolutamente certa che Dmitrij avrebbe rispettato la sua promessa, ma il loro incontro aveva riattivato in lei non soltanto il desiderio fisico. Era stato come un sogno meraviglioso, al cui risveglio si era sentita fortificata.

Anche José Sert fu tra gli artefici di questo suo ritorno alla vita. Grazie a lui Gabrielle apprese moltissimo sulla pittura del Rinascimento italiano e sulla scultura barocca. Il marito di Misia, nel suo campo un maestro, introdusse la sua allieva alla storia dell'arte con la dovuta cautela. D'improvviso il suo sguardo si era aperto su un mondo nuovo, come le era successo anni prima con la letteratura.

Da ragazza aveva letto con avidità tutto ciò che le capitava, senza considerare se si trattava di testi mediocri, buon intrattenimento o alta letteratura. Era convinta che in ogni libro ci fosse qualcosa che le avrebbe fatto fare un passo avanti. In seguito Boy le aveva fatto conoscere i classici e adesso Gabrielle sotto questo aspetto si considerava una persona piuttosto erudita. Invece aveva sempre trascurato l'arte figurativa. José a Venezia l'aveva introdotta al fascino e alla magia di quel mondo; la riempì di gioia potersi dedicare a quel mondo inesplorato. Non aveva intenzione di comprare quadri o sculture per esporli in casa sua. Anzi era convinta che il posto più adatto per questi oggetti fossero i musei, dove tutti potevano ammirarli.

I suoi desideri si mossero in altre direzioni: sognava di occuparsi di teatro o di balletti, memore di aver assistito alla *Sagra della primavera*. Non aveva la più pallida idea di come si disegnasse una scenografia, ma con i costumi poteva cavarsela alla grande, ne era certa. Per raggiungere questo scopo, tuttavia, era necessario essere al centro dell'attenzione di uomini come Sergej Djagilev, essere da loro venerata, come Misia Sert. E poi, lavorare con persone di cultura e di fama era una attività proficua per riempire il vuoto lasciato dalla morte di Boy. Grazie ai Sert, Gabrielle ebbe modo di conoscere molti pittori noti, anche se tipi come Pablo Picasso erano dei solitari. Avevano degli amici, certo, a volte anche un gallerista, ma quando creavano lo facevano in solitudine.

Certo che, rifletteva Gabrielle, i Sert con il viaggio in Italia le avevano fatto un regalo enorme: aveva cominciato a porre *se stessa* al centro del suo mondo, e non più l'uomo che aveva oltremodo amato.

Al suo ritorno la quotidianità l'assorbì interamente, ma i suoi pensieri ruotavano intorno al suo futuro ruolo nella vita da bohémienne. L'arte le sembrava un bel giocattolo, il teatro una casa di bambole e gli attori pupazzi. La povertà di quando era piccola non le aveva concesso nemmeno una bambola; perché, allora, non compensare questa mancanza con persone in carne e ossa? I Sert da Venezia avevano proseguito per i Balcani, e non sarebbero tornati molto presto: si presentava quindi una buona occasione per seguire da sola le orme dell'amica. E poi c'era l'altra missione...

Così un tardo pomeriggio si ritrovò davanti allo specchio, sistemò il cappello laccato di nero e spronò la futura mecenate. Lasciò l'atelier alle cinque, due ore prima del solito. L'ora del tè non era la migliore per una visita inaspettata? *Ricordi dell'educazione sociale impartita da un inglese*, pensò, e sorrise divertita.

Gabrielle era sorpresa di quanto le facesse bene poter pensare a Boy senza provare dolore. Le rimaneva la malinconia, certo, ma non più la disperazione. Se gli avesse raccontato quello che stava pensando, lui avrebbe riso con lei. Il lutto si poteva prendere con senso dell'umorismo? Di sicuro guardare avanti poteva rendere la nostalgia per un defunto più sopportabile. Vivere nell'isolamento non lo avrebbe riportato certo in vita. Era questo l'insegnamento delle ultime settimane.

Di buon animo attraversò Rue Saint-Honoré e arrivò a Rue Royale. Era un tiepido giorno di settembre, quasi estivo; sembrava fatto apposta per un giro di acquisti, e il suo percorso le stava facendo attraversare una delle strade più belle e antiche della città. Gabrielle però non passeggiava, camminava a passo spedito verso Place de la Concorde. A Venezia aveva ascoltato con attenzione e scoperto che Sergej Djagilev dopo la città lagunare avrebbe alloggiato all'Hotel de Crillon a Parigi.

Il Crillon era un posto lussuoso, meno feudale del Ritz, dove Gabrielle pernottava le sere in cui non aveva voglia di tornare nella sua nuova villa di Garches. Quello del Crillon era senza dubbio uno dei palazzi più belli della città, arredato in maniera moderna, visto che era diventato una casa privata solo poco prima della Grande Guerra. Gabrielle si stupì che Djagilev potesse permetterselo, ma di sicuro era molto più piacevole presentarsi dal *portier* di un hotel di lusso che contrattare con la dubbiosa affittacamere di una bettola.

L'ascensore la portò al secondo piano. Coco percorse il corridoio color avorio e raggiunse la fila di stanze abitate dall'impresario. Boris Kochno le tenne aperta la porta con un inchino perfetto. «Monsieur Djagilev la aspetta.»

L'impresario era in piedi, vicino alla finestra del salone. Alla luce sembrava quasi un dipinto della resurrezione che aveva preso vita. *Il Salvatore dei Ballets*, pensò Gabrielle.

«Mademoiselle Chanel, mi dispiace ma temo di non ricordarmi di lei. Ci siamo già incontrati? A Venezia, forse? Ad ogni modo, un'amica dell'adorata Misia Sert è sempre la benvenuta nelle mie stanze.»

Gabrielle fece un sorriso amichevole ma disse solo: «Monsieur Djagilev, buongiorno».

Lui si stava chiedendo dove l'avesse già vista, era evidente. Poi, però, come se accettasse la resa, scosse la testa così forte che i suoi capelli si drizzarono in tutte le direzioni. Con una mano cercò di sistemarli, con l'altra indicò un salottino. «Proprio non riesco a rammentare dove ci siamo visti. Ma lo scopriremo presto, non è vero? Prego, si accomodi. Cosa posso fare per lei?»

«Sono io che vorrei fare qualcosa per lei» replicò Gabrielle sedendosi.

Djagilev assunse un'espressione sospettosa.

Gabrielle decise di arrivare subito al punto e tirò fuori dalla borsa una cartellina di cuoio in cui si trovavano degli assegni.

«Voglio che rimetta in scena la *Sagra della primavera*» spiegò con tono deciso mentre posava gli assegni sul tavolino basso davanti a loro. Il primo era già compilato e firmato. Lo spinse verso Djagilev senza aggiungere altro. «Questa somma dovrebbe bastare...» Era un numero a sei cifre.

L'impresario s'insospettì ancora di più. Incredulo, prese il monocolo: «Mademoiselle!». Nella sua esclamazione si mischiavano l'indignazione di un uomo che si sentiva preso in giro, la sorpresa e un pizzico di gioia inattesa.

«Sta dicendo che non bastano?» chiese Gabrielle, altrettanto stupita.

«Trecentomila franchi!» Afferrò l'assegno prima che lei ci ripensasse. «Ci mancherebbe, Mademoiselle Chanel, è un'offerta molto generosa!»

Con la mano libera prese il fazzoletto, lo tirò fuori dal taschino e se lo premette contro il naso, come se il profumo facesse l'effetto di un tranquillante. Gabrielle notò che stava tremando. «Boris, prendilo e conservalo.»

Il giovane segretario finora si era tenuto in disparte. Avanzò per soddisfare il desiderio del padrone e accennò un inchino.

«Sono sconvolto» ammise Djagilev. «Se in cambio vuole la miglior rappresentazione mai eseguita dai Ballets russes può star certa che non la deluderemo!»

«Lo so.» Sorrise. «Ma in realtà volevo chiederle un'altra cosa.» La pausa servì per trasformare la suspense in tortura. Il colorito dell'impresario passò dal rosa cipria al rosso fuoco. «Si tratta del suo fazzoletto. Dando per scontato che non voglia separarsi per sempre dal regalo della granduchessa, lo vorrei in prestito.»

Aveva riflettuto a lungo su come arrivare alla formula del profumo della granduchessa Marija Pavlovna. Visto che Dmitrij le aveva dato poche speranze di poter trovare un flacone di Bouquet de Catherine, doveva trovare la formula in un altro modo. La cosa più logica le era sembrata usare il fazzoletto ancora intriso della fragranza. Sperò che nei laboratori di François Coty ci fosse un chimico capace di riconoscere i singoli elementi. Doveva perlomeno provarci. Non era necessario identificare tutte le componenti, bastava una base su cui condurre poi degli esperimenti. Il fazzoletto l'avrebbe avvicinata al suo scopo più di tutti i tentativi effettuati fino ad allora.

Negli occhi scuri di Djagilev c'erano confusione e incredulità. Strinse il fazzoletto, come temendo che la sua ospite potesse strapparglielo di mano da un momento all'altro.

«Al suo fazzoletto non succederà nulla» lo rassicurò Gabrielle. «Glielo restituirò il prima possibile, immacolato.»

«A cosa le serve?» La voce dell'uomo era gelida.

Alla luce della sua generosa donazione la domanda le parve piuttosto audace. D'altra parte, però, era un segno del legame profondo con la sua defunta mecenate. Un uomo con questo senso della correttezza le piaceva.

Così gli raccontò dei suoi successi come creatrice di moda. «Diversi anni fa ho iniziato a disegnare cappelli per le ospiti del mio amico Étienne Balsan. In un periodo in cui le donne portavano in testa delle ridicole impalcature, i miei modelli sobri hanno destato l'interesse della buona società parigina. Così, grazie al sostegno di Étienne ho potuto aprire il mio primo negozio da modista in Rue Cambon. Lì ho iniziato a cucire, casacche alla marinara e gonne pantalone. Da sempre prediligo uno stile essenziale, ispirato alle forme semplici del Medioevo. Ad ogni modo, è andata così bene che un anno prima della guerra ho aperto boutique a Deauville e più tardi a Biarritz.

«Oggi lavoro in un palazzo di Rue Cambon e quasi tutte le signore della buona società sono miei clienti. Alle migliori, le più fedeli, vorrei fare un regalo... un'eau de toilette, ma dev'essere speciale. Come il profumo della granduchessa. Ecco, per scoprire la formula ho bisogno del suo fazzoletto...» Una breve pausa, e poi aggiunse: «... e della sua assoluta discrezione. Tutto quello di cui stiamo parlando va tenuto sotto riserbo. Anche la mia donazione. Nemmeno Misia deve saperlo».

Djagilev annuì e le passò il fazzoletto. «Capisco. La granduchessa comunque usava Rallet N° 1, ovvero Bouquet de Catherine...»

«Lo so» lo interruppe lei.

Cosa avrebbe detto Dmitrij Pavlovič del fatto che voleva produrre una nuova versione del profumo della zarina? Non una copia, non era nel suo stile. Quello che aveva in mente era una variante, più moderna. Come la ripresa della *Sagra della primavera*, che non sarebbe stata una semplice ripetizione dello spettacolo di prima della guerra. Come avrebbe considerato Dmitrij il finanziamento di questo ricordo dell'antico folclore russo? Il passato di Dmitrij e il futuro di Coco si univano.

Penso troppo a lui, constatò quasi spaventandosi, *la devo smettere*. Nella sua vita c'erano cose ben più importanti di un nuovo uomo.

Ripose nella borsa gli assegni, insieme al fazzoletto.

7

Un paio di giorni dopo, mentre attraversava in macchina il Bois de Boulogne, Gabrielle fu rosa dai primi dubbi. Si chiese se non fosse stata una decisione troppo precipitosa. Pagare una somma così alta per un fazzoletto, da cui probabilmente non avrebbe ricavato alcuna indicazione, era una follia. Certo, l'assegno a Djagilev lo aveva dato anche per altri motivi, ma la storia del profumo ormai era diventata un'ossessione.

Boy si sarebbe divertito moltissimo, ma forse l'avrebbe redarguita per aver agito con troppa leggerezza. L'Eau de Chanel era stata un'idea di entrambi, ma non l'unica. Quante sere si era accoccolata tra le sue braccia davanti al camino scoppiettante e gli aveva parlato dei suoi progetti. E lui aveva accolto o respinto le sue proposte con argomentazioni valide. Avevano chiacchierato soltanto del suo futuro professionale, mai delle faccende private. Del resto non c'era niente di cui discutere, Gabrielle dava per scontato che avrebbe passato il resto della vita al fianco di Boy. Ed era convinta che lui pensasse la stessa cosa. La prima volta in cui avevano superato l'ingresso del civico 31 di Rue Cambon, lei era sicura non solo di aprire un negozio per il marchio Chanel, ma anche di stringere la mano di chi sarebbe stato per sempre accanto a lei.

Perché dedicava così tanto tempo a un profumo invece che

ad altre idee da realizzare? Per esempio, disegnare un vestito elegante e allo stesso tempo semplice, che una donna potesse indossare ad ogni ora del giorno…

Versò una lacrima. Gabrielle fu tentata di asciugarsi con il fazzoletto, ma dopo qualche esitazione lo fece con la punta delle dita, stando attenta a non rovinare la cipria. La pregiata cipria, prodotta dall'abile affarista François Coty, che ogni mattina spandeva sulla pelle, facendola sembrare sempre un po' abbronzata. Sul mercato dell'industria cosmetica Napoleone-Coty era imbattibile. Gabrielle ormai entrava nella villa La Source come se fosse una seconda casa. Negli ultimi sei mesi c'era stata così tante volte che i dipendenti di Coty la consideravano una di loro. Anche quel giorno venne condotta senza troppi convenevoli verso gli uffici della direzione, dove il capo la stava aspettando con il caffè appena fatto.

«I chicchi appena macinati di miscela arabica sono il modo migliore per iniziare la giornata» disse Coty energico, prima di fare il baciamano. «Aprono il naso e l'animo. Sono felice di fare colazione con lei. Desidera un croissant?»

Gabrielle scosse la testa.

«Cos'è che le ha tolto l'appetito tanto da rifiutare un croissant appena sfornato? Mia cara, quando mi ha chiesto questo appuntamento urgente sembrava parecchio agitata. E anch'io mi sono agitato, visto che non mi ha voluto dire di cosa si trattasse. Adesso posso sapere cosa l'ha condotta qui?»

«Certo.» Sorrise. Invece di aprire la borsetta batté con le nocche contro il lucchetto. «François, è in grado di riconoscere gli ingredienti di un'eau de toilette dal *muchoir* su cui è stata spruzzata?»

«No» rispose lui senza riflettere. «Non è possibile.»

Lei ansimò. «Ho qui un fazzoletto con un profumo che

dev'essere la base del mio e devo scoprire a tutti i costi le componenti della fragranza usata.»

«Chimicamente non c'è alcuna possibilità di scoprire le singole sostanze da un brandello di stoffa.» Coty la guardò irritato, sollevando la tazza di caffè. «Ma perché non chiede alla signora un campione di profumo?»

«È morta.»

«Mi dispiace.»

Gabrielle commentò un gesto sprezzante, che non si riferiva alla dipartita della granduchessa ma all'urgenza con cui voleva agire. Non aveva tempo per questioni marginali, e ancor meno voglia di rinunciare. «Pare si tratti del Bouquet de Catherine di Rallet...»

«È il profumo della famiglia degli zar» la interruppe Coty. Era a disagio, si vedeva benissimo. «Chiunque abbia a che fare con il mio mondo ha memoria del profumo e della sua storia. Rallet lo ha creato a Mosca prima della guerra; dicono si sia ispirato a Quelques Fleurs di Houbigant. O il contrario. O forse la somiglianza è solo un caso, come anche la presentazione dei due profumi nello stesso anno. La verità non la sapremo mai.»

«Allora conosce le componenti del profumo?» chiese Gabrielle piena di speranza.

«È uno strano miscuglio di ingredienti. Di più non so. Nessuno lo sa. Probabilmente la formula se n'è andata insieme all'impero di Russia, oppure è nelle mani dei bolscevichi. Ho sentito che adesso la vecchia fabbrica di Rallet a Mosca si chiama Fabbrica di saponi e profumi N° 5. A quanto pare i soviet vogliono produrre un profumo dal nome Libertà. Incredibile, non trova?» Invece di aspettare la risposta di Gabrielle aggiunse una domanda. «Perché le interessa così tanto la formula di questo vecchio profumo?»

«Voglio riportarlo a nuova vita.»

Coty trasalì. «Allora la cosa più semplice è procurarsi un flacone di Rallet. Con il liquido posso lavorare molto meglio che con il fazzoletto.»

«Ho solo questo fazzoletto» rispose Coco.

«*Mmm*... forse è anche esaurito.» D'improvviso scoppiò in una risata fragorosa. Quando si calmò, disse: «Con permesso, Mademoiselle Coco Chanel, il suo proposito sembra uno scherzo. Ma il suo umorismo mi piace».

«Non sono mai stata così seria.» Aprì la borsa e tirò fuori il fazzoletto. Subito si diffuse il suo inconfondibile profumo.

«Vuole soffiare un affarone ai bolscevichi...» ridacchiò. «Dubito che con un fazzoletto otterremo molto, ma ci proveremo. Il mio cuore prevale sul mio intelletto.»

Sorridendo, le promise che si sarebbe fatto vivo il prima possibile.

8

«Ma che stai facendo?» chiese José Sert alla moglie che cercava di infilare un cartoncino in una busta. Gli bastò un'occhiata alla spessa carta fatta a mano, non ebbe bisogno di leggere la scrittura appuntita per capire di cosa si trattasse. Era alle spalle di Misia, che seduta al suo secrétaire si comportava come se stesse compiendo un gesto sacro.

La moglie era china sulla montagna di posta privata ricevuta durante i mesi di assenza. La maggior parte delle buste era divisa in piccole pile, e solo quella che aveva in mano stava ricevendo un trattamento speciale.

«L'invito al ballo in costume del Comte de Beaumont... lo rispedisco al mittente» spiegò Madame Sert senza alzare gli occhi dalla sua occupazione di fondamentale importanza.

«Sì, lo vedo. Ma non capisco perché.»

«Mi rifiuto di andare a quella festa.»

«Sarà l'evento sociale più importante della stagione!»

Misia si girò e fece un sorriso pieno di mistero. «Può darsi, ma noi faremo in modo che diventi il più grande *scandalo* della stagione.»

«*Aha.*» José si chiese cosa avesse la moglie contro Étienne de Beaumont. Il conte era uno dei maggiori mecenati dell'arte moderna. Collezionava dipinti cubisti di Pablo Picasso, Juan

Gris e Georges Braque, permettendo a questi pittori una certa sicurezza economica. Beaumont e i Sert, inoltre, erano legati da una stretta amicizia con il poeta Jean Cocteau. José non ricordava che Beaumont o la moglie Edith si fossero comportati in modo tale da giustificare quello strano atteggiamento di Misia. Al contrario. Il palazzo del conte, nel 17° Arrondissement, era uno dei centri culturali più importanti di Parigi, e Misia finora era sempre stata felice di essere una delle sue più assidue frequentatrici.

«E perché? Insomma, per quale motivo dobbiamo far scoppiare uno scandalo?»

«Étienne e Edith de Beaumont si rifiutano di includere nella lista degli invitati Coco Chanel.» La voce di Misia tremava di rabbia. Con un gesto quasi automatico la sua mano si sollevò e si unì alle dita di José, sulla spalla. Forse cercava un sostegno, forse voleva essere certa del suo consenso. «Incredibile! Ma io farò in modo che nemmeno i nostri amici ci vadano. La comunità artistica di Parigi farà quadrato e rimarrà a casa, oppure... ancora meglio, festeggerà da un'altra parte. Ho già informato Picasso e Cocteau: sono della mia stessa opinione.»

«Oh, un vero e proprio intrigo!»

«No, una pubblica dichiarazione di guerra.»

«Non pensi che i Beaumont siano liberi di decidere chi invitare al loro ballo? Certo, il fatto che evitino Coco è deplorevole, ma... *¡Dios mío!* non è un buon motivo per essere così ostili nei loro confronti.»

«Secondo me invece sì.» Misia lasciò la mano del marito. «Edith de Beaumont si fa disegnare i vestiti da Coco ma non vuole avere rapporti privati con la persona che li ha creati. Lo stesso, Étienne. Esageratamente snob! Sono senza parole.»

José amava Misia, e anche Coco, perché era una donna stupenda e perché Misia l'adorava. Aveva rispetto per la moglie che si batteva per l'amica, ma non capiva tutto questo dramma. «Non ti illudere, Coco a una festa del genere non ci andrebbe comunque. Dubito che nonostante tutti i suoi progressi sia ancora pronta per un simile evento.»

«Certo che ci accompagnerebbe, lo sai benissimo.»

«Forse» ammise lui poco entusiasta. «Come credi, se non vuoi non ci andremo, per me non ci sono problemi. Ma perché invece di rispedire indietro l'invito non rispondi semplicemente di no?»

«Per far capire a lor signori che sono dei poveracci.» Finalmente si girò verso di lui con tutto il busto. I suoi begli occhi azzurri lampeggiavano. «L'unico motivo per cui non considerano Coco è il pregiudizio sul ceto. A *Monsieur le Comte* e alla sua *Comtesse* disturba che Coco sia una figlia illegittima di origini modeste. E poi le rinfacciano le sue frequentazioni maschili. Non la considerano abbastanza elegante per appartenere alla loro cerchia. E dire che io non conosco nessuna donna con più classe di Coco. Non voglio avere niente a che fare con questa gente bigotta. Anzi, bisogna metterla alla berlina.»

La sua correttezza incondizionata lo commosse. Si chinò e la baciò sulla bocca. «È un problema sociale che non riguarda solo i Beaumont. Misia, sai benissimo che le origini di Coco e il suo stile di vita non lasciavano indifferente nemmeno Arthur Capel. È una questione che non si risolverà in fretta e che ci procurerà ancora parecchi grattacapi.»

«Coco per me è come una sorella. Non posso tollerare che non venga rispettata per la persona fantastica che è. Per questo faremo scoppiare lo scandalo. E farò anche in modo che Edith de Beaumont non riceva nemmeno una goccia del profumo che Coco sta facendo confezionare per le sue clienti.»

«Va bene» mormorò José accarezzandole una guancia.

«A proposito, anche François Coty è un figlio illegittimo» continuò Misia ignorando le carezze del marito. «Eppure il mondo intero lo venera come un imperatore.»

José sospirò. Quanto avrebbe desiderato porre fine a quella conversazione così spiacevole. «Coty è un uomo ricco e potente.»

«Coco mi ha detto che quest'anno i suoi introiti raggiungeranno i dieci milioni di franchi. Anche Coco è una donna ricca e potente.»

E presto, si spera, anche rispettata, pensò José. Si chinò di nuovo verso Misia e la zittì con un bacio.

9

François Coty si fece vivo molto più tardi del previsto. «Mademoiselle Chanel, purtroppo non siamo approdati ad alcun risultato.» La sua voce seria rimbombò nella testa di Gabrielle. «Abbiamo provato di tutto. Siamo riusciti a identificare un paio di fragranze floreali ma manca un componente essenziale. Secondo me in ballo ci sono molecole sintetiche, ma con il solo fazzoletto a disposizione il laboratorio non può identificarle.»

«In che senso "molecole sintetiche"?» domandò Gabrielle.

«È un po' complicato da spiegare, ma in poche parole si tratta di sostanze artificiali ottenute per via chimica.» Coty sospirò e si immaginò Coco scuotere la testa all'altro capo della linea. «Magari mi sbaglio. Magari no. È raro che un profumo venga prodotto con sostanze sintetiche, è troppo costoso. Ma forse per la famiglia degli zar niente era troppo costoso. Ad ogni modo, con il solo fazzoletto non faremo passi avanti. E siamo lontanissimi dal comporre un profumo anche vagamente simile.»

Gabrielle non fece capire a Coty quanto la notizia l'avesse costernata. Avrebbe voluto gridare, invece disse: «Grazie per essersi interessato così tanto. Domani manderò il mio chauffeur a riprendere il fazzoletto».

«Il mio laboratorio resta a sua disposizione» concluse la telefonata il re dei profumi. *Perlomeno Djagilev sarà felice di ria-*

vere indietro il suo prezioso ricordo, pensò Gabrielle. Già diverse volte si era fatto vivo per riaverlo. Sempre discreto, mai impertinente, ma lei si era sentita in colpa, dal momento che nella fase più importante dell'allestimento stava trattenendo il suo talismano. Djagilev l'aveva invitata ad assistere alle prove tramite Boris Kochno: il giovane segretario si presentava spesso all'atelier per recapitare inviti e messaggi personali da parte del suo padrone. Lei però aveva sempre detto di no.

Quando il giovane si recava all'atelier, Gabrielle di solito era inginocchiata a terra, gli spilli tra i denti, un puntaspilli sul polso, attaccato al braccio con una fascia. Completamente immersa nel lavoro, ascoltava con attenzione Kochno che, dopo l'ennesimo invito, si informava timidamente sul fazzoletto prestato. Lei fissava un paio di spilli sul manichino e poi cercava di dargli delle speranze. Eppure ad ogni visita del ragazzo si era sentita più meschina. I russi erano molto superstiziosi, lo aveva imparato da Dmitrij. Per questo stava evitando l'impresario con amichevoli rifiuti. La sua attività di mecenate non stava andando bene. Ancora peggio la produzione di un'Eau de Chanel.

E adesso il fazzoletto si rivelava inutile. Dopo aver concluso il colloquio con Coty lo sguardo le cadde sul tavolino sotto il telefono da parete. Sulla sua agenda, aperta agli appuntamenti della settimana successiva, erano sparpagliati alcuni foglietti e tra le pagine spuntava l'angolo di un biglietto da visita con lo stemma dell'Hotel de Crillon.

Frugò tra i foglietti e trovò quello che cercava. Anche se in realtà aveva risposto di no, si era segnata posto, data e orario del *souper* organizzato da Djagilev in occasione dei progressi delle prove della *Sagra*. Nemmeno lei sapeva perché si fosse segnata un evento che aveva rifiutato. Dopo le cattive notizie di

Coty, forse la cena era l'occasione migliore per riportare il fazzoletto al suo legittimo proprietario.

Raggiunse la scrivania, si sedette e tirò fuori un foglio. Il messaggio che scrisse a Djagilev fu breve: aveva cambiato idea e accettava volentieri il suo invito. Non accennò al fazzoletto: voleva fargli una sorpresa.

Nel bar La Gaya, Sergej Djagilev aveva invitato gli amici artisti e alcuni membri della compagnia. Il locale era a due passi dal suo atelier, ma Gabrielle arrivò in ritardo. Gli ospiti divisi a gruppetti sotto un enorme lampadario, prendevano l'*apéritif* e discutevano in maniera animata, riflessi dalle pareti specchiate.

Vide subito José Sert, impegnato in una conversazione con Pablo Picasso. José alzò gli occhi verso di lei per un attimo, e subito tornò alla discussione. Picasso, mentre parlava, gesticolava in maniera selvaggia agitando pure il sigaro. Gabrielle era affascinata dal carisma di quell'uomo, che pur non essendo particolarmente attraente – spesso nemmeno gentile – aveva *esprit*. Lo conosceva grazie agli amici di José, ma non era l'unico legame. Olga Stepanovna Khochlova, fino al matrimonio con Picasso ballerina della compagnia di Djagilev, indossava abiti di Gabrielle: non solo negli eventi mondani, come una mannequin. Circa due anni prima, infatti, diventata da poco Madame Picasso, era stata dipinta da Pablo con indosso un costume da bagno disegnato da Chanel. Il dipinto si chiamava *Le bagnanti*. Una prova d'amore a olio. Adesso Olga Picasso era alla finestra insieme a Misia, con un bicchiere in mano da cui beveva a piccoli sorsi. Gabrielle sapeva che la ex prima ballerina era incinta, ma il vestito ampio mascherava le sue forme. Sia Olga che Misia erano accerchiate da ammiratori.

Gabrielle si servì dal vassoio portato in giro da un cameriere e si fermò tra la porta e il pianoforte, in osservazione. Il locale era rinomato per la sua musica e spesso vi suonavano compositori come Darius Milhaud o i suoi amici del Groupe des Six. Quel giorno però nessun accordo riusciva a contenere il brusio di chiacchiere; erano le voci a fare da padrone. Djagilev aveva invitato più di venti persone, perlopiù uomini, tutti vestiti in maniera molto formale; i ballerini erano riconoscibili dal portamento. Gabrielle bevve un sorso di champagne e vide che l'atmosfera si stava riscaldando, come se dietro l'elegante facciata stessero per scoppiare dei drammi.

Il suo ruolo di osservatrice silenziosa venne interrotto da Djagilev in persona, che la notò e le andò incontro a braccia aperte. «Mademoiselle Chanel! Che gioia vederla!»

Nessuno all'interno del bar poté ignorare il dirompente approccio, che scatenò un turbine di saluti e baci sulle guance di Gabrielle.

«Sono molto contenta di essere qui» rispose lei amichevole, e consegnò a Djagilev il suo regalino. «Sono venuta soprattutto per riportarle questo.»

Djagilev si premette il fazzoletto contro la bocca e il naso con un gesto teatrale, troppo commosso per trovare parole di ringraziamento.

La scena risultò un po' imbarazzante, anche perché le conversazioni intorno si erano di colpo fermate. Solo il piagnisteo in spagnolo di Picasso continuava a scoppiettare invariato.

«Le avevo promesso di restituirglielo intonso.»

«Coco!» Misia si allontanò dai suoi conoscenti e raggiunse l'amica.

«Ma che ci fai qui?» le sussurrò all'orecchio abbracciandola. «Non sapevo che conoscessi il maestro.» Il tono un po' offeso era evidente perfino nei sussurri.

«Me lo hai presentato tu a Venezia» le ricordò Gabrielle con un sorriso forzato.

«Sì, però...» obiettò Misia, ma s'interruppe. I suoi occhi si spostarono sull'impresario, che tolto dalla tasca della giacca il fazzoletto che aveva sostituito l'originale della granduchessa defunta, lo lasciò cadere a terra e lo rimpiazzò con l'amato cimelio. «Misia, la sua incantevole amica deve assolutamente conoscere Stravinskij» disse l'uomo con voce flautata. E si avviò verso un gruppetto alla finestra. Una decina di occhi si posò sulle due donne al seguito.

«Ma cosa ci fai qui?» ripeté Misia a Gabrielle.

Bisbigliava, ma lo sdegno con cui difendeva il suo posto in quella società si coglieva comunque. Era arrabbiata. Per la prima volta Gabrielle pensò che fosse gelosa. Misia Sert era la maggiore promotrice dei Ballets russes... e voleva restarlo. Non aveva mai sospettato che ci fosse Gabrielle dietro la consistente offerta che aveva consentito la nuova rappresentazione della *Sagra*.

«Monsieur Djagilev è stato così gentile da invitarmi» disse Gabrielle «e io ho accettato.»

«Ma non mi hai detto niente!»

«Me lo sono dimenticato...»

«Ma... ma noi ci diciamo sempre tutto!»

Gabrielle non ascoltava più. Era ipnotizzata dagli occhi intelligenti di un uomo che la stava fissando da dietro una montatura dorata. Era vicino a Olga Picasso, altezza media, più esile che robusto, intorno ai quaranta, i capelli che iniziavano a diradarsi sulla fronte alta, baffi sulle labbra piene e serie. Il suo completo, un tempo di qualità eccellente, adesso mostrava gli anni. Aveva un colorito pallido. In breve, l'aspetto di una persona che non se la passava bene economicamente, ed era abituato ad altri tenori di vita.

«Questo è Igor Stravinskij, il compositore» disse Djagilev. «Mademoiselle Coco Chanel, la creatrice di moda.»

Lo sguardo penetrante sondò gli occhi di lei. «Buonasera.» Le tese una mano, come se si trovassero a un ballo nella sua patria ormai decaduta.

Igor Stravinskij aveva allo stesso tempo qualcosa di inquietante e di affabile. E anche un che di dispotico, che non si addiceva al suo completo modesto. Combattuta tra la repulsione e la curiosità, Gabrielle non riusciva a sottrarsi al suo carisma. Anche quando le presentarono il coreografo Léonide Massine e poi il critico d'arte e scenografo Alexander Benois la sua attenzione rimase catturata da Stravinskij. I nomi dei ballerini del gruppo di Misia e Olga Picasso li dimenticò all'istante.

«Mademoiselle Chanel, voglio che al *dîner* sia seduta vicino a me» disse Stravinskij.

«Non vogliamo lasciare che sia il nostro ospite a decidere i posti?»

«No, perché dovremmo?» Quando mosse la testa, sotto la luce del lampadario le sue lenti luccicarono come lame di spada. «Sta agli invitati godersi una serata speciale. Oppure siamo qui solo per fare un piacere a chi ci ha invitato?»

Gabrielle fu esonerata dalla risposta. A quanto pareva la discussione tra Picasso e Sert stava diventando un litigio, di colpo l'agitata voce di Pablo superò il sottofondo di conversazioni. «Max Jakob dice che uno stile valido comporta l'assenza di cliché e io condivido la sua opinione!»

Sì, anche Gabrielle lo pensava. José Sert invece adorava l'opulenza, che poteva essere stracolma di cliché.

«Passionalità spagnola» commentò Stravinskij divertito. «Il contrario della malinconia russa, che certo non esclude che anche i russi possono essere passionali.»

Gabrielle sorrise, per la prima volta non a Stravinskij ma a un altro uomo. Oh, sì, Dmitrij Romanov che, nella sua riservatezza, poteva nascondere un temperamento spumeggiante. In Stravinskij era più evidente. Ma lui era un artista, mentre Dmitrij fino alla sua fuga aveva sperimentato poco, oltre alle rigide cerimonie di corte e la vita militare. In generale, Coco preferiva la riservatezza russa all'apertura dei popoli mediterranei. Anche Boy a prima vista era sembrato impeccabilmente distante, ma sotto questa impassibile superficie britannica divampava il fuoco. Al pensiero dell'amato, per un attimo il cuore di Gabrielle si fermò, ma si riprese subito.

«Ti siedi vicino a Stravinskij?» domandò Misia, sorpresa quando presero posto. Poi inarcò un sopracciglio, e avvicinandosi a Gabrielle le sussurrò: «Sta' attenta che non ti contagi, pare che la moglie abbia la polmonite cronica. Tubercolosi, immagino. Nelle condizioni in cui vivono non mi sorprende, ma è triste per i bambini. Ne hanno quattro. Ancora piccoli, credo. La tisi è contagiosa».

Gabrielle sorrise all'amica ma restò zitta. Che Misia, morsa dalla gelosia, dicesse pure quello che voleva! Lei comunque avrebbe occupato il posto d'onore vicino all'ospite della festa. Non poteva lamentarsi. Probabilmente si sarebbe indignata per qualunque vicino di tavolo Gabrielle avesse scelto, fosse stato anche l'ultimo ballerino della compagnia. Era arrabbiata per la presenza dell'amica: cosa ci faceva lì? Misia era fatta così e Gabrielle non le dava troppo peso. Quella era la loro amicizia, con alti e bassi, salite e discese, un cambiamento continuo. Ma non c'era mai stata vera invidia, che portasse a una rottura definitiva. E così sarebbe stato, Gabrielle ne era sicura.

Mentre i camerieri servivano gli antipasti, Igor Stravinskij intrattenne Coco. Parlava moltissimo, ma quello che diceva sulla storia della musica in generale e sulla cosiddetta Nuova Musica, con tutte le sue possibilità e direzioni di stile, in particolare era stimolante e istruttivo. Gabrielle pendeva dalle sue labbra, come le era successo con Boy e poi con José Sert quando parlava di arte.

Stravinskij conversava con voce forte e chiara e continuava a guardare Coco negli occhi per assicurarsi la sua totale attenzione. Quando il compositore fu costretto a interrompersi perché il giovane cameriere servì la portata di pesce in maniera così maldestra che la salsa quasi sgocciolò sulla giacca dell'ospite, Gabrielle azzardò una domanda sulla sua famiglia.

«Mia moglie Ekaterina è malata e deve passare quasi tutto il tempo a letto» rispose affranto, per poi aggiungere con entusiasmo: «I miei figli però stanno benone, sono splendidi. Due maschi e due femmine, alternati, di tredici, dodici, dieci e sei anni».

«Peccato che sua moglie non possa accompagnarla in serate come questa.»

Gli occhi del compositore si spostarono sul vestito sobrio ed elegante indossato da Gabrielle. La seta color crema con applicazioni nere calzava a pennello sul corpo magro, il colorito scuro e i capelli neri.

«Non è abbastanza in forze e probabilmente non avrebbe niente da mettersi per un'occasione del genere. E poi qualcuno deve badare ai bambini.» Confuso, Stravinskij distolse lo sguardo dalla donna e si concentrò sul cibo.

Gabrielle si accorse che Misia li stava osservando. L'amica troneggiava all'altro capo del tavolo, dove tutti gli ospiti stavano chiacchierando amabilmente. Lei non poteva partecipare alle singole conversazioni, di sicuro non sentiva cosa stesse dicendo Stravinskij. Gabrielle scosse la testa e si girò in maniera eloquente verso il suo vicino, appoggiandogli una mano sulla spalla in segno di confidenza.

«È triste che sua moglie non stia bene. Ha trovato una casa adeguata per lei e la sua famiglia qui a Parigi?» domandò pur sapendo che non era così.

Il compositore esitò... e come risposta fu sufficiente. Poi però, con incredibile sincerità, aggiunse: «Sfortunatamente non posso permettermi di alloggiare mia moglie e i miei figli in un posto adeguato. Abbiamo dovuto prendere quello che potevamo permetterci. Gustave Lyon, il direttore della fabbrica di pianoforti Pleyel, è così gentile da sostenerci, ma la situazione è comunque spiacevole... e purtroppo immutabile».

«Come può lavorare in queste condizioni?»

«In qualche modo... Ma la prego, non si preoccupi per me.»

«Io sono una grande ammiratrice della sua musica. Così drammatica... e implacabile. Non ha alcuna traccia della leggerezza cui aspiriamo dopo la terribile guerra che ci siamo lasciati alle spalle. La *Sagra della primavera* mi è rimasta così impressa che non vedo l'ora di riascoltarla.»

Quando lei gli aveva posato la mano sul braccio, lui aveva messo giù la forchetta. Adesso aveva cercato le sue dita. «Mademoiselle Chanel, lei è una donna fantastica.»

Divertita, Gabrielle tirò via la mano. Lui ovviamente non sapeva che lei stava flirtando per far arrabbiare la sua migliore amica. Era un gioco tra lei e Misia, che in sostanza non aveva nulla a che fare con Igor Stravinskij. Gabrielle sentì lo sguardo indignato di Misia senza che lui potesse notarlo. Perché l'amica era invidiosa per quelle chiacchiere innocenti, considerato che era un uomo sposato e con figli? Misia aveva così tante cose più di lei: un uomo che l'amava e che l'aveva sposata. Era ingiusto.

Gabrielle non poté impedire che il suo sguardo a un certo

punto incrociasse quello dell'amica. Ciò che vi vide fu incredulità: più che arrabbiata, Misia era sorpresa.

Gabrielle sospirò e si girò di nuovo verso Stravinskij. Sforzandosi di rendere il tono della voce privo del risentimento che il comportamento di Misia le suscitava, disse: «La invito, insieme alla sua famiglia, nella mia casa di campagna poco fuori Parigi. Potrà abitare e lavorare lì. Sono sicura che il trasloco gioverà sia a sua moglie che ai suoi figli».

«È un'offerta molto generosa, è sicura?» replicò lui stupito. Forse temeva di non aver capito bene.

«Certo che sono sicura.» Rise. Una risata artificiosa e senza gioia, dovuta a quella situazione insostenibile. Per via di Misia. E anche di Boy, che aveva comprato quella villa perché vi trasferisse la vitalità, e non la tristezza di una donna abbandonata. «Possiedo una villa a Garches. Lì c'è spazio sufficiente per una grande famiglia.»

Gabrielle era diventata la nuova mecenate di Igor Stravinskij: chissà, Misia sarebbe morta di rabbia. Ma avrebbe capito che quella triste storia familiare ricordava a Coco la perdita della propria madre. Il modo in cui poco prima Stravinskij aveva parlato dei figli, con occhi luccicanti, l'aveva commossa. Non voleva abbandonare i piccoli al loro destino, tanto meno la moglie malata. Se non avesse fatto nulla per la famiglia Stravinskij, e i bambini, orfani di madre, fossero finiti in un istituto, si sarebbe sentita in colpa. Non se lo sarebbe mai perdonato.

«Dico sul serio» ribadì Gabrielle.

«Mademoiselle Chanel!» esclamò Stravinskij entusiasta. Non sapeva cosa dire.

«È il mio modo per ringraziarla per la sua musica stupenda» disse lei. «E per il piacevole intrattenimento a tavola. Le è piaciuto il pesce?» Sfoggiò il suo affascinante sorriso.

Vedersi come promotrice dell'arte e della musica di Stravinskij, e come benefattrice della famiglia del compositore fu per Gabrielle una sensazione indescrivibile, altamente edificante.

Il corpo di Gabrielle fu attraversato dal calore di una gioia infinita, che non provava da tempo.

10

«Coco, non so perché ti ho chiamato, ma forse è ora che ti perdoni.»

Gabrielle guardò l'apparecchio e contò fino a tre.

Erano quasi due settimane che non sentiva Misia. L'amica se l'era presa per un nonnulla. Offesa a morte. Glielo aveva fatto capire con chiarezza già al La Gaya, con un saluto di ghiaccio. Gabrielle aveva messo in conto di non sentirla per un po', ma erano passati già dieci giorni senza alcun segno di vita. La cosa stupefacente era che riuscisse a tenere a bada la sua curiosità così a lungo. Da Djagilev o da qualcun altro della sua cerchia di conoscenti sapeva di sicuro che Stravinskij aveva traslocato a Bel Respiro.

Gabrielle aveva sentito nostalgia per l'amica e alla fine si era chiesta se avesse dovuto compiere lei il primo passo.

Misia proseguì a parlare, Coco sentì crescere il sollievo.

«Ho sentito che Igor Stravinskij adesso alloggia a casa tua, con la famiglia. Come sei stata generosa! Davvero riesci a sopportare le grida di quattro bambini per tutto il giorno?»

Gabrielle sorrise. L'amica continuava come se tra loro non ci fosse alcun rancore, era tutto risolto.

«Lavoro» rispose paziente. «Sono tutto il giorno in atelier, e con i bambini ho poco a che fare.»

«Ma lui non suona il piano la notte? Come fai a dormire?»

Gabrielle si morse un labbro per non scoppiare a ridere. «A me la musica di Igor Stravinskij piace.»

«Ma certo, anche a me...» Misia si arenò, poi superò l'esitazione e disse: «Ma per quanto siano belle le sue composizioni... io non riuscirei ad ascoltarle ogni santa notte per ore e ore».

La risata che Gabrielle riuscì a soffocare si trasformò in una risatina sommessa. Poi, sempre ridacchiando per lo spasso, fece la sua grande rivelazione. «Sì, Stravinskij e la sua famiglia sono miei ospiti, ma io in questo periodo non abito a casa mia. Loro sono lì da soli, io dormo al Ritz.»

Non disse, però, che la sera precedente Igor Stravinskij si era presentato all'hotel per suonarle la sua nuova composizione, un omaggio a Claude Debussy. Nel salone della sua suite c'era un pianoforte a coda, messo lì più per decorazione, ma comunque accordato. Il concerto privato aveva lusingato la mecenate Gabrielle e messo le ali alle sue riflessioni su altri progetti da sostenere. Non solo la ripresa della *Sagra della primavera* e l'aiuto quotidiano al compositore, quindi. Aveva abbastanza soldi per sostenere gli artisti e la loro arte; un compito di gran soddisfazione. Meno apprezzabile era il fatto che Stravinskij, al contrario di Gabrielle, fosse un nottambulo. Dopo il concerto, infatti, non aveva accennato a voler abbandonare la suite. Gabrielle lo aveva sommerso allora di complimenti, un atteggiamento un po' meschino. E lo sguardo del compositore era stato un po' troppo profondo, la stretta di mano troppo lunga e il bacio di congedo troppo ruvido. Tutto solo per gratitudine, Gabrielle ne era sicura. E finalmente l'aveva rimandato a casa dalla moglie. A casa sua.

«Il nostro accordo è molto pratico» spiegò a Misia. «Io me ne sto per conto mio, a due passi dall'atelier. Viaggiare di continuo mi dava ai nervi da un pezzo.»

«Cambiare la tua tenuta con un hotel è...» esitò e poi disse: «Una decisione notevole.»

«Pratica» ribadì Gabrielle.

«Ad ogni modo» continuò Misia con voce flautata «non ti ho chiamata per chiederti dei tuoi ospiti.»

Gabrielle ansimò.

«Stamattina ho sfogliato il nuovo catalogo di Drouot e ho visto l'annuncio di un'asta che potrebbe interessarti.»

«Oh... di nuovo i paraventi?»

Gabrielle collezionava paraventi di Coromandel. Secondo lei non c'era arredo più sensato in una casa di un paravento cinese laccato di Coromandel: era allo stesso tempo decorazione e anche una possibile barriera per nascondere il disordine. Uno di questi paraventi al momento del trasloco in albergo l'aveva addirittura seguita dalle sue stanze private al primo piano dell'atelier alla suite del Ritz. D'istinto i suoi occhi si spostarono verso il posto lasciato vuoto, davanti alla scaffalatura: nonostante la poltrona in velluto color crema, l'angolo sembrava poco arredato. Sì, doveva concedersi un nuovo pezzo da collezione.

Misia però si corresse: «Non si tratta di oggetti del genere, te lo avrei già detto. Stavolta si stratta di carte. Documenti, scritti antichi...».

Gabrielle smise di ascoltare, avevano bussato alla porta. Coprì l'apparecchio con una mano e disse: «Avanti!». Poco dopo comparve la sua *directrice*. «Un attimo» disse Gabrielle facendole capire che doveva aspettare. Poi si rivolse a Misia: «C'è bisogno di me in atelier. Parliamone un'altra volta. I libri d'antiquariato comunque non m'interessano».

«E chi ha detto che sono libri!» protestò Misia. «Si tratta di manoscritti delle regine Caterina e Maria de' Medici. Vecchie formule di chimica. Sono state trovate nella biblioteca del castello di Chenonceau, durante la ristrutturazione.»

«Misia, ti prego, ma cosa me ne faccio?»

«Coco, pare si tratti della formula del profumo di Caterina dei Medici» sbuffò l'amica. «Non eri *tu* quella che voleva creare un'eau de toilette speciale?»

La testa di Gabrielle fu invasa da un turbinio di pensieri. Non aveva idea se la scoperta di Misia valesse il tempo e i soldi richiesti da un'asta. Sul conto di Caterina e Maria de' Medici, inoltre, sapeva pochissimo, a parte che le due fiorentine salite sul trono di Francia avevano contribuito in maniera fondamentale allo sviluppo degli stabilimenti tessili della seta di Lione e all'industria dei guanti e dei profumi di Grasse. I consigli di Misia, però, non erano mai stati vani. Per questo non si dilungò sui dettagli ma chiese direttamente: «Quando si terrà l'asta?».

Le serate successive le passò a leggere. Si era procurata diversi volumi sulla vita di Caterina de' Medici e di sua cugina Maria. Scoprì che la produzione dei profumi moderni era cominciata in Italia nel XVI secolo, quando gli alchimisti avevano iniziato a mischiare gli oli profumati, perlopiù di provenienza araba, con l'alcol, e nei monasteri erano state aperte le prime manifatture. Caterina de' Medici aveva passato tutta la vita alla ricerca della "pietra filosofale", un elisir contro ogni malattia e anche contro le avversità. La stupenda Maria de' Medici, invece, cinquant'anni dopo aveva cercato di elaborare una tintura miracolosa che le assicurasse la bellezza eterna. Entrambe, quindi, sembravano poco interessate alle formule di un'eau de toilette.

Gabrielle stava riflettendo su come i chimici di François Coty avrebbero potuto creare un profumo da una formula dell'età rinascimentale quando qualcuno bussò. Sorpresa, mise via il libro. Non aspettava nessuno e aveva tutto quello di cui aveva bisogno; anche il servizio in camera era superfluo. Eventuali estranei, inoltre, sarebbero stati annunciati dal *portier*. Decise di ignorare l'ospite inatteso, magari aveva sbagliato porta, ma il bussare non cessò. Anzi, i colpi si fecero più energici. A tratti melodici.

Si alzò e attraversò il salone scalza.

«Buonasera Mademoiselle Coco» si presentò Igor Stravinskij.

«Ma cosa ci fa qui?» Senza considerare che non era orario da visite, si fece da parte e lo lasciò entrare.

«Ho bisogno di parlarle.»

«È successo qualcosa?» domandò lei allarmata.

D'istinto passò in rassegna tutte le possibili catastrofi: dalla malattia di un figlio alla morte della moglie o un incendio a Bel Respiro. In caso di disgrazie, però, l'avrebbero avvertita per telefono... e Stravinskij sarebbe stato di tutt'altro umore. All'inquietudine subentrò la curiosità.

Nel mezzo del salone, lui si girò verso di lei. «Sono venuto a confessarle che la amo» annunciò con un misto di drammaticità slava, distacco dandy e un certo autocompiacimento.

Gabrielle fece fatica a non scoppiare subito a ridere. «E sua moglie cosa ne pensa?»

«L'ammira molto.»

La risposta fu spiazzante. Non sapeva se ridere o spaventarsi. In realtà avrebbe dovuto buttarlo fuori all'istante per il suo comportamento inaudito: era un uomo sposato, e lei una donna sola. Eppure non sembrava né impertinente né ridicolo.

Stravinskij era davanti a lei, vestito meglio rispetto ad altri loro incontri, evidentemente anche più in salute. Un'alimentazione regolare e di qualità, una casa di lusso e una certa sicurezza finanziaria avevano dato frutti visibili. Di fronte a lei c'era un uomo intelligente che sapeva quello che faceva. I suoi occhi intensi la imprigionarono. Gabrielle non riusciva a sottrarsi a quello sguardo.

«Mademoiselle Chanel, Ekaterina sa che io amo lei» aggiunse alla sua confessione come se fosse ovvio.

Questa è l'anima russa, pensò Gabrielle. Forse per questa gente l'amore ha un altro significato rispetto a quello che ha per noi europei. Forse lui aveva frainteso il suo invito. Gabrielle voleva capire meglio cosa avesse in testa Stravinskij… e anche la moglie. Si dondolò sulle gambe, nervosa, ferma vicino alla porta come un cameriere che non sa dove posare il vassoio con lo champagne.

Alla fine, mormorando, disse: «Quindi ha parlato di me a Madame Stravinska…».

«Certo. Con chi altro, se non con Ekaterina, dovrei parlare di una cosa così importante quale il mio amore per lei?»

Gabrielle nella sua vita aveva conosciuto molti uomini. Poveracci ridotti ai minimi termini come il padre, ufficiali annoiati come i suoi primi amanti, signori eleganti come il suo grande amore. Nella sartoria in cui, giovanissima, aveva lavorato, aveva imparato sia a cucire sia a gestire i clienti. In seguito, quando aveva cantato nei locali di bassa lega, le era tornato più facile liberarsi degli spasimanti insistenti che cantare intonata. Adesso era diventata una signora, troppo vecchia per giovinetti innamorati e troppo elegante e consapevole per mariti che allungavano le mani. L'audacia con cui Stravinskij la stava conquistando, però, non l'aveva mai incontrata. La consapevolezza che a desiderarla era un grande artista la riempì d'orgoglio. Lui l'amava… Un attimo dopo però qualcosa dentro di lei oppose resistenza. Igor stava mal interpretando il suo affetto per lui, scambiava la gratitudine per amore e l'amore per ammirazione.

Un malinteso che di fatto era spiegabile dalla diversità di cultura. Tutto qui. Non aveva niente a che fare con la sua vanità.

Per un po' Gabrielle sorresse il suo sguardo penetrante in silenzio. Prima insicura, poi più determinata. Dopodiché, con voce decisa, disse: «Monsieur Stravinskij, come amico è sempre il benvenuto. Lei è mio ospite e nella mia vita avrà sempre un ruolo particolare. Non lasciamo che un sentimento effimero come l'amore distrugga un'amicizia così profonda».

Lui stava per controbattere ma lei lo zittì con un gesto.

«Immagino sia venuto per suonarmi qualcosa dal suo fantastico repertorio.» La mano di lei, ancora sospesa nell'aria, indicò il piano. «Un altro motivo per la sua visita proprio non riesco a figurarmelo, Monsieur Stravinskij.» I suoi occhi lampeggiarono come diamanti neri. «Non crede anche lei che dovremmo limitarci a questo?»

Scosse la testa impercettibilmente, forse fu solo un'illusione. «Sì, Mademoiselle Chanel» disse «vorrei suonarle la mia nuova versione della *Sagra della primavera*. Ho rielaborato alcune sequenze.» Le sorrise con la leggera superiorità del genio. Niente affatto invadente o equivoco, anche se poi aggiunse: «I cambiamenti sono anche dovuti alla pace di Bel Respiro… e a lei».

«Non le credo» gli rispose «ma lo prendo come un grande complimento.»

«Allora ascolti.»

Con un movimento pieno di slancio prese posto al pianoforte. Un attimo dopo la suite dell'Hotel Ritz si riempì di note potenti, molto più sensuali e scatenanti della musica da balletto che ricordava.

Gabrielle seguì il suo istinto. Invece di sedersi sul divano, a una certa distanza, si avvicinò allo strumento. Guardò il suo ospite e pensò che un pianoforte a coda era il requisito perfetto per un uomo. La musica rendeva bello anche un individuo non attraente. Soprattutto se suonava per una donna. E se le note erano composte da lui, mozzava il fiato. Ispirazione e forza, decisione e fragilità. Un'energia creativa che dal pianoforte passava direttamente nel corpo dell'ascoltatrice. Era molto diverso dal suonare qualcosa scritto da un altro.

Non era la prima volta che Gabrielle sentiva suonare Stravinskij, eppure fu presa da un'incredibile ammirazione. Si sentì vicina al compositore come mai prima d'ora, le note parvero fonderli in un'unica persona. E lei pensò che la sua villa, riempita da queste note, doveva essere stupenda. Ogni giorno. Ogni ora che gli concedeva la quotidianità. Solo lei e lui. L'illusione s'impadronì di lei, minacciò di scacciare via la realtà...

11

Gabrielle avrebbe parlato volentieri a Misia dell'"amore" di Stravinskij – o quello che lui definiva tale – ma si trattenne. Non parlò della loro relazione, né della nuova versione della *Sagra della primavera*. Forse Misia non avrebbe capito che il suo rapporto con Stravinskij era più di natura spirituale... anche se il suo corpo in presenza di lui si animava parecchio. Era un amore diverso da quelli della sua vita, compreso Boy, nei confronti del quale nessuno poteva concorrere: il desiderio di Chanel non diminuiva il suo lutto.

Passare di nuovo del tempo con l'amica le faceva bene e rinsaldava la loro unione. Mentre passeggiava con Misia nelle sale da esposizione dell'Hotel Drouot, una casa d'aste che in Francia aveva il monopolio, si sentiva veramente a suo agio. L'edificio dai soffitti alti, simile a una fabbrica, conteneva probabilmente più tesori rispetto a qualche piccolo museo: mobili antichi, dipinti, sculture, lampadari di cristallo italiano, tappeti orientali, manoscritti, gioielli. Chissà quanti russi erano riusciti a portare con sé fuori dalla loro patria i loro averi più preziosi. Gran parte di essi probabilmente sarà stato venduto all'asta in Russia.

In una grande sala coperta da spessi tappeti rossi, illuminata da luci soffuse e con finestre oscurate da tende, venivano presentati i lotti per la grande asta successiva. Gabrielle e Misia si fermarono davanti a una vetrina. All'interno erano disposti, a ventaglio, gli scritti che sarebbero andati al miglior offerente. Calligrafia fine, inchiostro nero incredibilmente ben conservato ma assolutamente indecifrabile, solo le singole cifre a un secondo sguardo apparivano comprensibili.

«Nessuno sarebbe capace di leggerli» osservò Misia delusa.

«Esisterà pur qualcuno che si intende di scritture antiche» replicò Gabrielle.

«Certo, ma noi no. Non potremo dedicarci a intense letture con un calice di champagne nel tuo salone.» Misia sospirò. «Dovrai cercare uno storico esperto di questo periodo e alla fine non saprai nemmeno se dice la verità. No, Coco, mi spiace, ma credo che questi documenti a te non servano.»

Misia aveva ragione. Come sempre. Era da ingenui investire soldi in una cosa che Gabrielle non riusciva nemmeno a leggere. Uno spreco.

Eppure quelle carte ingiallite la attiravano. Non aveva la stessa obiettività di Misia, e ormai l'interesse per le due donne de' Medici era incontenibile. Caterina aveva convocato a Parigi un profumiere di Firenze, Renato Bianco, considerato il fondatore della cultura dei profumi francesi. Di questo "René le Florentin" scriveva anche Alexandre Dumas nel suo romanzo *La regina Margot*. Gabrielle aveva completamente dimenticato questo dettaglio. Le era tornato in mente negli ultimi giorni, sfogliando i volumi di cui Boy gli aveva consigliato la lettura qualche tempo prima. Aveva letto anche che Maria de' Medici a Grasse, nel sud della Francia, aveva fatto costruire il primo laboratorio in cui gli alchimisti si occupavano solo della creazione di profumi.

Gabrielle premette il naso contro il vetro. La disposizione dei numeri – e alcune lettere – facevano pensare a una formula. Forse era davvero quella del profumo miracoloso cercato da Maria de' Medici, che preservava la bellezza di una donna. Che scoperta incredibile sarebbe stata!

«È una ricetta, ne sono sicura.»

«Possibile» convenne Misia. «Però rifletti: potrebbe anche essere la ricetta di un piatto ricercato, non possiamo saperlo.»

Così era Misia: un momento incredibilmente entusiasta, l'altro insopportabilmente realista. Gabrielle sorrise, combattuta tra il fascino esercitato su di lei dal manoscritto e la ragione che le diceva che i dubbi di Misia erano giustificati.

Mentre fissava la vetrina, la sua attenzione fu catturata dal cartoncino che indicava il numero d'asta dell'oggetto.

«Misia, non riesco a leggere bene il numero» disse Gabrielle. «C'è poca luce e non vedo cosa c'è scritto sul cartellino.»

Misia aggrottò la fronte, rovistò nella borsetta e tirò fuori un occhialetto d'argento. «Cinque» disse dopo aver controllato con la lente. «È il lotto numero cinque.»

«Il mio numero fortunato.» Il cuore di Gabrielle iniziò a battere più forte. Allora aveva letto bene, ma voleva la conferma dell'amica. *Uno, due, tre, quattro, cinque...* La serie mistica del monastero di Aubazine era l'unico ricordo positivo del periodo passato in orfanotrofio. «Lo comprerò. E se rilancio fino all'ultimo non dirmi che sto sbagliando. Quel numero è un segno del destino.»

Misia scosse il capo incredula. «Santo cielo, hai perso completamente la testa.»

Gabrielle non la ascoltò. Fissò il documento, cercando invano di decifrare almeno una parola. «Cosa c'entra questo adesso con Igor Stravinskij?» mormorò persa nei pensieri.

«*Oh, là, là!*»

Gabrielle rialzò gli occhi stupita. «Che c'è?»

«Sono successe un bel po' di cose, mi pare.» Il sorriso garbato di Misia non fu colto da Coco, i cui occhi erano persi per altro. «Mi tieni nascosta una storia? Non è carino!»

«Io non ho nessuna...» Gabrielle non pronunciò il resto della frase. Sentì la gola ruvida. Piano piano realizzò di aver frainteso il commento di Misia. Era caduta in una trappola che le era stata tesa in maniera involontaria.

Si guardò intorno nervosa. Il fiume di visitatori che approfittavano della visita preliminare degli oggetti in vendita scorreva come la Senna nelle tranquille giornate d'autunno: placido, uniforme. Piccoli gruppi si formavano davanti alle vetrine; intorno a una colonna su cui era posata una statua in bronzo si era formato un nutrito drappello. Da altri rivenditori non c'era né calca né curiosità, solo gli uomini della sicurezza e il personale di sala. I commenti erano minimi, come un dolce mormorio alla sorgente di un fiume. A parte Misia, nessuno lì sembrava interessato alle chiacchiere.

Eppure Gabrielle abbassò la voce quando ripeté orgogliosa: «Io non ho nessuna relazione».

Quello che le era successo dopo aver ascoltato la musica di Stravinskij, vicino al piano, era sembrata una brevissima morte. Una sensazione di svenimento dopo un apice sessuale. I loro corpi uniti come in un abbraccio e quando l'abbraccio era arrivato davvero era sembrato una cosa ovvia. Senz'altro l'inizio di un'avventura. Quella notte lo aveva rimandato dalla moglie ma sapeva che la volta successiva non ne avrebbe avuto la forza, che lo avrebbe tenuto vicino fino al mattino.

Il ricordo del desiderio le fece fremere la pelle. D'istinto incrociò le braccia, come se stesse rabbrividendo. Ma era l'espressione sprezzante di Misia che l'aveva raggelata.

Misia indicò il documento. «Forse non è la formula di un

profumo miracoloso, ma di un elisir d'amore. Maria de' Medici aveva bisogno di un afrodisiaco, non solo di un'acqua di bellezza. Pare sia stata una scostumata, che abbia dormito con quasi tutti i maschi della corte, sposati o meno.» Il rimprovero era palese.

«Lo comprerò nonostante questo.»

«O forse *proprio* per questo.»

Misia guardò Gabrielle e sorrise.

12

Per festeggiare la prima della nuova *Sagra della primavera* al Théâtre des Champs-Élysées Gabrielle aveva invitato nel suo atelier di Rue Cambon quasi l'intera Bohème di Parigi. Se all'inizio tutto procedette come in una gioiosa festa in onore di Djagilev e della sua compagnia, di Igor Stravinskij e della sua musica, nel corso della notte l'evento si trasformò in un baccanale di dimensioni epiche. Quando il buffet ormai era ridotto a una montagna di ciotole di cristallo vuote, piatti di porcellana impilati con resti di cibo e sui tappeti rotolavano bottiglie vuote, gli amici rimasti erano completamente ubriachi, senza freni, senza remore.

Il dramma più grande fu messo in scena da Djagilev e dal suo coreografo e amante Léonide Massine. Durante le prove Massine aveva iniziato una relazione clandestina con una ballerina, e adesso la tresca era sulla bocca di tutti. Djagilev era pazzo di gelosia e così agitato che per poco non strappò il suo portafortuna, il fazzoletto della granduchessa. Gabrielle lo mise in salvo dentro un cassetto. Il litigio degenerò, Massine disse che non avrebbe più lavorato per i Ballets russes e abbandonò la festa.

L'elegante Comtesse de Greffulhe risollevò gli umori facendosi coinvolgere da Jean Cocteau in uno scandaloso cancan.

Musica e balli non mancarono di fare il loro effetto. Tutto pulsava al ritmo della musica, e in mancanza del partner qualcuno ballava con manichini di legno; molti si asciugavano lacrime di gioia, mentre Djagilev pianse sul suo bicchiere di assenzio. Più avanti l'attenzione generale si focalizzò su Georges Auric, il compositore che provvedeva alla musica seduto al piano di Gabrielle. Suonò le melodie di Jacques Offenbach con un tale brio che si ferì le dita. Sui tasti d'avorio scorse del sangue, che fu notato solo quando cominciò a sgocciolare sul tappeto chiaro.

Nella baraonda generale, Misia pensò che fosse ora di tagliare i capelli al direttore d'orchestra Ernest Ansermet, che però scappò via terrorizzato, sfruttando l'agitazione dovuta alle ferite di Auric per rubare un pezzo di stoffa e avvolgersela intorno alla testa a mo' di turbante. Senza cappello né cravatta, barcollò fino in strada, al sicuro dalla sua inseguitrice.

Stremata dal cancan, Gabrielle sprofondò su una poltrona, le gambe appoggiate sul tavolino davanti. Non fece caso alle ginocchia scoperte, e non solo perché era ubriaca. Gli sguardi dei ballerini alle gambe di una donna erano al massimo di natura professionale e gli altri uomini presenti comunque non erano più in grado di vedere con chiarezza, tutto era doppio. Gabrielle ripensò alle storie mistiche che aveva ascoltato in convento in cui si parlava di esseri maschili con quattro gambe, ma non ricordava bene di quali leggende si trattasse. Ridacchiò e un attimo dopo se ne stupì, visto che le veniva da piangere.

I suoi pensieri ruotavano intorno alla rappresentazione. La musica passionale di Stravinskij aveva trovato la sua espressione perfetta nei movimenti dei ballerini, e inoltre ogni singola nota le era arrivata fino al cuore, come se il compositore avesse scritto la partitura sul suo corpo. Niente più spaventava, ma tutto era solo struggente. Le membra di Gabrielle vibravano di desiderio. Nella sua immaginazione l'uomo e le sue composizioni si mischiavano. Più che vedere Stravinskij come persona, percepiva la sua musica, il suono era come un tocco morbido: immaginò di sentire le sue dita sulla pelle. La voglia di unirsi a lui le aveva fatto venire le vertigini già in teatro. Alla prima, però, Stravinskij era venuto accompagnato dalla moglie e Gabrielle non avrebbe fatto niente sotto gli occhi di Ekaterina.

Dopo lo spettacolo lo chauffeur di Gabrielle riaccompagnò Madame Stravinska a Garches dai bambini. Monsieur Stravinskij era rimasto a Parigi e alla festa aveva bevuto quantità di vodka inimmaginabili, e probabilmente anche assenzio. A un certo punto se n'era andato, forse spinto dai demoni dell'alcol, forse dal proprio desiderio inappagato o dalla consapevolezza dei suoi doveri di padre di famiglia.

Gabrielle si chiese cosa ne sarebbe stato della moglie e dei figli se avesse continuato ad andare a letto con lui: sulle sue guance scorrevano lacrime. La loro relazione era compatibile con l'ospitalità che gli offriva? Era triste, incredibilmente triste che avesse incontrato un uomo stupendo, un vero artista in condizioni così precarie. Perché tutti gli uomini decenti erano già sposati? Oppure sposavano altre donne? Gli stessi uomini in sua presenza diventavano malleabili come la cera; a pensarci, la loro debolezza di carattere era quasi divertente. Molto divertente, se non fosse stata una questione così seria. Il sospiro trattenuto, che in realtà era una risata cinica, si trasformò in un singhiozzo. Imbarazzata, Gabrielle si premette una mano contro la bocca. Respirò, singhiozzò, rise... tutto insieme, quasi stava per soffocare.

«*Mesdames et Messieurs!*» L'esclamazione la fece trasalire come la voce minacciosa della madre superiora di Aubazine. «Abbiamo comprato l'edizione del mattino del *Figaro*!»

Ma da dove era spuntato Stravinskij? Era al centro del salone, vicino a lui Boris Kochno con una pila di giornali in mano. Gli altri li raggiunsero… in piedi, in ginocchio, a quattro zampe. Il vocio salì, tra il fruscio della carta. E poi Misia, incredibilmente sobria, gridò: «State zitti! Igor, legga ad alta voce!».

Gabrielle si raddrizzò sulla poltrona tirando giù le gambe dal tavolino. I giornali! Come poteva non aver pensato che Stravinskij avrebbe cercato di leggere le critiche dello spettacolo il prima possibile? Nemmeno l'alcol poteva impedirglielo. I russi del resto lo sopportavano bene. Ma certo, il segretario di Djagilev lo aveva accompagnato a cercare un ragazzo che vende i giornali. Non era tornato dalla moglie, come aveva temuto Gabrielle, non l'aveva abbandonata proprio in quella notte speciale. Era tornato da lei, non dagli amici.

Qualcuno al pianoforte suonò una specie di fanfara.

Si creò silenzio, interrotto solo dall'affanno di José Sert.

Stravinskij si sistemò gli occhiali e disse: «Il concerto di ieri al Théâtre des Champs-Élysées si è rivelato una serata grandiosa, per l'altissima qualità musicale e dei balletti…».

Esplose un applauso. Il giubilo si mischiò a parole di sollievo. I membri dell'ensemble si abbracciarono, Stravinskij e Djagilev vennero travolti da baci e abbracci. D'un tratto tutti parvero meno ubriachi.

«Il concerto di ieri sera ha sprigionato la vera malìa della composizione» continuò il compositore. «La brillante rielaborazione delle musiche e i cambiamenti alla coreografia hanno contribuito a rendere la rappresentazione semplicemente sublime…»

Gabrielle saltò in piedi.

«Champagne! Champagne!» Cercò di gridare per superare l'entusiasmo generale, ma si rese conto troppo tardi di quanto la sua voce fosse rauca in confronto alle manifestazioni di gioia. Si arrampicò, salì sulla poltrona e dalla sua posizione sopraelevata gridò gracchiando: «Champagne! Abbiamo urgente bisogno di champagne!».

Nessuno la contraddisse.

Stravinskij dimenticò il resto dell'articolo. Spinse via gli amici che aveva intorno e si avvicinò a Gabrielle. Allargò le braccia per prenderla quando sarebbe saltata giù dalla poltrona. Ora tutti potevano vederli, ma non gli importò.

I rumori del temporale svegliarono Gabrielle da un sonno simile allo svenimento. Di solito la pioggia non la destava. Un vento forte soffiava contro i vetri delle finestre e faceva scricchiolare le imposte di legno. Intorno a lei era buio, tranne una sottile striscia di luce grigiastra che penetrava dalle imposte accostate. Il suo giaciglio era duro, molto meno morbido del letto del Ritz. Sentiva freddo, e un odore strano, dolce come il muschio e allo stesso tempo aspro come i relitti nel porto di Deauville nei giorni di bassa marea. Rabbrividì. Come attraverso una nebbia fitta vide che era nuda, a eccezione di una coperta di seta leggera. I muscoli delle gambe, allenati alle cavalcate, erano tesi, le spalle doloranti come dopo una caduta da cavallo. Lentamente capì di essere distesa completamente storta, e si sentiva impietrita. Si mosse, piano. Un oggetto metallico le pungeva il braccio. Lo prese e si accorse che erano occhiali.

Un attimo dopo il velo di foschia si sollevò, la spessa montatura di metallo le cadde di mano. Non ebbe bisogno di girarsi per sapere che a scricchiolare non erano le imposte bensì il respiro di un uomo, il suo leggero russare dopo un consumo esagerato di alcol. A poco a poco il cervello di Gabrielle rimise insieme i pezzi. Non si ricordava i momenti decisivi della notte precedente, ma non le occorreva sapere cos'era successo. Era nuda, vicino a un uomo, sotto il suo pianoforte a coda, coperta da un pezzo di stoffa. L'ambiente intorno riusciva a identificarlo. Il suo corpo e lo strano odore che riempiva il suo luogo di lavoro, odore dei bordelli di terza categoria di amore sfrenato e troppo vino, erano la prova che aveva "dormito" con Igor Stravinskij... E probabilmente, la metà degli ospiti si era accorta che non era andato via con gli altri.

Piano piano si spostò da quella posizione. Non voleva svegliarlo, non prima di avere chiaro il da farsi. Cosa doveva dirgli? Che quella torbida mattina era lo specchio della loro situazione? Lui, sposato e padre di famiglia, non doveva avere una relazione pubblica con una donna sola che amava ancora un altro, con tutta se stessa. Il fatto che non fosse più tra i vivi non aveva importanza.

I giornali d'improvviso definivano Stravinskij un *compositore talentuoso* e *il più significativo modernizzatore della musica*. Dalla sera alla mattina, oltre che famoso era diventato importante. Come poteva dire a un uomo del genere che era stato tutto un malinteso? In segreto poteva anche andar bene lasciar libero sfogo a un rapporto puramente fisico, ma sotto gli occhi dei suoi amici non voleva vivere un amore che non provava. Ammirava la genialità di Stravinskij, forse anche la sua mascolinità. Ma non era abbastanza.

Gabrielle si alzò e decise che non sarebbe mai più stata debole: avrebbe cercato di soffocare ogni pettegolezzo sul nascere.

Fece un passo verso la finestra per far entrare un po' di luce e sotto i suoi piedi frusciò qualcosa. Il giornale su cui veniva celebrata la ripresa del balletto. Che trionfo! Si chinò, distese la pagina e la portò con sé verso la pioggia battente.

Arrivata alla finestra si rese conto di aver preso la sezione notizie, non quella dello spettacolo. Non fu il titolone sulla *Sagra della primavera* a saltarle agli occhi, bensì una foto: una carrozza distrutta, un'automobile rovesciata su un lato, persone sconvolte, soprattutto uomini. Sopra, a caratteri enormi: ESPLOSIONE A NEW YORK. Inorridita, lesse il breve articolo. Era scoppiata una bomba davanti alla banca J.P. Morgan Inc. di Wall Street. L'esplosivo era nascosto in una carrozza, si contavano trentotto morti e più di quattrocento feriti, tra impiegati di banca e passanti. La polizia sospettava che dietro l'attentato ci fossero i gruppi anarchici. Gabrielle serrò le labbra pensando che, in quanto imprenditrice, un simile odio avrebbe potuto colpire anche lei.

La sua abilità negli affari era inusuale per una donna della sua generazione, forte e coraggiosa. Era una persona indipendente, di successo, non disposta a sotterfugi. E anche per questo non voleva avere una storia con un uomo sposato.

Vide la data in testa alla pagina: *Mercoledì 15 dicembre.*

Santo Dio, si era completamente dimenticata che era una normale giornata di lavoro. Che ore erano? Doveva andare all'atelier, dove sperava che qualcuno avesse rimediato al disordine lasciato dalla festa. Ogni mattina arrivava alle sette, *di solito* dopo una toilette perfetta nella sua sala da bagno all'Hotel Ritz, e non mezza nuda dopo una notte in bianco. E *di solito* sul suo tappeto non dormiva nessun compositore famoso, anzi, non ci dormiva nessuno. Boy, quando era di fretta, aveva sempre preferito il divano. Ma questo emigrato russo probabilmente aveva dormito in posti ben più scomodi di un pregiato Kelim. D'istinto sul suo viso comparve un sorriso triste.

«Coco!»

Gabrielle si girò.

Stravinskij si era tirato su, la schiena appoggiata a una gamba del piano. I capelli scompigliati, le guance arrossate, gli occhi iniettati di sangue. Sembrava distrutto – dalla notte insonne, dalla sbornia o da entrambe le cose – ma dentro di lui ardeva un fuoco. E si vedeva.

Gabrielle aveva un corpo asciutto, da ragazzina. Allora, quando per le donne la bellezza era sinonimo di curve e abbondanza, lei aveva conquistato gli uomini con un fisico quasi infantile, che pareva piacere molto anche a Stravinskij. Lo leggeva nei suoi occhi… e quello sguardo le provocò un brivido intenso. Se lui le avesse accarezzato i minuscoli seni, la pancia piatta o le cosce magre si sarebbe eccitata di meno.

Non scambiare questo sentimento con l'amore, la mise in guardia una vocina. *Una relazione duratura con quest'uomo non potrebbe mai funzionare.*

Rompere la magia del momento le costò fatica. Arrotolò la pagina di giornale e se la batté su un fianco. Un gesto energico, conclusivo.

«Monsieur Stravinskij, il sogno è finito. Si alzi e torni dalla sua famiglia.» Lo pronunciò con la voce che le tremava.

Lui annuì serio. «Dirò a Ekaterina che voglio sposarti.»

«No!» Le uscì un'esclamazione piena di sdegno, e solo dopo si accorse di quanto lo avesse ferito. Con tono più calmo, aggiunse: «Igor, non puoi lasciare la tua famiglia. È fuori discussione».

«Ma noi siamo una coppia» protestò lui. «Sei l'amore della mia vita che, ahimè, ho incontrato troppo tardi…»

«Va' dai tuoi figli» lo interruppe lei. «Va' dai tuoi figli… e non tornare più.»

Di colpo si girò e gli diede le spalle. Non voleva vedere di lì a pochi secondi i suoi occhi riempirsi di lacrime, che gli avrebbero bagnato le guance come gocce di pioggia sul vetro di una finestra. Lì con lei c'era un uomo che sosteneva di volerla sposare. Un uomo fantastico, di successo. Ma era di nuovo il momento sbagliato.

«Coco!» Pronunciò il suo soprannome in tono implorante. «Ti amo. È la tua villa che adesso fa da casa ai miei figli. Siamo legati a doppio filo. Ti prego, non spezzarlo. Senza di te non posso vivere.»

Non la seguì e lei gliene fu grata: il minimo contatto l'avrebbe fatta vacillare nella sua decisione. Gabrielle scacciò ogni sentimentalismo e con voce decisa disse: «Io non tornerò a Bel Respiro. Se vi piace potete restare lì fin quando volete. Ma non aspettarti che vi faccia gli onori di casa».

«Senza di te morirò.»

Lei scosse la testa in silenzio.

Le spezzò il cuore, ma non le importava.

13

La confusione prenatalizia era passata e Parigi dormiva sprofondata in un placido sonno invernale. Gabrielle ebbe l'impressione di tornare a respirare. I giorni prima della Vigilia ogni strada che aveva percorso era piena da soffocare; moltitudini di persone affollavano i grandi magazzini e i negozi sul Grand Boulevard. Nel suo atelier e nella boutique annessa le dipendenti avevano lavorato a pieno ritmo, un gran numero di uomini si era presentato all'ultimo minuto per comprare un regalo alla moglie, l'amante, la madre, la sorella, la figlia o qualche altra donna di famiglia. E le famiglie francesi di solito erano molto numerose.

Per Gabrielle il Natale non era una festa gioiosa, per diversi motivi. Era l'anniversario della morte di Boy e questa triste ricorrenza le fece rivivere ogni attimo della tragica notte in cui seppe da Étienne Balsan che il suo grande amore non sarebbe mai più tornato da lei, nemmeno un'ultima volta. In quei momenti rimpianse di aver cacciato Stravinskij. Circondata dal suo amore avrebbe potuto dimenticare quel tragico evento, almeno per un attimo. Gli amici non riuscivano a rimpiazzare quel grande vuoto, anche se Misia e José si diedero un gran da fare ed Étienne la invitò addirittura a Royallieu. Invece di riammettere Igor nella sua vita, Gabrielle inviò regali alla moglie e ai bambini. Solo dopo scoprì che i cristiani ortodossi festeggiano il giorno dell'Epifania, non il 25 dicembre.

La corsa all'acquisto era stata sfrenata come non mai e i profumi erano risultati ancora tra i beni più richiesti. Quando Gabrielle, la settimana dopo il Natale, fece un giro nella profumeria delle Galeries Lafayette, gli scaffali, stipati prima delle feste di eleganti e pregiate confezioni, erano vuoti. Quello che ne aveva beneficiato di più era probabilmente François Coty, ma Paul Poiret e i fratelli Guerlain non erano stati certo da meno.

Un moto di rabbia la percorse quando si rese conto che gli altri facevano affari mentre lei era ancora alla disperata ricerca del suo profumo. I documenti di Caterina e Maria de' Medici, costati ben seimila franchi, non avevano soddisfatto le sue aspettative. Aveva coinvolto anche uno storico, ma nemmeno lui, come già i chimici di François Coty, aveva trovato indizi del miracoloso elisir. Misia ci aveva visto giusto ancora una volta. Avrebbe dovuto darle retta.

Davanti all'ingresso delle Galeries Lafayette il *portier* le fermò un taxi. L'insistente grandinata le aveva fatto passare la voglia di camminare. Anche se il Café de la Paix, dove aveva appuntamento con Misia, era davvero a due passi.

Il locale al piano terra del Grand Hotel era meno affollato del solito. Spesso nell'enorme sala con il soffitto affrescato e le colonne decorate non era possibile passare: i tavolini erano tutti occupati, e i nuovi arrivati aggiungevano sedie finché per i corridoi non era pensabile muoversi; anche i camerieri avevano difficoltà a servire. Quel giorno invece c'erano pochi clienti, e Gabrielle individuò subito l'amica, anche se un po' nascosta da una palma in vaso. Il suo cappello in feltro firmato Chanel era un accessorio inconfondibile.

«Sei in anticipo» disse Gabrielle dopo averla baciata su entrambe le guance.

«E tu in ritardo» replicò Misia ridendo. «Il caffè che ti avevo ordinato è già freddo, temo.»

Gabrielle scrollò le spalle rammaricata. Si accomodò sulla sedia che lo zelante cameriere le aveva scostato dal tavolo. «Ero al reparto profumi delle Galeries Lafayette e ho perso la cognizione del tempo» ammise. Si rivolse al ragazzo alle sue spalle che le offriva il menù. «Grazie, per ora basta questo caffè.»

«Lo champagne dopo» disse Misia. Quando furono sole, aggiunse: «Dobbiamo brindare al fatto che Igor Stravinskij abbia smesso di molestarti».

«Non lo vedo dalla première» rispose Gabrielle sbrigativa, per l'evidente disagio. L'inizio del discorso non le era piaciuto. Non capiva perché l'amica dovesse parlare del suo ex amante proprio quel giorno.

Dopo la festa per la prima erano circolati vari pettegolezzi sui due, che Gabrielle aveva cercato di dissipare in tutti i modi. Da allora non aveva dato adito ad altre indiscrezioni, sperando che il furore prenatalizio avrebbe giovato alla sua reputazione. Non erano tutti così concentrati su qualcos'altro da dimenticare una breve, ridicola relazione?

«Quell'uomo è inaccettabile» continuò Misia. «Un genio, ma dal punto di vista umano assolutamente inaccettabile. Devi essere contenta di essertene liberata.»

Gabrielle mescolò il caffè pensierosa, pur non avendo aggiunto né latte né zucchero. La curiosità della sua migliore amica, quindi, non era ancora svanita. «Stravinskij abita nella mia villa» disse, come se stesse parlando con se stessa. Dopo un po' sollevò la testa e aggiunse: «Ma se vuoi brindare al fatto che non mi molesta più... va bene, brindiamo. È vero, sta alla larga».

Cosa che, pensò, non si aspettava. «Sei soddisfatta, adesso?»

«Coco, non si tratta solo della tua felicità. Mi devi credere. Su questo José gli ha fatto una bella lavata di testa.»

Gli occhi di Gabrielle si ingigantirono per la sorpresa. Misia aveva affrontato l'argomento Stravinskij per comunicarle qualcosa di cui non aveva la più pallida idea?

«*Che cosa* ha fatto José?»

«Ha chiarito con Stravinskij che Boy in un certo senso ti ha affidata a lui… a José. È così, dico bene? José si sente responsabile per te. E anch'io.»

«Ah…» mormorò Gabrielle sentendosi in colpa. Non ricordava che Boy avesse mai detto una cosa del genere, ma le preoccupazioni di José erano intese in senso buono. Tuttavia lei sospettava che ci fosse lo zampino di Misia.

«Il mio caro marito ha detto a Stravinskij che…» Misia s'interruppe, sorrise e proseguì: «Be', ecco, José ha usato un'espressione che una signora per bene non dovrebbe ripetere». Si chinò in avanti. Non senza un certo entusiasmo, alla fine sussurrò: «Stronzo… Gli ha detto che è uno stronzo».

Gabrielle era combattuta tra ridere e lasciarsi andare a un accesso d'ira. «José ha usato una parola così oltraggiosa perché si sente responsabile per me?»

«No, certo che no.» Misia ridacchiò ingenua e riappoggiò la schiena alla sedia. «Ha detto così perché è vero. Il nostro amico purtroppo è un… va be', lo sai già.»

«Non vi sembra di essere un po' troppo duri con lui?»

La risata di Misia diventò sarcastica. «Ti prego… è un uomo sposato, padre di quattro figli. Ciò nonostante racconta a tutti, che lo vogliano ascoltare o meno, che ti ama e che ti vuole sposare. Solo l'idea di lasciare la moglie, povera e malata, è di per sé terribile.»

«Lo so.» Gabrielle abbassò gli occhi per non far capire all'amica quanto quella conversazione la destabilizzasse.

In sostanza aveva ragione, su questo non c'erano dubbi. E il fatto che José si fosse immischiato in questioni molto personali non la disturbava. Il problema era la passione con cui i Sert si occupavano della sua vita amorosa... ecco, non erano certo meno invadenti di Stravinskij. E altrettanto fastidiosi, quasi snervanti. Davvero in ballo c'era solo il suo benessere? Oppure l'amica era gelosa perché dopo Djagilev si sentiva derubata di un altro artista della sua cerchia di protetti?

«Io non lo amo, quindi non lo sposerei mai. Ma stare con lui è stato bello» disse Gabrielle per ripristinare l'onore dell'ex amante.

«Fosse solo questo...» Misia sospirò. «Lui a quanto pare vede la vostra... avventura in maniera diversa. Djagilev dice che è pazzo d'amore.»

Gabrielle fu presa da una strana gioia. La stessa che la pervadeva dopo le sfilate annuali in cui mostrava le nuove collezioni a un pubblico selezionato. Riconoscimento e ammirazione erano il suo elisir di vita. Se le regine rinascimentali cercavano il profumo della saggezza e dell'eterna bellezza, l'esistenza di Gabrielle era determinata dalla continua ricerca di successo e approvazione, tanto sul lavoro quanto in privato. Era stato così già alla prima esibizione nei locali di basso livello, quando per la prima volta aveva sperimentato l'ammirazione del pubblico. Poi era saltata in sella, per dimostrare al grande appassionato di cavalli Étienne Balsan di essere una cavallerizza perfetta e anche solo per questo la sua partner ideale... pur essendo entrambe bugie. Quindi era arrivato il successo nella moda e con esso un nuovo fremito, quando realizzò di avere avuto fiuto. Perfino il plauso dei suoi clienti, però, passava in secondo piano davanti alle richieste accorate di un compositore geniale. L'amore di un uomo del genere per Gabrielle Chanel, orfana di dubbie origini, disposto a rinunciare a tutto per lei, rappresentava il suo trionfo.

«Nessuna signora per bene metterebbe più piede nel tuo atelier.» La voce di Misia sembrò raggiungerla da molto lontano. A quanto pareva aveva continuato a parlare, mentre Gabrielle era persa nei suoi pensieri. «Perfino le donne più indecorose ti disprezzerebbero. Stravinskij pensa solo a se stesso. Lui non pensa alla posizione in cui ti metterebbe se rubassi il marito alla povera Ekaterina.»

«Da parte mia non c'è alcun motivo di temere una cosa del genere.»

«Meno male!» La voce di Misia riecheggiò nella sala. Per il sollievo aveva gridato così forte che subito era accorso il cameriere, convinto che volesse ordinare qualcosa. Il ragazzo la guardò con espressione stralunata. «Tutto a posto?»

«Per favore, ci porti una bottiglia di champagne» disse Gabrielle per togliere dall'imbarazzo sia l'amica sia il cameriere. «Madame Sert vuole fare un discorso da brindisi.»

Sul suo volto comparve un sorriso, in ricordo del rendez-vous a Venezia. «Sapevi che i russi vanno matti per i discorsi da brindisi?»

«*Ma chère*, hai forse dimenticato che sono nata a San Pietroburgo? Anche se non sono cresciuta nell'impero zarista e non ci ho mai vissuto, mio padre ha fatto in modo che conoscessi la mentalità slava in tutte le sue manifestazioni.» Lo sguardo di Misia seguì il cameriere che si allontanava per provvedere all'ordinazione. «Per esempio, sono sicura che quel bel giovanotto abbia antenati russi. Ovunque ti giri, Parigi è un mare di emigrati.»

«Sai, la cultura slava inizia ad appassionarmi. Mi ricorda l'Auvergne, dove ho vissuto. Noi non siamo forse i più orientali, tra i francesi?»

Misia rise. «Coco, non ne ho la più pallida idea.»

Grata che il tema Stravinskij fosse stato accantonato, Gabrielle si infervorò per un'idea che le venne in mente grazie al ricordo della meravigliosa serata passata con Dmitriji Romanov. «Sai, a volte mi chiedo se non dovrei ingaggiare rifugiati russi come mannequin. Come dici tu, la città è piena di russi, e tutti nobili.»

«Coco, ma la tua moda è la quintessenza dell'eleganza francese. Non so se le tue clienti approverebbero una tale reverenza nei confronti della corte zarista.»

Gabrielle scrollò le spalle. «Mica li vestirei da cosacchi, per quanto...» S'interruppe, ebbe una specie di visione, un colpo di fulmine. «Forse un paio di segni folcloristici sarebbero carini. Esteticamente, sarebbero una novità assoluta nella mia collezione.»

«Tieni presente, però, che la *Sagra della primavera* ha raggiunto il successo proprio nella versione priva di elementi folcloristici.»

«Il punto è trovare il momento giusto» la contraddisse Gabrielle con calma. «E le giovani russe si sanno muovere, visto che hanno preso lezioni di danza classica e conoscono l'etichetta. Sì, sarebbe bello se la mia prossima collezione fosse presentata da principesse e contesse.» L'idea era ancora fresca, ma Gabrielle ne era così entusiasta che avrebbe voluto iniziare quella sera stessa i colloqui con le potenziali candidate, e le sfilate di prova nel suo atelier.

Il cameriere tornò al tavolo, posò un secchiello da champagne e dei calici. Gabrielle e Misia osservarono in silenzio i movimenti del ragazzo che stappava la bottiglia e riempiva i bicchieri. Dopo che se ne fu andato brindarono.

«Al passato impero degli zar, che ci apre tante possibilità» disse Gabrielle.

«Per me...» rispose Misia poco entusiasta. «Se escludi Igor Stravinskij, brindo volentieri a tutti gli zar da Ivan il Terribile in poi!»

Gabrielle aveva il calice già alle labbra ma lo posò. «Potresti smettere di collegare tutto quello che dico con Stravinskij?»

«Scusami» disse Misia sinceramente dispiaciuta. «Ma quell'uomo non mi dà pace. È fuori di sé perché tu gli hai dato il benservito e si comporta in maniera incomprensibile. È ridicolo, lo pensano tutti.»

«Tutti?» Le sopracciglia di Gabrielle schizzarono verso l'alto. «E chi sarebbero questi *tutti*?»

«I nostri conoscenti, perfino Picasso si è già pronunciato in proposito. Un uomo di trentotto anni, peraltro padre di famiglia, che si comporta come un ragazzino che ha le pene d'amore è troppo ridicolo.»

«Da come ne parli mi fa quasi compassione.»

«Ecco, lo vedi? La compassione si addice ancora meno a un uomo della sua età. Coco, ha una fissazione. Ma non è un problema tuo. *Na sdorowje!*» Brindò e buttò giù l'intero contenuto del calice.

Gabrielle si aspettava che Misia buttasse il bicchiere alle sue spalle ma non accadde. Guardò l'amica con occhi raggianti, mentre Gabrielle beveva a piccoli sorsi. Ricambiò lo sguardo con espressione aperta e amichevole ma dentro di lei imperversava una guerra.

Il fatto che Igor Stravinskij sembrasse ossessionato da lei la lusingava. Era una carezza per la sua vanità.

«Non faccio altro che pensare che sei una donna» disse Boy.

«La mia attività è la mia vita. La mia indipendenza è la mia vita» aggiunse... e poi più dolce: «Tu sei la mia vita».

Ma quella vita era distrutta.

Gabrielle si chiese se fosse una decisione felice ripudiare un amante ardente di passione. Non era forse l'amore, anche se solo carnale, il miglior antidoto contro la pena che le bruciava dentro?

Se lo vide davanti: al pianoforte a coda nella suite, sul piedistallo del direttore d'orchestra. Un compositore fantastico, un uomo ingegnoso, un portento. Non poteva permettere che la Bohème parigina si prendesse gioco di lui. Doveva porre fine a questo dramma. L'opinione altrui non le era mai stata così indifferente come nel momento in cui decise di salvare l'onore di Igor Stravinskij. Rigettò all'istante il pensiero che potesse costarle la reputazione. Anche se Misia, in teoria, aveva sempre ragione.

14

A Misia non disse cosa aveva in mente. Gabrielle cercò di essere prudente, per quanto possibile alla luce della situazione. Anche se Igor abitava nella sua villa, per riguardo alla famiglia non voleva entrare in contatto diretto con lui. Prima o poi non avrebbe comunque più avuto il coraggio di guardare Ekaterina Stravinska negli occhi, ma fino a quel momento voleva perlomeno liberarla dalla pena di essere sposata con un uomo preso in giro da mezzo mondo per le sue pene d'amore. Fece in modo di incontrare Ernest Ansermet e pregò il direttore d'orchestra di recapitare a Stravinskij un messaggio. «Gli dica che può passare a trovarmi quando vuole.»

Ansermet fece il messaggero d'amore con tale efficacia che Igor Stravinskij si presentò all'Hotel Ritz la sera stessa e restò fino al mattino. Da quel giorno si fermò tutte le notti.

Presto, però, queste notti insonni logorarono i nervi di Gabrielle. I ritmi di Stravinskij non si addicevano al suo modo di lavorare. Essere la sua amante era una fatica immane. Lui non le concedeva nemmeno un attimo di tregua, facevano l'amore più volte a notte... e nemmeno questo sembrava bastargli. Gabrielle aveva la sensazione che lui non la lasciasse respirare. Stravinskij voleva il suo possesso, reagiva con gelosie incontrollate alla sua indipendenza e pretendeva – tanto con passione quanto con disperazione – di controllarla. Voleva Gabrielle tutta per sé: il suo corpo, la sua anima, il cuore, probabilmente anche il suo tempo. A volte le sembrava che volesse costringerla ad amarlo. Lei però non provava altro che compassione.

Stravinskij sosteneva con insistenza di essere l'uomo della sua vita. Rifiutava ogni conversazione sul precedente legame con Boy. Si considerava il suo futuro: cosa gli importava del passato di Gabrielle? Eppure lei era convinta che proprio per questo lui volesse diventare l'uomo al suo fianco anche in pubblico, per affrontare l'ombra del suo grande amore, che non era riuscito a scacciare nonostante il tentativo di relegarlo nel silenzio. Gabrielle ogni tanto accettava di uscire con lui ma faceva attenzione che nessuno li vedesse da soli. Misia era tuttora contraria alla relazione, ma spesso era lei ad accompagnarli in giro, per esempio ai concerti. Queste ore con lui a Gabrielle piacevano da morire… e anche a Misia. Essere introdotti ai segreti della musica classica da un genio era un privilegio incommensurabile. Le fece conoscere meglio le opere di Wagner e Beethoven; lei condivideva con lui la passione per le opere del primo, ma non quella per le sinfonie del secondo. Era un accompagnatore molto piacevole, a cui sia lei che Misia spesso perdonavano prepotenze e ostentazioni. Tutto questo però non aveva niente a che fare con l'amore.

«La compagnia di Djagilev è stata invitata a fare una tournée in Spagna» disse Stravinskij una notte di fine gennaio in uno dei rari momenti in cui concedeva ai loro corpi una pausa. «Gli spagnoli vogliono vedere a tutti i costi la nuova *Sagra della primavera.*»

Gabrielle era distesa su un fianco, rivolta verso l'amante ma con gli occhi chiusi. Stava scivolando nel sonno. «Lo so» mormorò «me l'ha detto Sergej.»

«Devo partire con la compagnia, nessuno può dirigere la mia

musica come me. Potrebbero interpretarla male... non ci voglio nemmeno pensare.»

«Sì, è giusto.» Era così a pezzi che non capiva cosa stesse dicendo.

«Ma io non posso partire!» Fu un'esclamazione piena di dolore, quasi disperata. «Coco, come posso lasciarti sola?»

Nei meandri della mente di Gabrielle si formò un pensiero, non riusciva ad afferrarlo ma le suonava consolante. Sapeva che non avrebbe sentito nostalgia di questo *amour fou*. Ma c'era qualcos'altro a cui, però, il suo intelletto stanco non riusciva ad accedere. «Non ti capisco» farfugliò.

All'inizio Stravinskij restò in silenzio e Gabrielle sperò di potersi finalmente addormentare. Poi invece annunciò: «Senza di te a Madrid non ci vado. Tu mi accompagnerai».

«Impossibile» disse lei senza riflettere.

Un attimo dopo capì che contraddirlo poteva essere un errore. Igor l'avrebbe presa come una sfida per affermare la sua volontà. Di una cosa, però, era certa: non lo avrebbe mai accompagnato in tournée, per via della moglie, dei pettegolezzi e soprattutto perché non voleva. Di colpo era sveglissima.

Aprì gli occhi. Da uno spiraglio tra le tende, un fascio di luce dei lampioni di Place Vendôme illuminò il volto deformato dalla rabbia di Igor. Stava maledicendo il suo destino, il fatto che il successo da compositore lo costringesse a separarsi dalla sua amante.

«Non posso lasciare Parigi così facilmente» cercò di spiegargli lei con calma. «Dirigo un'attività, te lo sei dimenticato? Se mi dovessi assentare dovrei fare dei preparativi. Complessi e lunghi.»

«Ma io non posso mandare la mia musica in giro da sola per teatri sconosciuti.»

«Capisco.» Si tirò su e si appoggiò sui gomiti. «Per questo tu andrai in Spagna. Senza di me, ma con la tua musica.» Il pensiero che l'assenza di Igor le avrebbe concesso serate tranquille e soprattutto notti di sonno ininterrotto le parve così allettante che per poco non si mise a esultare.

«Devo mettermi in ginocchio? Se mi metto in ginocchio mi accompagnerai?»

Per l'amor del cielo!, pensò lei.

«No» disse poi con calma. «No, assolutamente no. Non renderti ridicolo.»

«Non m'importa.»

«A me però sì.»

Si guardarono negli occhi senza guardarsi davvero. Lei sentì i suoi denti digrignare ma non vide la mandibola muoversi.

Seguendo una sorta di ispirazione Gabrielle promise: «Ti raggiungerò non appena avrò sbrigato tutte le cose importanti all'atelier».

Lui parve sorpreso. Forse era un'idea che non aveva considerato. La sua mano da musicista la prese per un braccio, così forte da farla gridare.

«Mi fai male!»

Lui la ignorò.

«Coco, tu appartieni a me, solo a me! Giurami che sbrigherai le tue cose il più in fretta possibile e mi raggiungerai a Madrid! Giuralo sulla Madonna!»

Gabrielle richiuse le palpebre. Dentro di lei si formò l'immagine di un pavimento fatto di ciottoli.

Uno, due, tre, quattro, cinque, contò fra sé, e pensò che l'indomani in chiesa avrebbe dovuto confessare di aver mentito. Poi aprì gli occhi, li alzò e disse: «Te lo prometto».

PARTE TERZA

1921

1

Sfilando spillo dopo spillo dal cuscinetto di velluto che portava al polso, Gabrielle fissava le pieghe del tessuto grezzo di cotone con abili e rapidi movimenti della mano. Osservando il suo lavoro con aria scettica, tolse uno spillo, lo strinse fra le labbra, già impegnate con una sigaretta accesa, e rimodellò daccapo il drappeggio. In un primo tempo lavorava sempre con il tessuto di cotone grezzo, solo dopo passava alla stoffa di sua scelta. La cotonina che cadeva giù dritta era il segreto delle sue linee – così come il drappeggio che partiva dalla schiena. Gabrielle era fermamente convinta che tutta la naturalezza del corpo dipendesse dalla schiena, era lì che si doveva abbondare con il taglio.

Per un attimo le si annebbiò la vista, le gambe, stremate, minacciavano ormai di cedere. Erano ore e ore che rimodellava il suo abito da sera, senza alcun risultato soddisfacente. Doveva prendersi una pausa. L'indossatrice resisteva con stoica pazienza, come la modella di un pittore, ma Gabrielle temeva di perdere la concentrazione. Tuttavia non ammetteva certe debolezze, non nel suo atelier.

Procedette ostinata, spingendo un telo arrotolato a forma di manica sul braccio della giovane donna longilinea, che superava Gabrielle almeno di una testa. In genere le russe erano molto più alte di lei, ma incredibilmente gracili. Questa sosteneva di essere una principessa. Magari era vero, o forse era soltanto una contessa o una baronessa. Gabrielle aveva imparato che per i titoli nobiliari non esisteva una corrispondenza diretta fra Parigi e San Pietroburgo, ma la posizione dei nobili decaduti le era del tutto indifferente. L'essenziale era che tutti i manichini viventi che aveva ingaggiato fossero funzionali allo scopo e facessero il loro dovere. Inoltre, provenendo dall'antica corte degli zar dove le parate militari e sfilate erano frequenti, erano in grado di pazientare in piedi a lungo. E così, proprio come le sue nuove colleghe, questa giovane donna si rivelò un buon supporto alla vena creativa di Coco Chanel, che realizzava le sue collezioni non sul tavolo da disegno ma soprattutto sui manichini e sul corpo delle donne. Solo così, diceva sempre Coco, il suo stile poteva adattarsi anche ai movimenti di chi indossava i suoi abiti.

«*Ohi!*» La modella trasalì. «*Ahi!*»

«Mi scusi» mormorò Gabrielle, senza alzare gli occhi.

Nel punto in cui voleva fissare la cucitura della spalla venne fuori una linea storta. La capacità di misurare a occhio nudo cominciava a vacillare. Doveva prendersi una pausa, ma non aveva ancora concluso il lavoro di quel giorno, così come preventivato. Non era ancora mezzogiorno, eppure si sentiva già esausta, come fosse tarda sera.

«*Ahi!*» Per lo spavento le cadde la sigaretta dalla bocca finendo sul pavimento, dove lasciò un segno sul parquet. Stavolta Gabrielle si era bucata da sola le dita tremanti. Sospirò. «Facciamo una breve pausa. Può rilassarsi, Elena.»

Gabrielle osservò la giovane nobile afflosciarsi per un attimo. Era buffo che un'illustre russa fosse fuggita dal potere del proletariato per assoggettarsi alla figlia di un venditore ambulante. *Il mondo va alla rovescia*, pensò Gabrielle, mentre si chinava per raccogliere la sigaretta e ne riaccendeva un'altra.

Cercò di riposare gli occhi guardando fuori dalla finestra. Era una cupa giornata di febbraio che non offriva una bella vista su Rue Cambon. La pioggia batteva sui vetri: era cominciata come la pioggerella tipica di Parigi, poi, di colpo, era diventata così forte da formare rigagnoli lungo i marciapiedi.

Nonostante il brutto tempo, Gabrielle pensò che più tardi sarebbe andata di nuovo alla libreria Auguste Blaizot per passare un'altra serata in compagnia di un buon libro. Poter finalmente tornare a leggere indisturbata era un'esperienza meravigliosa. Tuttavia, non sapeva cosa sarebbe successo al ritorno di Stravinskij dalla Spagna. Ai telegrammi e alle telefonate, alle continue suppliche e pressioni affinché lo raggiungesse a Madrid, lei rispondeva sempre con le stesse parole: «Non ho ancora finito, dammi altro tempo, ti prego, il mio lavoro è importante...». Gabrielle sapeva, però, che non avrebbe mai tenuto fede a quella promessa.

Un fruscio dietro di lei interruppe il flusso dei suoi pensieri. Poi un rumore di passi seguito da una serie di sospiri. Sorpresa, si voltò.

Collaboratrici, indossatrici, addette al taglio e al cucito non ronzavano più intorno alla loro regina come api nell'alveare: la loro attenzione fu interamente catturata dalla persona che stava varcando la porta in quel momento. Le aristocratiche russe fecero un inchino così profondo che per poco non toccarono il pavimento con la fronte. L'indossatrice su cui prima Gabrielle aveva modellato l'abito, si esibì nella più elegante dimostrazione di deferenza nonostante i molti spilli ancora appuntati. Contagiate da quell'ossequio corale, anche le altre impiegate lasciarono il lavoro inchinandosi o facendo la reverenza al cospetto dell'uomo che, non annunciato, entrava in quel momento nell'atelier.

Istintivamente Gabrielle iniziò ad ansimare. Il fumo della sigaretta le dava bruciore agli occhi. Non era sicura di cosa stesse accadendo. Stava forse sognando?

Aveva dimenticato quanto fosse elegante il suo portamento, di quanto fosse affascinante. Un uomo molto alto, raggiante, attraente, sportivo. Si soffermò un istante sulla soglia della porta, sorrise e con un gesto appena accennato ma oltremodo distinto invitò le giovani donne a rialzarsi. Nel far questo disse: «Vi prego, non è necessario» e attraversò l'atelier fino alla finestra, come su una passerella.

Si fermò davanti a Gabrielle e le fece un inchino profondo, come se fosse lei la zarina e non lui lo zar, se ancora fosse esistito un impero russo.

«*Bonjour*» disse semplicemente Dmitrij.

Le tremavano le ginocchia. Il cuore le batteva fortissimo. Non aveva fatto i conti con il tumulto di sentimenti che il suo ritorno avrebbe scatenato in lei, come una tempesta che si abbatte con forza impressionante sulla taiga siberiana. Quando si voltò verso di lui, dovette sforzarsi per mantenere il controllo. Se non avesse avuto tutti quegli occhi puntati su di lei, pronti a cogliere ogni singolo movimento, si sarebbe gettata immediatamente al collo di Dmitrij.

«*Bonjour, Monsieur*» replicò.

«Mi scusi, Mademoiselle Chanel, sua altezza non voleva attendere, e così ho pensato...» Lo stupore dell'addetta alla reception, un'altra principessa russa decaduta, comparsa ora alle spalle di Dmitrij, impedì loro di proseguire la conversazione. Le sue guance, solitamente contraddistinte da un nobile pallore, avvampavano. Gabrielle non ricordava di aver mai visto la sua impiegata tanto eccitata, eppure la maison Chanel tra le sue clienti aveva anche signore dell'alta nobiltà francese.

La cenere della sigaretta di Gabrielle cadde a terra. Guardandosi intorno in cerca di un posacenere, si rivolse al suo ospite: «È meglio se andiamo nel mio ufficio». Con uno sguardo fugace rimproverò l'addetta alla reception: avrebbe dovuto accompagnare Dmitrij Pavlovič Romanov subito di sopra.

Mentre salivano le scale, disse: «Ho promesso che ci saremmo rivisti. Eccomi qua».

«Vedo. Non avevo ragione di dubitarne.» Gabrielle sorrise. «Non mi aspettavo, però, che si sarebbe presentato qui a sorpresa.»

Lo sdegno simulato lasciava intravedere un luccichio spensierato nel suo sguardo. «Mi vorrà perdonare, se non ho voluto aspettare un secondo di più. La mia prima tappa a Parigi mi ha portato direttamente da lei. Siamo appena arrivati.»

«Siamo?» Gabrielle ebbe un tuffo al cuore. Che si fosse sposato da qualche parte tra Venezia, la Danimarca, Londra e Parigi? La sua visita a sorpresa era dovuta unicamente al fatto di volerla metter subito al corrente del suo nuovo stato civile?

«Il mio domestico Pëtr e io.»

«Oh… ah… sì…» Gabrielle non poté evitare di arrossire. Santo cielo, si stava comportando proprio come un'oca. I suoi doveri di ospite la salvarono da altre fonti d'imbarazzo. Aprì la porta del suo studio, e dopo avergli lasciato il tempo di entrare e ammirare la mobilia gli chiese cortesemente: «Cosa posso offrirle? Caffè? Champagne?».

Dmitrij non fece commenti sull'arredamento e declinò l'offerta scuotendo la testa. Non si sedette neppure. Disse invece: «Ho quindicimila franchi. Basteranno secondo lei per sbancare il casinò di Monte Carlo?».

Che uomo! Piacevolmente sereno, non protestava – e soprattutto non avanzava pretese. Gabrielle non osò paragonare Dmitrij Romanov a Igor Stravinskij, ma non poté fare a meno di riconoscere al più giovane un sacco di pregi.

Gabrielle alzò le braccia in segno di resa. «Se io ne metto altri quindicimila, ne abbiamo trentamila. Così almeno potremo divertirci un po'.»

La guardò negli occhi: entrambi risero, come se in quel momento si fosse rotto un incantesimo.

«Quando partiamo?» domandò Dmitrij andando dritto al punto.

«Non subito. Devo sistemare alcune cose...»

«I suoi affari. Naturalmente.» Nonostante il tono comprensivo un velo di delusione gli adombrò il volto. Tirò fuori qualcosa dalla tasca della giacca. «Preso dalla grande gioia di rivederla, ho dimenticato di darle il mio piccolo regalo.» Le porse un biglietto di carta pregiata. «Forse questo anticiperà la nostra partenza.»

Sorpresa, Gabrielle aprì il foglietto. Poteva aspettarsi di tutto, certo non un indirizzo in un sobborgo industriale di Cannes, che lei non conosceva, a La Bocca. Quando rialzò lo sguardo su di lui, fece spallucce con aria interrogativa. «Che cos'è?»

Dmitrij ridacchiò come uno scolaretto colto in flagrante nel bel mezzo di qualche bricconata. «È l'indirizzo di Ernest Beaux. L'uomo che come profumiere di corte dello zar di Russia ha creato Bouquet de Catherine.»

«Ma io pensavo...» Gabrielle ansimava. «Pensavo che la formula fosse scomparsa in Russia insieme a chi l'aveva ideata.»

«Beaux era nell'armata bianca, ma riuscì a fuggire da Murmansk. Da poco lavora alla manifattura Chiris. La fabbrica è a Grasse, ma i laboratori sono a Cannes. Se vuol dunque conoscere Ernest Beaux, non ci sono problemi. Deve solo venire con me nel sud della Francia.»

La spensieratezza contagiosa di Dmitrij era proprio quello di cui Gabrielle aveva bisogno dopo le settimane stressanti con il suo precedente amante russo. Per di più, a differenza di Stravinskij, era libero, e la prospettiva di un periodo di tempo con lui in Costa Azzurra era un sogno. Non avrebbe dovuto ricorrere alla sua speciale capacità di persuasione. Tuttavia, Gabrielle era perfettamente consapevole del regalo che Dmitrij le stava facendo, procurandole un incontro con il profumiere dello zar. La convinzione di poter trovare nella vecchia formula di Beaux la chiave di volta della propria acqua di colonia – e soprattutto il pensiero che Dmitrij avesse svolto delle ricerche per rintracciare Ernest Beaux, le scaldava il cuore.

Gli sfiorò il braccio con tenerezza e al tempo stesso con gratitudine. «Allora non perdiamo tempo, la prego. Vorrei subito dedicarmi ai preparativi per la partenza.» Ci volle un attimo per iniziare a pianificare: «Ci serve un'automobile. Sarebbe bello se potessimo viaggiare senza il mio chauffeur...». Spaventata, ritirò la mano quando le venne in mente: «Ma sa guidare?».

«Mademoiselle, sempre al suo servizio.» Si inchinò davanti a lei. «So cavalcare, andare in carrozza e guidare.»

«Fantastico. Allora possiamo partire subito e comprare un'auto adatta.»

Lui inarcò le sopracciglia. «Subito?»

«Be' sì, magari dopo pranzo. Mi aspetti qui, per favore. Le faccio portare un caffè. O quel che desidera. Devo solo sbrigare velocemente alcune faccende in atelier.» Pensava all'abito che doveva finire di modellare sulla sua indossatrice. Di sicuro adesso avrebbe lavorato con maggior profitto. Non si sentiva più esausta, la gioia al pensiero di partire le aveva ridato uno slancio insperato. Era come se all'improvviso fosse spuntato il sole nella sua vita.

In punta di piedi dette a Dmitrij un bacio sulla guancia. «La prego, non se ne vada. Torno subito, e poi andiamo a pranzo al Ritz.»

Proprio mentre stava per voltarsi, lui l'afferrò per un braccio e la tirò a sé. Nonostante la presa salda, quando fu sul punto di premere la bocca sulle labbra di Gabrielle, si fermò di colpo. Prudente, titubante, rispettoso. Le sfiorò le guance col respiro, e Gabrielle avvertì la sua brama di intimità. Si strinse a lui, assaporando per un istante il suo delicato desiderio di amore. Non c'era passione possessiva, solo tenerezza; si sentiva toccata nel profondo. Quando si separò da lui, fu felice al pensiero che c'era qualcosa di più.

Che gioia immensa.

2

Era prevedibile che di lì a poco sarebbero diventati il principale argomento di conversazione. Dmitrij Pavlovič Romanov era troppo noto per mostrarsi in pubblico con Gabrielle e passare inosservato. Chi si nutriva di cronache mondane e pettegolezzi lo conosceva bene. Le americane straricche, che ambivano a diventare principesse autentiche, giravano intorno agli aristocratici russi come le api intorno al miele. Anche molti uomini sapevano chi era per la misteriosa aura di eroismo di cui si ammantava per il coinvolgimento nell'assassinio di Rasputin. Già dopo la sua seconda cena al Ritz, *tout Paris* spettegolava su Gabrielle e Dmitrij, incoraggiata in questo dai racconti di una cameriera loquace secondo la quale il granduca era entrato nella suite di Mademoiselle Chanel il pomeriggio per riuscirne solo la mattina dopo.

Gabrielle ignorava il confabulare al ristorante dell'albergo, così come gli sguardi curiosi di clienti e impiegate. Le era sempre stato indifferente ciò che la gente diceva sul suo conto. C'era sempre qualcuno che mormorava a proposito di qualcosa. Ora era il turno della sua storia d'amore con Dmitrij. Be', pazienza...

Gabrielle gli chiese se fosse infastidito da tutti quei pettegolezzi su di loro.

«No.» sorrise, e alzandosi dalla sedia le appoggiò dolcemente le braccia sulle spalle. Stavano facendo colazione nella suite di Gabrielle, un tavolino era stato portato davanti alla finestra, nonostante fosse ancora un febbraio grigio. «Non c'è donna con cui gradirei esser visto più che Coco Chanel.»

Gabrielle ebbe un sussulto al cuore. Quando le appoggiò la fronte sulla testa, lei azzardò una domanda a cui pensava sin dal giorno precedente, da quando Misia le aveva ricordato che quella sera ci sarebbe stato il ballo in maschera del conte di Beaumont. «Hai voglia di spassartela?»

«Sì, certo. Sempre.» Le stampò un bacio sui capelli e si sollevò. «Di che si tratta?» le domandò tornando alla sua sedia.

«Di difendere il mio onore.»

«Serve la pistola o la spada?»

«L'arma sarà la nostra presenza.» Sorridendo compiaciuta aggiunse: «Così sostiene Misia».

«Se è la tua amica a sostenerlo, avrà sicuramente ragione» ammise Dmitrij, aggrottando poi però la fronte incuriosito: «Perché dice questo?».

«È una lunga storia. Un po' sciocca magari, e Misia si sente più offesa di me...»

Assorta nei suoi pensieri, Gabrielle sbriciolava sul piatto l'ultimo croissant. All'improvviso non si sentiva più così convinta di voler sfidare l'élite. A differenza di Misia, d'un tratto si sentì incerta. Era davvero sensato provocare uno scandalo solo perché negli ambienti più esclusivi Coco Chanel era considerata ancora una semplice modista? Una donna modesta che, nonostante la sua creatività universalmente riconosciuta e la carica innovativa introdotta nella moda si trovava ben al di sotto di uomini d'affari di successo del calibro di Paul Poiret o François Coty. Per non parlare poi dei geni della letteratura o dei pittori famosi... Ma soprattutto, trattandosi di una questione così personale, faceva bene a coinvolgere anche Dmitrij? Poi, però, all'improvviso qualcosa trasformò il suo riserbo e la sua incertezza in ostinazione, rendendola disposta a infischiarsene delle convenzioni; a qualunque costo.

Inizialmente con una certa timidezza, poi con voce sempre più ferma raccontò a Dmitrij dell'incarico avuto da Edith de Beaumont di realizzare alcuni costumi per il suo annuale ballo in maschera. «Madame la Comtesse è rimasta molto colpita dai miei vestiti. Ma il suo entusiasmo non è stato tale da convincerla a spedirmi un invito. Misia si sente personalmente offesa da quest'atto di snobismo e le è venuto in mente di sabotare la sfilata stasera. Per questo sta chiamando a raccolta tutti gli artisti famosi, nostri amici. E poiché non vorrei deluderla, ovviamente ci sarò anch'io.»

«Perché non mi hai detto quant'era importante per te andare a questa festa?» Sembrava sgomento. «Mi sarei procurato un invito, e poi...»

«È bello da parte tua, ma non si tratta di questo» lo interruppe con delicatezza. «Si tratta della mia posizione, della mia reputazione di donna indipendente. Ho solo pensato che magari avresti voluto essere presente, qualora avessimo dato scandalo.»

«Be'... sì... però... io...» balbettò Dmitrij, interrompendosi subito dopo. Era quasi commovente vedere il suo imbarazzo e la sua goffaggine.

Tacquero entrambi per un po'. Gabrielle capì che era molto lontano col pensiero. Più lontano di lei che in silenzio stava paragonando la sua infanzia disagiata, l'adolescenza in convento e i primi anni nel varietà di infima categoria con la vita lussuosa e di successo che conduceva oggi. Sul piano sociale erano inconciliabili l'una con l'altra. Dmitrij non aveva mai conosciuto i disagi che aveva provato lei. Pur dipendendo in esilio dal denaro altrui, non aveva mai perso il suo status di privilegiato. In poche parole non poteva capirla. E al tempo stesso trovava irritante doverlo importunare con questa faccenda. Perché ricordargli che avevano due estrazioni sociali diverse? Se si fosse scandalizzato considerando Misia una chiassona – e lo era, assolutamente – e l'avesse mal giudicata per il suo proposito di sabotare la festa in maschera, Gabrielle non avrebbe potuto continuare a frequentarlo. Quanto era stata stupida a tirar fuori l'argomento.

Aspettò in silenzio la sua risposta – e la fine della loro relazione che, iniziata solo qualche giorno prima, si sarebbe consumata durante la vacanza in Costa Azzurra.

Dmitrij la guardò a lungo negli occhi. Poi disse con grande sorpresa di Gabrielle: «So come ci si sente quando si viene emarginati». Dopo un breve indugio proseguì: «Quando Felix Felixovič Jussupov cercava complici per uccidere il predicatore Rasputin, io c'ero fin dall'inizio. Come lui vedevo nella morte di Rasputin l'unica via d'uscita, l'unica possibilità di salvezza per la Russia. Quest'uomo esercitava un'influenza fatale su mia zia, la zarina, arrecando un grave danno al nostro amato Paese. La zarina, ovviamente fuori di sé, pretese la nostra esecuzione capitale. Secondo le leggi del tempo, però, nessun membro della famiglia degli zar poteva essere arrestato e processato. Jussupov venne esiliato nella proprietà feudale di famiglia, ma dopo che gli zar ebbero abdicato, tornò a Pietrogrado, dove riuscì persino a raccogliere gioielli e quadri di valore da portare via con sé in esilio, tanto da esser poi uno dei pochi esuli senza problemi finanziari. Oggi è celebre a Londra come l'assassino di Rasputin».

Il suo tono si fece duro, e Gabrielle trattenne il fiato, presagendo già il seguito: «A me è andata diversamente. Pur essendo un discendente diretto degli zar di Russia, sono stato processato e condannato. Ho evitato la pena di morte perché la fine di Rasputin è stata festeggiata dal popolo. Ma allora pensavo che l'esecuzione capitale fosse meglio del carcere. Nessuno riuscì a far cambiare idea alla zarina. Mi trattarono come un assassino qualunque pur non avendo mai, personalmente, torto un capello a Rasputin. Mi sono sacrificato per i miei amici. Eppure sono diventato solo io il capro espiatorio». Un sorriso amaro sfiorò i suoi tratti. «In fondo qualcosa di buono c'è stato: a un certo punto ho ottenuto uno sconto di pena e sono stato trasferito in Persia, senza alcun privilegio, al servizio di un reggimento. Questo mi ha salvato la vita. Ero troppo lontano per venir preso di mira dai bolscevichi. I rossi uccisero mio padre e il mio fratellastro mentre io fuggivo a Teheran. Il resto della storia lo conosci. Adesso sono qui e...» Si interruppe, deglutì e aggiunse: «... e sono profondamente riconoscente per averti incontrata».

Lei annuì in silenzio. Dmitrij non aveva ancora dato il colpo di grazia alla loro relazione. Se non altro. Gabrielle gli strinse la mano che le aveva allungato sul tavolo.

«Certo che ti accompagno stasera. Un Romanov non si è mai tirato indietro di fronte a un duello, a prescindere dalle armi scelte. Noi russi abbiamo un proverbio in proposito: *Il rischio è una cosa nobile*. Vieni, Coco, andiamo a dare scandalo.»

D'ora in poi gli amanti del pettegolezzo avranno qualche argomento in più di cui sparlare, pensò Gabrielle. Lo scandalo era assicurato. Si sentì travolgere da una felicità per lei inconsueta, caduta nell'oblio da tempo.

Le macchine avanzavano a passo d'uomo in Rue Pierre Demours fino all'ingresso dello Château des Ternes; la fila iniziava già nella Avenue des Ternes intasando tutte le strade nei dintorni del 17° Arrondissement. Limousine e Cabriolet si susseguivano a distanza ravvicinata, e davanti al portone del palazzo medievale, illuminato dal bagliore di decine di fiaccole e candele, scendevano sia membri dell'alta società sia famosi bohémien. Per le strade risuonavano clacson, il rumore sordo degli sportelli delle macchine che si richiudevano e il brusio di voci. Si sentivano poi le risate che da sciocche si facevano isteriche man mano che aumentava il consumo di champagne. Da una delle finestre in alto giungevano in strada i ritmi briosi di una canzone jazz. Quando lo chauffeur dei Sert si fermò come gli altri autisti davanti al portone, i domestici vestiti da valletti di corte accorsero ad aprire le portiere della macchina.

«Il vostro invito, prego» disse uno di loro con un inchino cortese rivolgendosi a José, una volta sceso.

«Non ce l'abbiamo» rispose Misia con voce flautata. Parlava così forte che gli invitati delle auto in fila dietro alla loro dovettero sentire ogni singola parola.

«Non sono Misia e José Sert?» bisbigliò una voce femminile tutta eccitata.

«Salve Misia, beve poi un bicchiere di champagne con me?» gridò un'altra.

«Non posso farla entrare senza invito, Madame.» Era evidente che il giovane valletto si sentisse in imbarazzo. Edith de Beaumont aveva cercato di insegnare ai suoi domestici il comportamento da tenere a corte, ma non li aveva certo addestrati a respingere l'impertinenza di una vendicativa Misia Sert. «Mi dispiace, Madame, ma devo attenermi alle istruzioni.»

«Lo sappiamo» lo calmò José. «Preferiamo festeggiare in strada con gli chauffeur.»

Mentre il povero valletto era in preda all'ansia, Gabrielle scese dalla macchina. Si guardò un attimo intorno, e accorgendosi che nessuno l'aveva subito riconosciuta rimase un po' delusa. Tuttavia si domandò se l'essere invisibile non fosse forse più piacevole di essere sempre al centro dell'attenzione. Una volta aveva letto da qualche parte che Misia a Parigi era famosa quanto l'obelisco su Place de la Concorde. E per lo scandalo pianificato la fama di Misia aveva indubbiamente il suo peso.

Ogni ospite che anche solo a grandi linee ebbe modo di sentire il dialogo fra Misia e il domestico si voltò verso di lei. Si levò tra la folla degli invitati un mormorio di stupore. Fu come una reazione a catena. Le signore e i signori più vicini al portone d'ingresso in attesa di ricevere gli onori del conte e della contessa non avevano ancora iniziato a bisbigliare che subito si levarono stupore e supposizioni fra i signori più distanti. Quando, dopo Gabrielle, anche Dmitrij scese dalla macchina dirigendosi con determinazione verso un gruppo di chauffeur riunitisi ad assistere in disparte alla scena, crebbe il mormorio come il tuono sommesso prima di un temporale.

«Posso offrirle una sigaretta?» chiese Dmitrij all'autista di Madame de Noailles.

Gabrielle riconobbe il domestico, perché Madame era un'ammiratrice di Jean Cocteau e, di tanto in tanto, per le strade di Parigi faceva guidare il suo protegé. Si sarebbe meravigliata sapendo che Cocteau quella sera aveva seguito l'invito di Misia e non di Étienne de Beaumont.

Dopo aver offerto sigarette ai vari chauffeur, con un ghigno compiaciuto Dmitrij pose una sigaretta già accesa sulle labbra di Gabrielle. Poi accese un altro fiammifero. Dopo un bel tiro di nicotina si sporse verso di lei sussurrandole: «Guardati intorno, a quanto pare funziona».

Misia stava fra i due domestici come la nobildonna di un romanzo di Balzac. Bella, sicura di sé e imperturbabile. Accanto a lei José Sert, che si era scostato per salutare con tutti gli onori Pablo Picasso. Questi si prestò al gioco, cosa che per i presenti fu più divertente di una commedia di Molière. La sfilata continuava lentamente a procedere. La maggior parte degli ospiti preferiva evidentemente l'intrattenimento in strada alla sala da ballo dello Château. Anche gli amici di Gabrielle sembravano divertirsi molto, persino Dmitrij al suo fianco si godeva lo scambio dei ruoli. Sembrava allegro come un ragazzino impegnato a far qualcosa di proibito.

Lei osservava in silenzio. Fra tutti quelli che arrivavano le dettero nell'occhio vecchi amici di Boy che lei conosceva, anche se solo di sfuggita. Aveva già visto anche le belle donne a braccetto di questi signori benestanti, ma non le aveva mai conosciute. Boy l'aveva tenuta alla larga dalla frequentazione dei viveur e delle loro cocotte.

«Sembrano simpatici. Perché non li invitiamo?» domandò Gabrielle, mentre passeggiava lungo il fiume con Boy. Uscendo da Maxim's avevano incontrato una coppia evidentemente più felice di rivederli del suo accompagnatore. Boy prese per mano Gabrielle e, dopo un rapido saluto quasi di sfuggita, si affrettò in Rue Royale. In silenzio la trascinò attraverso Place de la Concorde e fino alla riva della Senna, dove finalmente rallentò il passo.

«Mai e poi mai!»

Fu meravigliata dal suo tono brusco. «Perché no?»

«Perché tu non sei una di loro.»

«Quella donna è molto più carina di me» ribatté Gabrielle.

«Può darsi, ma per me non c'è niente di più bello di te. E inoltre non dovresti avere alcun contatto con le cocotte, perché noi ci sposeremo...»

Non l'aveva sposata, e le cocotte alla fine del giro di saluti allo Château des Ternes sarebbero state accolte con baci dagli ospiti, la sua sarta no. Una sarta, il cui "gusto impeccabile" era stato di recente elogiato espressamente da *Vogue*. Gabrielle avvertì come un travaso di bile.

Guardò Dmitrij con la coda dell'occhio. Discuteva animatamente con due chauffeur dei pregi che avevano certe marche d'auto rispetto ad altre. Le persone distinte continuavano a guardarlo stupite. Il granduca faceva lo spiritoso. Nessun dubbio. *Per me*, pensò Gabrielle. *Lo fa per me*. Per la piccola midinette, che non era fine abbastanza da poter festeggiare all'interno dell'alta società parigina. Bastava pensare all'affetto di Dmitrij perché le si riscaldasse di nuovo il cuore.

Dmitrij doveva essersi accorto che lo stava guardando, perché le si rivolse con un sorriso raggiante. «Stai bene?»

«Non so.» Non ammise con lui quanto si rammaricava in quel momento, come altrettanto spesso, di essere invisibile per il suo ambiente. Fu una delle poche occasioni in cui sperò che le cose potessero cambiare. Ma le stesse signore che erano sue clienti sembravano non riconoscerla. «Vorrei bere qualcosa.»

Dmitrij indugiò un istante. La guardò dritto negli occhi, come se riuscisse a leggerle dentro. Poi si voltò gridando alla folla: «Champagne! Potrei avere un bicchiere di champagne per Mademoiselle Coco Chanel?».

«Oh! Ah!» Si levò di nuovo un mormorio fra gli ospiti. Tutti gli occhi sembravano puntati ora su Gabrielle. Aveva conquistato tutti gli sguardi stupiti. Alcune signore bisbigliarono più o meno ad alta voce: «Mademoiselle Chanel fa dei vestiti così eleganti… Perché non l'hanno invitata? Coco Chanel ha davvero una relazione col granduca? *Mon dieu*, tutto questo è vergognoso!».

Gabrielle avrebbe voluto gridare alla signora di cui udiva la voce, ma che non riusciva a vedere, che aveva assolutamente ragione. Era tutto tremendamente vergognoso. Per Gabrielle. Per gli altri ospiti. Ma innanzitutto per il conte e la contessa di Beaumont. Da questo punto di vista il piano di Misia aveva funzionato.

Nonostante la sua irritazione, Gabrielle alla fine cominciò a divertirsi. José stava facendo servire per strada lo champagne ghiacciato che si era portato da casa e che aveva riposto nel bagagliaio dell'auto. Fu proprio una bella serata. La cosa migliore fu che alcuni degli ospiti invitati si unirono ai *chiassoni* e con questi, i bohémien e gli chauffeur che ancora accorrevano, festeggiarono allegramente. Si aprirono sempre più finestre sopra di loro, e sempre più spettatori si intrattennero a guardare Gabrielle che, prima con Jean Cocteau e poi con Picasso, ballava il charleston che arrivava dalla sala da ballo, nella luce riflessa dei fari. Più tardi fu vista volteggiare sul marciapiede fra le braccia di Dmitrij. Pur essendo una notte calda per la stagione e nonostante l'allegria e l'eccitazione del momento, tremava a momenti.

«È ora di partire per il sud» sussurrò all'orecchio di Dmitrij.

Lui la strinse ancor più a sé.

Le bastò come risposta.

3

Ogni volta che Misia metteva piede in Rue La Boétie 23 rimaneva sorpresa di come Pablo Picasso l'avesse trasformata. Il suo appartamento non sembrava più l'atelier trascurato di un aspirante artista, con relazioni instabili e chiacchierate, con amici più o meno di successo e dalle finanze incerte, a volte sfortunati; era la residenza signorile di un pittore famoso e stravagante. Paul Rosenberg, il suo gallerista e promotore, gli aveva affittato il nuovo domicilio tre anni prima nei pressi della sua galleria. Fu una sorta di dono di nozze, un simbolo dell'inizio della nuova vita di Picasso come marito della bella Olga.

La nuova sistemazione non aveva frenato la sua grande creatività. La sua vita privata, invece, nel frattempo aveva scatenato i più vari pettegolezzi: si diceva che l'artista cominciasse a staccarsi dalla moglie. Forse era colpa dei signori Murphy di New York, che di recente si erano aggregati al loro gruppo di amici; Picasso sembrava particolarmente attratto da Sara Murphy. Ma con ogni probabilità il suo comportamento era una conseguenza della gravidanza di Olga. A inizio mese aveva dato alla luce un figlio che avrebbe dovuto coronare la felicità della coppia, ma gli amici avevano pareri discordi in proposito: secondo alcuni il neonato avrebbe contribuito ad allontanare moglie e marito, secondo altri avrebbe potuto effettivamente risvegliare sentimenti inattesi in Picasso, noto per la sua sconsideratezza.

Misia ritenne suo dovere controllare di persona, con l'intenzione di far visita al neonato.

Una domestica le aprì la porta e le prese il cappotto.

Carica di numerosi pacchetti, regali per Olga e per il piccolo Paulo, Misia seguì la donna in un salotto, in cui la puerpera riceveva visite come a corte. Era la definizione più appropriata per la scena, poiché la ballerina non solo era adagiata su una pila di cuscini di seta, ma si era anche immedesimata nel ruolo drammatico di madre.

Olga Picasso, sdraiata su una chaise longue, graziosa, pallida, esausta, eppure con occhi vivaci, sollevò appena la piccola mano bianca per salutare, facendo una sorta di cenno con le dita e indicando poi la culla nell'angolo accanto al camino.

Il fuoco che crepitava gettava ombre sulle lenzuola di pizzo e sul visino del piccolo. Il neonato era avvolto secondo l'usanza russa in fasce strette e ricordava una matriosca. Misia sapeva che in Francia i neonati si adagiavano sul letto in altro modo, e si domandò se il piccolo non stesse sudando terribilmente. Vedeva solo le palpebre chiuse e le tenere guance che nel bagliore delle fiamme brillavano rosee come arance andaluse. «Un bimbo davvero incantevole» commentò Misia lodandolo, com'era doveroso. Riusciva a vedere troppo poco del pargolo per essere davvero in grado di giudicare.

Si guardava intorno nervosa in cerca di un tavolo su cui poter appoggiare i regali. Sudava da tutti i pori in quella stanza surriscaldata. Ma l'unico tavolo che c'era serviva da appoggio per ogni genere di suppellettile: una piccola icona, un libro, oltre alle cose per il bambino. Dopo aver finalmente posato i pacchetti su una poltrona, con un sospiro si tolse la sciarpa dal collo e si girò verso la giovane madre.

«Non trova anche lei che Paulo sia il più bel maschietto del mondo?» domandò Olga.

«Certo che sì» la rassicurò Misia.

«È meraviglioso» proseguì Olga, come se non avesse inteso la conferma di Misia «e un giorno diventerà sicuramente un uomo in gamba. Già ora sembra molto intelligente, vero?»

«Sì, Olga.»

«Se potesse vedergli le manine, capirebbe subito che ne verrà fuori un grande artista. Con quelle mani *dovrà* dipingere o dirigere un'orchestra. E la creatività ovviamente ce l'ha nel sangue.»

«Ovviamente, Olga.»

Misia si stava agitando sempre più. Meglio andarsene? Non si sentiva la benvenuta. La conversazione andava avanti a senso unico, ma con Olga Picasso era sempre così. Misia avrebbe gradito sedersi, ma evidentemente la giovane madre si era dimenticata di far accomodare la sua ospite. Non che ce ne fosse la possibilità in quella stanza; sull'altra poltrona era appoggiato un négligé con una disinvoltura tale che avrebbe potuto sembrare una natura morta in un quadro di Renoir. E Misia era esperta dei quadri di Auguste Renoir – quand'era giovane le aveva fatto un ritratto. Ma all'epoca, come oggi, si sarebbe comunque irritata di doversene star lì in piedi inutilmente.

Si avvicinò impaziente alla finestra, tolse i libri dalla sedia che era lì e li appoggiò sulla poltrona accanto ai suoi regali. Poi accostò la sedia al capezzale di Olga e si mise a sedere.

«Non avrei mai creduto possibile amare a tal punto un esserino così. Non avendo figli, certamente non potrà immaginarsi cosa succede a una donna dopo il parto...»

In tono risoluto Misia cambiò argomento: «Come sta Pablo?».

«Il padre di Paulo?» Olga sembrò per un attimo infastidita, come se solo in quel momento fosse stata costretta a ricordare che il padre di suo figlio era anche suo marito. «Lo vedo di rado. Passa la maggior parte del tempo a dipingere o a realizzare le sue sculture. Sta sperimentando molto nella scultura. In realtà non so affatto come sta. Probabilmente Sert ne sa più di me.»

Misia non era in grado di interpretare in modo univoco il tono delle parole di Olga. Si sentiva ferita, umiliata o adirata? In ogni caso le voci su un possibile allontanamento di Pablo Picasso dalla moglie erano vere. Di recente, quella sera davanti allo Château des Ternes anche lui si era messo sulla difensiva quando Misia gli aveva chiesto di Olga. La bella russa le faceva compassione. La messinscena della puerpera, per quanto esagerata in effetti, non giustificava il disinteresse del padre novello per Olga.

«Sono sicura che Pablo debba ancora abituarsi alla nuova situazione» disse Misia nel tentativo di consolarla. «Gli uomini a volte fanno fatica a calarsi nel nuovo ruolo di padri.»

«Lei lo sa bene» sibilò Olga.

Avrebbe riferito a Djagilev, il loro più caro amico comune, di aver fatto tutto il possibile, ma di aver fallito di fronte alla caparbietà di Olga. E se Olga trattava così anche Picasso, Misia non poteva davvero dargli torto se dedicava più tempo al lavoro piuttosto che alla moglie e al bambino. Decise che al massimo entro cinque minuti se ne sarebbe andata. Sì, voleva restare altri cinque minuti. Sarebbero bastati per affermare di aver fatto il suo dovere.

Durante l'ultimo tentativo di distogliere Olga dai suoi pensieri per trascorrere il tempo che rimaneva in modo un po' più piacevole, Misia cominciò a raccontare all'infelice gli ultimi pettegolezzi: «Coco Chanel vuole partire per la Costa Azzurra col suo nuovo fidanzato...».

«Pensavo che Stravinskij fosse in tournée in Spagna» la interruppe Olga.

«Oh no» rise Misia «Stravinskij l'ha lasciata. Non mi crederà, se le dico chi è il suo nuovo fidanzato.»

Olga sembrò allarmata. «Picasso?»

«Certo che no, sciocchina. No. Non Picasso. Voglio augurarmi che ne sarebbe al corrente se suo marito corteggiasse in pubblico un'altra donna.» Misia cominciò a chiedersi se il sudore che le imperlava la nuca fosse dovuto solo al clima torrido di quella stanza. «No, tesoro mio. Coco è in viaggio col granduca Dmitrij Pavlovič Romanov. Ne parla tutta Parigi.»

«Oh!» esclamò Olga, finalmente colpita.

Misia fu molto soddisfatta di questa reazione, finalmente la conversazione aveva preso la piega che più le era congeniale. «Si mostrano in pubblico da una settimana. Cenano insieme al Ritz, e ovviamente tutti sanno che quelle serate non si concludono con il dessert. E anche lui era presente alla festa alternativa in onore del conte di Beaumont.»

Olga non si informò sull'andamento di quella serata, sembrava molto più interessata a un altro aspetto: «Pensavo che Consuelo Vanderbilt si sarebbe prodigata per accelerare il divorzio dal duca Marlborough così da poter stare insieme a sua altezza. Dubito che aspirare a tanto sia la conseguenza della relazione di suo marito».

L'ultima osservazione sdegnò Misia, che però non contraddisse Olga. Era una sostenitrice dei rapporti trasparenti. Aveva affrontato così il suo primo matrimonio e anche la separazione dal secondo marito. Le relazioni a tre non facevano per lei. Anche per questo era stata dura nei riguardi dell'amica Coco per la sua storia con Stravinskij.

Con una certa soddisfazione annunciò: «No, no, no. Dmitrij Pavlovič è un uomo libero, che può fare e disfare a suo piacimento. E Consuelo Vanderbilt – o meglio, Lady Spencer-Churchill, in ogni caso ha già messo gli occhi su Louis-Jacques Balsan».

Non aggiunse che il nuovo amore della nota multimilionaria era il fratello di Étienne Balsan. *Il mondo è così piccolo*, meditò. E poi pensò: *ma Stravinskij sa già di aver ceduto Coco a un granduca celibe?*

«E così Consuelo Vanderbilt ha messo gli occhi su Louis-Jacques Balsan» ripeté Olga con un sospiro. «Ah, da quando ho partorito, non so più niente. Assolutamente niente. Sa come sta andando la tournée in Spagna? Spero tanto che Djagilev, Stravinskij e la compagnia abbiano successo.»

Misia la guardò sgomenta. Aveva dato voce alle sue riflessioni su Stravinskij? Se sì, era stata certamente troppo precipitosa. In nessun caso dovevano essere Olga o Pablo Picasso a informare *tout le monde* del nuovo amore di Coco. Preferiva esser lei ad assumersi l'intrigante compito di spifferare quella notizia riservata. Le voci si diffondevano così rapidamente – e non c'era nient'altro che Misia odiasse tanto quanto interpretare il ruolo secondario di chi assiste dalle retrovie. Se non altro, Olga la riteneva così importante da chiedere a lei notizie del successo della tournée.

«Sì, vengono letteralmente sommersi da ondate di applausi» replicò Misia.

«Stanno suscitando così tanto entusiasmo? Che bello.»

Misia non ascoltava più. La conversazione con Olga cominciava ad annoiarla, e il caldo della stanza continuava a farla sudare. Decise che i suoi obblighi erano assolti.

In un moto di affetto afferrò la mano di Olga sorprendentemente fredda. «Tesoro mio, adesso devo lasciarla.»

«Mi promette di tornare a vedere come cresce Paulo? Nostro figlio fa progressi ogni giorno, sa?»

Invece di risponderle, Misia le fece un sorriso raggiante e le dette un'affettuosa stretta di mano. Non era pronta a concederle più di questo.

Uscì dall'appartamento in tutta fretta, facendo pensare più a una fuga che al commiato da una cara conoscente. Giunta in strada, inspirò a pieni polmoni l'aria umida dell'inverno. Appena uscita dalla stanza surriscaldata di Olga, quel freddo le sembrò incredibilmente piacevole. Non indossò neanche la pelliccia, lasciando che il vento gelato le entrasse sotto il vestito. Avvertì un fortissimo mal di testa da tensione. Sollevata per esser finalmente sfuggita alla compagnia opprimente di Olga Picasso, respirò e osservò il suo alito condensarsi in nuvolette.

Passeggiò per un po' nell'ottavo Arrondissement con i suoi imponenti edifici in arenaria, dove si notava l'impronta urbanistica di Georges-Eugène Haussmann, che lei non si saziava mai di ammirare. Alla fine scorse l'insegna gialloblu dell'ufficio postale.

Ebbe la sensazione di non sentirsi più padrona delle sue azioni. Si muoveva come guidata da una forza estranea, non sapeva neanche più spiegare le proprie intenzioni. Sapeva solo di dover fare qualcosa per metter fine a quella che riteneva una brutta menzogna. Così avrebbe fatto del bene a tutte le persone coinvolte.

Senza pensarci troppo, chiese allo sportello un modulo per telegramma e una penna. Si avvicinò al tavolino a disposizione dei clienti, posò il modulo davanti a sé e si aggiustò il manico della borsa nell'incavo del gomito per potersi appoggiare meglio. Poi scrisse:

Coco Chanel preferisce i granduchi agli artisti!

Si alzò di scatto, per paura di ripensarci, e corse allo sportello come se qualcuno la inseguisse. Passò avanti a una signora che, già in fila da tempo, protestò sdegnata.

«Mi scusi, è un'emergenza» si difese, realizzando che non si trattava affatto di una bugia.

«La prego, invii immediatamente questo messaggio al Palace Hotel a Madrid» disse all'impiegato delle poste. «All'attenzione di Monsieur Igor Stravinskij.»

4

Il motore della Rolls-Royce Silver Ghost, verniciata di un insolito blu notte, rombava in modo regolare. A bordo strada scorrevano gli alberi ancora spogli dopo l'inverno, dal finestrino aperto soffiava un'aria fresca che tendeva il tessuto della capote chiusa e giocava con i capelli di Gabrielle che spuntavano dal suo berretto di pelle. Raggi di sole che annunciavano la primavera sulla Costa Azzurra facevano capolino da dietro le nubi grigie rispecchiandosi sullo stemma in cima al radiatore e sull'alluminio del cruscotto.

Solo il giorno prima il tempo era stato così gradevole che Dmitrij nel suo giro di prova a Rouen si era preso una scottatura. Quando fu di ritorno a Parigi, il portiere non voleva farlo entrare in albergo, perché quel rossore sul volto era indice di alcolismo. La faccenda si chiarì, e Gabrielle e Dmitrij ne avevano riso, ma lei si augurò che fosse l'ultima delle situazioni imbarazzanti per il suo nobile amante. D'istinto gli carezzò la guancia con la punta delle dita.

«È proibito toccare lo chauffeur» scherzò senza distogliere lo sguardo dalla strada. «Corri il rischio che tolga le mani dal volante e che ti baci.»

Gabrielle si cinse il busto con le braccia. «Sopporterò a stento di non poterti toccare fino a Menton.»

«Anch'io. Per questo faremo una pausa almeno a metà strada.»

Probabilmente in Auvergne, pensò Gabrielle. Era stata spesso al sud con Boy, ma non avevano mai fatto tappa in quella regione, sua terra d'origine. In quel momento, però, sentì all'improvviso il bisogno di tornare nel luogo in cui era cresciuta, dove sua madre era morta. Come se volesse gridare alle rocce vulcaniche e ai prati in collina, alle città medievali costruite in basalto e alle capanne di contadini che la ragazzina timida, cresciuta nella miseria più nera, si era trasformata in una donna benestante e di successo, in grado di permettersi una lunga vacanza con un granduca in Costa Azzurra.

Per prima cosa volevano trascorrere alcuni giorni in albergo a Menton, dove nessuno la conosceva. Menton non era così mondana, lì non avrebbero dato adito a pettegolezzi. Preferivano far parlare di sé a Monte Carlo, Cannes o Antibes. Era soprattutto Dmitrij ad aver nostalgia dell'anonimato, e non solo per il suo status sociale. Aveva raccontato a Gabrielle di essere seguito dalla polizia, dalle spie francesi e dagli agenti segreti bolscevichi. Tramite una conoscenza al ministero degli Interni francese aveva saputo dell'esistenza di un dossier in cui era documentata quasi ogni sua mossa.

«Ogni nazione mi controlla per motivi diversi, ma in realtà vogliono tutte sapere quali fini politici perseguo» disse Dmitrij stizzoso. «Malgrado ciò, vorrei comunque godermi un po' di sole in tua compagnia, Coco.»

In Auvergne sarai un perfetto sconosciuto così come a Menton, pensò lei.

«Dovremmo...» iniziò a dire, ma proprio in quel momento Dmitrij le chiese: «Cosa vuoi...?»

Si interruppero entrambi, un po' in imbarazzo per aver cominciato a parlare contemporaneamente. Erano una coppia ancora troppo giovane per conoscere in anticipo l'uno i pensieri dell'altra. Inavvertitamente Gabrielle si chiese se avrebbe mai sentito questa complicità con Dmitrij. Con Boy si era creata, ma era stato un po' diverso.

«Prima tu» decise Dmitrij.

Lei aveva perso il filo del discorso. Il ricordo di Boy minacciava di prendere il sopravvento. L'infanzia era acqua passata. L'ultima volta che era stata nel sud della Francia, Étienne Balsan aveva scelto un'altra strada. Era notte, e quel viaggio non aveva niente in comune con questo. Tuttavia, si sentì all'improvviso come prigioniera in un tunnel, memore dei momenti più brutti della sua vita.

«Cosa stavi per dire?» chiese Dmitrij rompendo il suo silenzio.

Lei trasalì come risvegliata da un incubo. «Non ricordo più» mormorò.

Per un po' il rombo della macchina e il fruscio del vento restarono gli unici rumori. Gabrielle guardò Dmitrij titubante. Era irritato perché la vedeva concentrata su qualcos'altro – o qualcun altro? Il loro rapporto era ancora molto fragile, un po' come il cartamodello di un vestito appuntato in fretta, il tempo passato insieme non abbastanza lungo. Il volto di Dmitrij era tuttavia impenetrabile, gli occhi incollati alla strada. Niente lasciava intuire che si sentisse offeso in qualche modo. Lei abbassò gli occhi, desiderosa di giungere il prima possibile a destinazione.

«Mi viene in mente adesso» attaccò all'improvviso «che non mi hai ancora detto perché vuoi incontrare Ernest Beaux. Ho preso appuntamento con lui e gli ho detto che andrò a trovarlo in compagnia di una signora interessata a un profumo particolare, simile al Bouquet de Catherine. Ma in realtà non conosco il motivo ufficiale.»

«Oh, pensavo di avertelo già detto a Venezia. Vorrei lanciare un'Eau de Chanel.»

«Hai fatto giusto qualche accenno.»

«Ma è solo una faccenda di poco conto. Vorrei produrre non più di un centinaio di confezioni. Come strenna natalizia per le mie clienti più affezionate.»

Dmitrij si voltò verso di lei. «Ti stai dando tanto da fare solo per quelle signore alle quali hai dato una bella lezione allo Château des Ternes?»

«Sì, è così» ammise. «Proprio per questo vorrei presentare il meglio che sia stato mai realizzato in un laboratorio.»

Dmitrij le fece un gran sorriso. «Sono felice di poterti essere d'aiuto anche in questo.»

«Se davvero vuoi essermi d'aiuto, torna subito a guardare la strada.»

Ridendo, lui raccolse il suo invito.

5

La bacchetta si spezzò sul leggio con un rumore sgradevole. Igor Stravinskij osservò sconcertato il suo strumento di lavoro. Della bacchetta di legno gli restavano in mano solo pochi centimetri.

Subito dopo rimproverò i musicisti gridando: «Non sapete leggere? A questo punto il tempo diventa di sei quarti. Suonate per cortesia quel che c'è sullo spartito!». Agitò la mano col pezzetto di legno che poi tirò all'orchestra con un gesto inconsulto.

Per fortuna il suo "proiettile" non colpì nessuno.

Sergej Djagilev tirò un sospiro di sollievo. Si era intrufolato nella barcaccia del Teatro Real, semi nascosto, non tanto per seguire la prova d'orchestra, quanto per assistere allo scatto d'ira del compositore. Ovviamente aveva calcolato che la reazione di Stravinskij al telegramma ricevuto da Parigi sarebbe stata di rabbia furibonda. Per questo lo teneva d'occhio. Ma non si sarebbe aspettato che la sua frustrazione avrebbe assunto tali proporzioni.

«Ha un esaurimento nervoso» constatò a bassa voce Bronislava Nijinska accanto a Djagilev. La ballerina che di recente si cimentava anche come coreografa, formulò la sua diagnosi in modo obiettivo, quasi si trattasse di una condizione irreversibile.

«Stravinskij è geloso» sussurrò Djagilev.

Senza volerlo, tornò col pensiero ad alcuni anni addietro, alla sua fruttuosa collaborazione con il fratello di Bronislava, Vaclav Nijinski, sfociata in una relazione sconveniente.

Sì, Bronislava sapeva cosa intendeva parlando di esaurimento nervoso. A un balletto privato di due anni prima, a Saint Moritz, Vaclav era crollato e successivamente portato in una clinica psichiatrica a Zurigo. Quando Djagilev venne a sapere che Nijinski soffriva di schizofrenia, fu uno shock quasi più grande della sua disperazione anni prima, quando Václav si era allontanato da lui per legarsi a una donna che poi di fatto aveva sposato. Vaclav, che aveva ispirato la musica per balletto di Stravinskij sulla vita di *Petruška* e che era stato celebrato come il miglior ballerino al mondo, non era riuscito a liberarsi della follia e viveva in un manicomio.

Che il compositore fosse ora minacciato dalla stessa sorte per la sua delusione d'amore? Spaventato al solo pensiero, Djagilev tirò fuori dalla tasca il fazzoletto e lo premette sulla bocca.

Mentre Stravinskij urlava a un tecnico di scena perché gli procurasse un'altra bacchetta, Bronislava domandò: «È per via di Mademoiselle Chanel?».

Djagilev seguiva angosciato l'agitazione che serpeggiava fra i musicisti. Nessuno di loro aveva commesso errori suonando, e adesso una protesta dell'orchestra era davvero l'ultima cosa di cui aveva bisogno. La tournée finora era stata un successo. Ma poi era arrivato in albergo quel telegramma incredibile. Poiché il mittente era anonimo, l'impresario aveva consigliato a Stravinskij di dimenticarne il contenuto il più in fretta possibile. Ma l'amante tradito non voleva proprio saperne.

«Ha fatto eseguire delle ricerche a Parigi» raccontò Djagilev con la voce attutita dal fazzoletto della defunta duchessa Marija Pavlovna. «E non è stato poi così difficile scoprire che era tutto vero. A Igor Fëdorovič è bastato chiamare a casa di Coco a Garches. Ekaterina gli ha raccontato al telefono che di recente è stato assunto un certo Pëtr a *Bel Respiro*, domestico del granduca Dmitrij Pavlovič Romanov. Una pasta d'uomo, incredibilmente paziente con i bambini, che giocano di continuo con la figlia piccola della coppia di domestici. Théodore, Ludmilla, Svjatoslav e Milena saranno entusiasti. Almeno i bambini son felici.»

«Ma che il domestico abiti in casa loro non prova certo una liaison fra Mademoiselle Coco e sua altezza.»

Djagilev scosse la testa preoccupato. Alla fine rimise il fazzoletto nella tasca della sua giacca. «No. Ma che questo Pëtr abiti lì perché Coco e il nuovo fidanzato si sono messi in viaggio da soli per la Costa Azzurra, sì.»

«Non c'è altra spiegazione» concordò Bronislava. «Questa allora è la fine di Igor Stravinskij e Coco Chanel.»

«Mi piace la tua obiettività» sospirò Djagilev.

L'acustica del teatro dell'opera amplificò le grida di Stravinskij facendole pervenire fino ai posti più remoti dell'ultima galleria. «Avanti! Avanti!» urlò incitando il primo violino. «E guardi lo spartito. Si eserciti in modo tale da suonare la musica che ho scritto e non quella che vuole lei.»

Per protesta contro questo affronto al primo violino gli altri musicisti iniziarono a battere gli archi sugli strumenti o sui leggii. Un gesto di solito di acclamazione si trasformò in una rivolta dei violinisti, dei violisti e dei violoncellisti. Trattandosi di una prova generale, si unirono alla protesta anche i fiati, bussando con le nocche sui leggii.

«Ordine!» sbraitò Stravinskij. «Sono *io* il compositore. *Io* l'unico depositario della corretta interpretazione di queste note. State sbagliando tutto. Tutto! Tutto! Tutto!»

Sergej Djagilev spinse indietro la sedia. «Devo occuparmi di Igor prima che l'orchestra arrivi a boicottarlo.»

Stravinskij si rigirava in mano il bicchiere di vodka pieno fino all'orlo. La luce del pomeriggio che invadeva la stanza dai vetri colorati del soffitto a cupola si rifletteva sulla bevanda punteggiandola di blu, giallo e rosso. Era in albergo, seduto con Djagilev a un tavolo della hall circondata da colonne – no, Stravinskij non era seduto, si era più o meno sdraiato su una sedia barocca.

Djagilev sorseggiava il suo champagne e cercava di farsi coraggio per intavolare il discorso che lo attendeva. Voleva spronare il suo compositore, ma con tutta la buona volontà non sapeva cosa dire. Non pronunciò frasi del tipo «Coco non ti merita» o addirittura «Coco è una donnaccia» per quanto potessero essere consolanti. Doveva lealtà al suo mecenate.

«È una bugiarda!» esclamò Stravinskij furente. «Una bugiarda e una traditrice!»

«Suvvia» cercò di dissuaderlo Djagilev. «Sai che tutte le donne sono volubili. Oggi vogliono questo, domani quello. Ed è sempre qualcosa di diverso.» *O qualcuno di diverso*, aggiunse fra sé.

«Io la uccido quella traditrice» ringhiò Stravinskij prima di accostarsi il bicchiere alla bocca e bere un bel sorso.

«Se ti può servire, fallo. Ma solo col pensiero, ti prego.»

Stravinskij fulminò Djagilev con lo sguardo. «Che vorresti dire? La ucciderò in modo naturale.» Posò il bicchiere sul tavolo distendendo le mani e allargando le dita tremanti. «La ucciderò mettendole queste mani intorno al collo sottile. La strangolerò.»

La serietà con cui Stravinskij pronunciò quelle parole spaventò Djagilev. La Grande Guerra e la rivoluzione in Russia erano state troppo efferate, troppe persone innocenti erano state uccise per poter scherzare sulla morte procurata intenzionalmente a qualcuno.

Anche Djagilev conosceva ovviamente il dolore dell'abbandono. Aveva sbattuto fuori Vaclav Nijinski per gelosia. Léonide Massine se ne era andato perché lui, Sergej Djagilev, era rimasto troppo ferito dalla sua relazione con una ballerina. Nel frattempo rimpiangeva entrambe le separazioni. Come impresario del balletto, e non per motivi personali, tuttavia riusciva a conviverci.

«Lascia stare Coco» replicò con flebile voce. «Non cambia nien...»

Si interruppe, perché il violinista attaccò a suonare e le note del pianoforte, a margine della sala rotonda, iniziarono a risuonare in tutta la hall. Stranamente il musicista propose agli ospiti dell'albergo non un brano Jazz ma qualcosa dal repertorio folkloristico. Dapprima improvvisò un flamenco, poi eseguì un breve estratto dall'opera *Carmen*. *Strano*, pensò Djagilev fra sé, *che la più spagnola di tutte le opere sia stata scritta dal francese Georges Bizet.*

Stravinskij ignorò l'obiezione di Djagilev. Si sentiva evidentemente ispirato da quella melodia, poiché osservò: «Ovviamente potrei anche pugnalarla». Riprese il bicchiere e vi guardò dentro, come per trovarci la risposta alle sue riflessioni.

«Amico mio, stai vivendo una tragedia, ma non sei sul palcoscenico.»

«Quanto deve esser lunga una lama per risultare efficace?»

«Igor, ti prego! Cosa vai pensando? Stiamo parlando di un essere umano, di una donna delicata, e un omicidio è una faccenda piuttosto cruenta. Il sangue vero è più sgradevole del mix di glicerina, gelatina e fucsina che si usa in teatro.»

Stravinskij bevve un altro sorso di vodka. Poi disse: «Allora niente coltelli. Hai ragione, Sergej. La strangolerò». Dopodiché si accostò di nuovo il bicchiere alla bocca.

Per tutti i diavoli, lo pensa sul serio, si preoccupò Djagilev.

6

Menton si rivelò una pessima scelta. L'Hotel Riviera-Palace prenotato da Gabrielle si presentava bene, assomigliando a un castello medievale arroccato su una scogliera, con un giardino lussureggiante e terrazze con palme e limoni dentro vasi giganti. Ma l'edificio era così tetro, l'atmosfera forse più adatta a un castello in Scozia che non alla Costa Azzurra così come Gabrielle se la immaginava. Forse la mestizia del luogo era dovuta alla presenza di molti ospiti del Nord Europa, attirati qui dal clima mite per curare la febbre spagnola, tubercolosi o reumatismi.

Durante la giornata Gabrielle si sentiva circondata dalla malattia, di notte era perseguitata dai demoni. Quando all'alba, dopo gli incubi, riusciva finalmente ad addormentarsi, restava a letto fino a mezzogiorno. Dmitrij nel frattempo non si lamentava, passava la mattinata giocando a golf o al mare. In seguito le raccontava dei pescatori che era stato a guardare, delle famiglie italiane coi figli piccoli che giocavano in spiaggia coi sassolini. Non riuscire a trascorrere insieme ogni istante della loro vacanza irritava Gabrielle. Detestava metterlo nella condizione di dover rispettare il suo bisogno di riposo.

«Il nostro viaggio insieme non è iniziato nel migliore dei modi, vero?» commentò Gabrielle mentre erano seduti sulla terrazza dell'albergo di fronte a un pranzo frugale. Di lì osservava il riflesso del fin troppo caldo sole primaverile nel luccichio del mare blu scuro. «Vorrei farti felice, ma temo di non riuscirci granché.»

Sorridente, le prese la mano. «Certo che mi fai felice, Coco. Il fatto che qualcuno si preoccupi tanto e si adoperi per il mio bene mi commuove profondamente...»

«Madame?» Un fattorino si avvicinò al tavolo.

«Mademoiselle» lo corresse lei senza pensarci.

Solo un istante dopo le tornò in mente di essersi registrata sotto falso nome. Aveva usato quello della madre da nubile, Eugénie Devolle, per viaggiare in incognito. Qui non era soltanto una stilista famosa di Parigi: come accompagnatrice del granduca Romanov era un personaggio pubblico più al centro dell'attenzione della *Midinette* Coco Chanel.

«La prego, mi scusi, Mademoiselle. Pensavo...» Il ragazzo si sentiva in imbarazzo per l'errore commesso. Proseguì in modo goffo: «Una telefonata per lei da Parigi. Chi la desidera dice che è urgente».

Dmitrij alzò le sopracciglia. «Problemi sul lavoro?»

«E chi è che mi desidera?» domandò Gabrielle mentre si stava già alzando.

«Madame... ehm... Mademoiselle, ha detto di chiamarsi Leclerc. Monsieur Joseph Leclerc.»

«Problemi a casa» tagliò corto Gabrielle.

Con la mano fece cenno di no a Dmitrij che era già in procinto di accompagnarla al telefono in albergo.

«Cosa è successo?» domandò senza neanche salutare quando fu dentro la cabina telefonica con la cornetta premuta sull'orecchio.

Sentì un fruscio, poi la voce familiare di Joseph: «Mi scusi se la disturbo, Mademoiselle, ma Monsieur Djagilev ha chiesto espressamente di informarla il prima possibile, dovunque si trovasse».

«Sergej Djagilev?» Gabrielle si lasciò cadere sul panchetto ricavato all'interno della parete. Pensò agli scenari peggiori, tuttavia non riusciva a immaginare cosa ci fosse di tanto urgente da poter giustificare un messaggio così allarmante. «È malato? Sta bene?»

«Penso di sì, Mademoiselle. Monsieur Djagilev prima ha mandato un telegramma e poi ha anche telefonato» riferì il fedele domestico di Gabrielle. Sentì un fruscio, poi la comunicazione riprese: «È meglio se glielo leggo». Joseph si schiarì la voce. «*Non venire a Madrid – stop – Stravinskij vuole ucciderti.*»

Sulle prime Gabrielle pensò di non aver capito bene. «Prego? Ha detto *ucciderti*?»

«Monsieur Djagilev ha ripetuto il suo avvertimento al telefono. Io l'ho tranquillizzato dicendo che lei non era diretta a Madrid ma aveva altri piani. Spero di aver fatto la cosa giusta.»

«Sì, Joseph, naturalmente.»

Cominciò a mordicchiare nervosamente l'asticella degli occhiali da sole. Era passato così tanto tempo dalla sua partenza che per forza Stravinskij doveva aver dedotto che lei non l'avrebbe più raggiunto. Era così ossessionato da lei da reagire a una promessa infranta con minacce di morte? O aveva saputo della sua relazione con Dmitrij Romanov? Non ne avevano fatto alcun mistero a Parigi, ed era più che probabile che le voci fossero giunte fino a Madrid. Tuttavia le riusciva difficile prendere sul serio i desideri di vendetta del suo ex amante.

«Nel caso in cui Monsieur Djagilev si faccia risentire, gli dica per favore che godo di ottima salute, e gli dica anche che non ho mai avuto intenzione di recarmi a Madrid.»

«Come desidera, Mademoiselle. Tuttavia...» Joseph si interruppe, poi aggiunse più a bassa voce: «Stia attenta, la prego».

«Ma certo che starò attenta.» Purtroppo la sua risata allegra suonò artificiosa, quanto lo era in realtà. «È tutto?»

«Monsieur Djagilev ha parlato di un telegramma anonimo spedito da un ufficio postale nell'ottavo Arrondissement e indirizzato a Monsieur Stravinskij al Palace Hotel a Madrid. C'è scritto che ormai Mademoiselle...» Joseph lasciò la frase in sospeso per schiarirsi di nuovo la voce «che Mademoiselle ora preferisce il granduca.»

Misia!

Il mittente non può essere altri che Misia, pensò Gabrielle. Non conosceva nessuno a cui piacesse sostituirsi al destino come alla sua amica. *Quella serpe.*

«Grazie, Joseph» disse dopo una lunga pausa in cui si sforzò di mantenere la calma. «Come stanno i cani?»

«Divinamente, Mademoiselle. Qui va tutto bene. Dovrebbe forse sapere, però, che Monsieur Stravinskij ha telefonato qualche giorno fa, da Madrid, ed è stato a lungo al telefono con Madame Stravinska. Un fatto insolito, poiché in genere non succede mai.»

Deve aver cercato di carpirle cosa stava succedendo, pensò Gabrielle.

«Capisco» replicò. «La prego, mi saluti Madame Stravinska e Marie. Arrivederci, Joseph.»

Dopo aver riagganciato, si trattenne qualche altro istante dentro la cabina del telefono a fissare l'apparecchio. Poi si alzò, aprì la porta e ordinò alla signorina dietro al banco di metterla in contatto con Parigi.

«Misia nega tutto» disse in seguito Gabrielle a conclusione del suo resoconto. Giocando con una sigaretta non ancora accesa, si appoggiò allo schienale di una poltrona in vimini. Durante la sua telefonata, Dmitrij si era spostato dal tavolo da pranzo in terrazza a un salotto più confortevole in giardino. «È sdegnata per il fatto che io la consideri l'autrice del telegramma a Stravinskij, e non vuole più parlarmi. Mai più. Suppongo a questo punto che non avrò più sue notizie per il resto della nostra vacanza.» Sorrise fra sé. «Quando rientrerò a Parigi, tornerà tutto come prima.»

«Credi che Stravinskij faccia sul serio con le sue minacce?» Dmitrij accese un fiammifero e si sporse in avanti per farle accendere la sigaretta.

Dopo un lungo tiro, Gabrielle seguì con sguardo assorto il fumo che usciva dalla sua bocca in piccoli cerchi, trascinato via dalla brezza primaverile. Alla fine tornò a posare lo sguardo su Dmitrij e ammise: «Sì – no. A esser sincera, non lo so. Igor Stravinskij sa essere alquanto dispotico. Inoltre è molto possessivo. Ma è pur sempre un artista. E i compositori non sono mai brutali, giusto? Penso che i musicisti tengano fin troppo alle loro mani per macchiarsele di sangue».

Un istante dopo pensò che non aveva idea di cosa trasformasse una persona in un assassino. L'uomo con cui divideva spensierata sia il tavolo che il letto le aveva persino giurato di non aver ucciso Rasputin. Ma era rimasto comunque coinvolto nel complotto che aveva portato al suo assassinio. Dmitrij era elegante, premuroso, pieno di riguardi – e tuttavia era uno dei cospiratori che avevano attentato alla vita di Rasputin. E non che oggi, quattro anni dopo, desse qualche segno di pentimento. Avvertì strani brividi. *Il vento di primavera non è ancora così caldo*, le venne da pensare, e si strinse nelle braccia.

«Ti fa paura?»

«No» fu la sua risposta istintiva.

Quando Dmitrij le pose quella domanda, lei stava ancora pensando al suo passato. Ovviamente non aveva paura di lui, l'assassinio di Rasputin aveva un movente politico e nulla aveva a che fare con l'amore non corrisposto. Ma Dmitrij si riferiva ovviamente a Stravinskij. E lui era un genio, un uomo dalle forti emozioni.

Gabrielle dette un tiro alla sigaretta, e dopo breve riflessione ripeté fermamente convinta: «No».

«Però sei preoccupata» la incalzò Dmitrij.

Spense il mozzicone nel posacenere con un sospiro. «Se proprio ci tieni a saperlo, sì, sono preoccupata. Per Igor. Non per me. Temo che perda di nuovo la testa, e non mi piace vedere un uomo come lui rendersi ridicolo.»

«Un proverbio russo dice: se uno ha cervello, buon per lui, ma se ha un amico con cervello, tanto meglio.» Sogghignò guardandola con aria maliziosa. «Il giorno in cui Igor Stravinskij incontrerà un'altra donna saggia, tornerà in sé.»

«Dmitrij, è sposato» gli ricordò Gabrielle in tono serio.

«Allora speriamo che la tua amica Misia abbia successo e che Stravinskij torni dalla sua famiglia. Date le circostanze, lascerai che continui ad abitare da te?»

Lei annuì. «Ovvio. E dove altro potrebbero andare Ekaterina e i bambini?»

«E tu? Vorrai vivere sotto lo stesso tetto con Stravinskij, quando tornerà a Parigi?»

Per tutta risposta Gabrielle alzò le spalle. Dopo aver rimuginato per un po', aggiunse a bassa voce: «Credo che acquistare Bel Respiro non sia stata una buona idea. Nonostante io adori la mia suite al Ritz, un appartamento in centro a Parigi è forse molto più pratico di una casa in campagna». Stupita si interruppe. Dal modo in cui lo aveva detto, doveva esser più facile di quanto avesse mai pensato. Intendeva davvero abbandonare la tenuta di Garches che Boy aveva comprato per entrambi? Per chi sennò? Ripensandoci, si rese conto che lì la felicità non era mai stata di casa.

Più rivolta a sé stessa che a Dmitrij, proseguì: «A pensarci bene, preferirei avere una villa in Costa Azzurra...» lasciò la frase in sospeso. Ma cosa rifletteva ad alta voce in presenza di Dmitrij? Fece una risata fin troppo fragorosa. «Il mercato immobiliare di Menton mi interessa meno» affermò ridendo in modo ancor più affettato.

La sua risata non era serena, e riguardava molto più lei che lui. Rideva dei suoi errori e dei demoni che la perseguitavano. Suonò ben più amara quando pensò alle notti insonni che la minaccia di morte di Stravinskij le avrebbe procurato.

«Dovremmo andare a Monte Carlo» disse risoluto Dmitrij, come se le avesse letto nel pensiero. «Che ne dici del Riviera-Palace? Lì non sarebbe più necessario registrarci con un falso nome.» Si sporse verso di lei, indicando con un cenno del capo l'anziana coppia inglese che sfogliava lì vicino un'edizione non proprio attuale del *Times*, e bisbigliò: «C'è gente più affabile a Monaco, e questo ti aiuterà a rilassarti. Inoltre, Cannes non è così distante da lì, se vogliamo andare da Ernest Beaux».

«Sono assolutamente d'accordo» replicò lei con gli occhi che le brillavano.

7

A Menton Gabrielle e Dmitrij avevano usato una falsa identità per confondersi tra il pubblico borghese. A Monte Carlo, l'alta società conosceva bene Dmitrij, ed era dunque inopportuno nascondersi dietro nomi fasulli.

A Parigi Gabrielle aveva già avuto un piccolo assaggio della celebrità di cui godeva il suo amante, di cosa significasse stare continuamente sotto la luce dei riflettori, destando ad ogni più piccola mossa la curiosità dell'opinione pubblica. In confronto all'interesse suscitato da lei e Dmitrij a Monaco, i pettegolezzi precedenti erano cosa da niente. Erano sotto gli sguardi indiscreti sia degli ospiti del Riviera-Palace, sia da parte degli sfaccendati e dei giocatori nei pressi del Casino. Per evitarli Dmitrij propose di mangiare nella loro suite d'albergo. Gabrielle non aveva motivo di contraddirlo, se non per un latente desiderio di esser vista al suo fianco. *Guardate quanta strada ha fatto la figlia illegittima di un venditore ambulante e di una lavandaia dell'Auvergne. La donna snobbata dal fior fiore della società parigina è invece adorata dal granduca Dmitrij.*

Lo pensò ma non lo disse. Così cenarono nel loro appartamento con vista sulla città e sul porto osservando le luci che, a intermittenza come lucciole, illuminavano l'oscurità. Il personale aveva portato candele bianche su candelabri d'argento: la luce ambrata avvolgeva il Borgogna versato negli eleganti bicchieri di cristallo. Gustarono ostriche e caviale, senza badare a spese, a differenza di quanto accadeva a Gabrielle all'inizio della sua carriera di stilista, quando non si intendeva affatto di finanze, e nemmeno aveva la più pallida idea di come si tenesse la contabilità.

Anche allora si occupava con passione e gran cura dei suoi cappelli, dei suoi impiegati e delle sue clienti, ma niente più di questo. Allora non aveva la benché minima idea di quanto avesse sul conto in banca, chi avesse accesso al suo denaro e se fosse in attivo o no.

A Parigi pioveva spesso. La pioggia batteva sulle finestre del ristorantino a Saint-Germain, dove in compagnia di Boy stava mangiando le ultime ostriche di stagione. Gabrielle era felice dell'apertura del suo primo negozio in Rue Cambon, per la prima volta nella vita si sentiva considerata, importante. Nessuno parlava di lei chiamandola per nome o con il soprannome Coco. Per tutti era Mademoiselle, *una persona che meritava stima e rispetto, e al cui parere nella scelta del cappello giusto si affidavano le signore più in vista dell'aristocrazia.*

Nel tumulto dei sentimenti esclamò di buonumore: «Sto facendo soldi. Gli affari vanno a gonfie vele. Tutto fila così liscio: mi servono solo assegni da firmare e da riscuotere».

«Sì, è fantastico.» La voce di Boy suonò cupa. «Solo...» indugiò, poi disse: «Hai debiti con la banca».

Lo guardò sconcertata per un istante, poi si infuriò. Gli occhi le scintillavano come diamanti neri. «Che significa? Sto guadagnando molto denaro, lo so per certo. E se non fosse abbastanza, la banca non mi darebbe niente... O forse sì?» Di fronte allo sguardo penetrante di Boy quest'ultima domanda si attenuò in un cauto bisbiglio.

«La banca ti dà i soldi, perché ti sto facendo da garante.»

Gabrielle iniziò ad agitarsi. «Stai dicendo che il denaro che spendo non l'ho guadagnato col mio lavoro?»

«È della banca.» Le afferrò la mano sul tavolo. «Ieri mi ha chiamato il direttore. Mi ha detto che ti stai dando alle spese folli. È giusto che tu lo sappia, tuttavia non voglio che ti preoccupi.» Le stringeva delicatamente le dita fra le sue. «Non ha più importanza ormai.»

Il suo gesto avrebbe dovuto rassicurarla. E invece con le sue attenzioni ottenne proprio l'effetto contrario. Gabrielle era fuori di sé. La gioia per il suo nuovo status era svanita. Menzogne, *pensò,* nient'altro che menzogne. *Era tornata a essere soltanto la piccola sarta che non valeva niente, la ragazza ingenua venuta dalla campagna che si faceva mantenere da un uomo ricco. No, non l'accettava. Lavorava per ottenere indipendenza e riconoscimento, e il denaro era la chiave di volta. Per una donna come lei guadagnare significava avere la libertà di fare quel che voleva e di essere chi voleva. Boy stesso era la prova vivente della tesi di Gabrielle.*

«Perché dalla banca hanno chiamato te e non me? Dopo tutto il conto è registrato a mio nome. Sbaglio?» Stavolta non chiese in tono dimesso ma con voce tremante di rabbia. Bruscamente sottrasse la mano alla presa di Boy.

«Perché garantisco per te con un deposito titoli» replicò lui a bassa voce. «Ma questo lo sai già.»

Gabrielle passò il resto della serata a riflettere in silenzio. Scambiò poche altre parole con Boy, dal quale si sentiva raggirata. Perché le aveva fatto avviare un'attività senza dirle cosa questo comportasse da un punto di vista economico? Non realizzava cappelli per passatempo.

Dopo una notte insonne, l'indomani Gabrielle si recò all'ate-

lier prima di sempre. Liberò un tavolo e ci appoggiò sopra tutti i libri contabili che riuscì a trovare. Passò le ore successive a studiare le cifre. Sulle prime non ci capì granché, ma col tempo quelle tabelle cominciarono ad avere un senso. Nel far di conto non andava solo a memoria, ma si aiutava anche con le dita: uno, due, tre, quattro, cinque…

Appena arrivata, chiese un colloquio privato a Angèle, assunta come suo braccio destro. «Non ho creato quest'attività per divertirmi» dichiarò Gabrielle. «Non getteremo mai più il denaro dalla finestra. D'ora in avanti nessuno spenderà anche un solo centesimo senza il mio permesso. Controllerò personalmente tutte le entrate e le uscite e verificherò la contabilità giorno per giorno.»

Sei anni dopo aveva già restituito a Boy l'intero deposito per l'avvio dell'attività. Con il suo aiuto imparò molto di economia e finanza, controllando scrupolosamente da allora in poi tutte le entrate e le uscite. Già in piena guerra non aveva più debiti e fu in grado di assumere trecento sarte. Ora era completamente indipendente e poteva persino permettersi di mantenere il suo granduca.

Ma anche Dmitrij dava il proprio contributo, a suo modo. Le dava visibilità sociale, privilegio che non si comprava con tutto l'oro del mondo, come aveva imparato suo malgrado…

«Coco!» chiamò Dmitrij con voce delicata. «Dove sei?»

Mettendo da parte quei pensieri, Gabrielle gli sorrise. «Qui. Con te.» Alzò il calice di champagne per brindare all'uomo che aveva lì davanti.

«No. No, no, no. Non eri affatto qui con me.»

Non aveva alcuna intenzione di raccontargli di quei ricordi provenienti dal passato. «Ero a Rue Cambon. Nel mio negozio» divagò. «Non avevo mai fatto una vacanza così lunga. È insolito per me.»

Anche lui alzò il bicchiere. «Allora è il caso di brindare alla spensieratezza di questo momento.» Dopo aver bevuto un sorso, continuò: «Ho pensato che potremmo fare un giro. Che ne diresti di andare a Nizza, domani? Vorrei farti vedere la cattedrale russo-ortodossa».

Voleva chiedergli se la sua presenza di una non ortodossa non avrebbe suscitato troppo scalpore, ma tenne per sé le sue preoccupazioni. Era qualcosa di diverso rispetto alle solite gite in periferia. Evidentemente era importante per lui portarla nella chiesa di cui professava la fede.

E questo la commosse profondamente.

8

Il tempo mite di primavera cedette il passo a un principio d'estate, tanto che Gabrielle e Dmitrij viaggiavano verso Nizza con la capote aperta. Dmitrij guidava tutto entusiasta per le curve strette della litoranea, mentre Gabrielle si godeva la vista sulle rocce frastagliate che scendevano a picco sul mare azzurro. Il profumo delle acacie e dei cipressi aleggiava nell'aria, la strada era pressoché deserta, poche erano infatti le auto che incrociavano, e Gabrielle chiudeva gli occhi ogni tanto, abbandonandosi all'illusione di esser sola con Dmitrij in quel meraviglioso angolo di paradiso. Un'idea piacevolissima. Quando alla fine riaprì gli occhi, stavano già costeggiando Cap Ferrat, scorse all'orizzonte una nave bianca che solcava le acque profonde descrivendo una linea netta di confine tra l'azzurro del mare e l'azzurro del cielo limpido. Da lontano non riusciva a distinguere se si trattasse di un traghetto proveniente dalla Corsica, di un mercantile oppure di un grosso yacht. Istintivamente avvertì il desiderio di trovarsi a bordo di quell'imbarcazione, e sulla scia di quell'anelito improvviso si ripromise un giorno di chiedere a Dmitrij se gli piacesse andare a vela.

All'inizio si meravigliò della naturalezza con cui Dmitrij si orientava per le strade di Nizza. Ma poi si ricordò che non era la sua prima volta in Costa Azzurra. Guidava dunque con grande sicurezza, come se fosse uno del posto, per gli ampi viali, lungo formidabili mura naturali di arenaria gialla che circondavano i lussureggianti palmeti, e per i vicoli stretti con case storte e cupe. Aveva abbandonato da tempo la litoranea, l'unico punto di riferimento per Gabrielle in quel groviglio di antiche rovine romane, edifici medievali e ville. Dmitrij si era lasciato alle spalle anche il centro storico, immettendosi adesso in un quartiere residenziale la cui strada principale era fiancheggiata da case eleganti. C'erano automobili parcheggiate lungo i marciapiedi, e sui camminamenti pedonali gente ben vestita. Qui non c'era un gran viavai, ma la signorilità dei residenti si riconosceva immediatamente. Un tram passò di lì con un gran frastuono e il conduttore suonò la campana adirato quando la Rolls-Royce gli tagliò la strada sui binari. Indifferente, Dmitrij proseguì girando in una stradina stretta. Era una parte di Nizza, quella, dove Gabrielle, che conosceva soprattutto la Promenade des Anglais, non aveva mai messo piede prima; ammirava tutto a bocca aperta. Dmitrij stava guidando lungo giardini di cipressi, palme, robinie e alte siepi di alloro quando la strada d'un tratto curvò. Già in lontananza Gabrielle vedeva le cinque cupole dorate che si stagliavano alte contro il cielo.

«Ecco la cattedrale di Saint-Nicolas» spiegò orgoglioso il suo chauffeur «la più grande chiesa russo-ortodossa fuori dalla Russia.»

La vista sull'imponente luogo di culto era davvero impareggiabile. Le impressionanti torri esotiche, riccamente adornate, svettavano nel cielo. L'edificio era circondato da un alto recinto in ferro battuto e rimaneva nascosto dietro querce e olivi in una specie di parco attraversato da un'ampia strada che conduceva alla cattedrale.

Dmitrij si fermò davanti all'ingresso. «Vuoi che ci arriviamo in macchina?»

Il divieto di accesso era inequivocabile. Ma probabilmente un parente dello zar non era soggetto a certe restrizioni. Di sicuro, non appena avesse suonato il clacson, un monaco sarebbe venuto ad aprirgli il cancello. Quel possibile trattamento di favore mise improvvisamente a disagio Gabrielle. Ripensò alla sua vita in convento: e subito il profondo rispetto per il clero e la fede ebbero il sopravvento. «Mi piacerebbe fare due passi.»

Senza obiettare, Dmitrij fece retromarcia e parcheggiò l'auto a bordo strada. Uscito dalla macchina, andò subito ad aprirle la portiera, porgendole la mano per aiutarla a scendere.

«La cattedrale sorge sulla proprietà dell'ex villa Bermond, un tempo meta di villeggiatura della famiglia degli zar» le raccontò mentre usciva dall'auto. «Una decina di anni fa mio cugino, lo sfortunato Nicola II, mise questo terreno a disposizione della comunità ecclesiastica, e la cattedrale venne inaugurata poco prima della Grande Guerra. È da lunga data che molti miei connazionali vengono qui a Nizza. Per il clima mite e perché è un meraviglioso luogo dove trascorrere una vacanza.» Non nominò i profughi della Rivoluzione che affluivano in massa in Costa Azzurra. Come sempre, quando parlava del glorioso passato della Russia, la sua voce assumeva una nota di tristezza.

Gabrielle gli strinse la mano. Comprendeva il dolore e perciò tacque.

Il cancello non era chiuso a chiave, e quando Dmitrij lo spinse si aprì con un leggero cigolio. Da un cedro lì vicino arrivava il cinguettio insistito dei passeri, che sembravano essere gli unici ad abitare in quel luogo.

«Saint-Nicolas fa capo alla cattedrale di San Basilio a Mosca» spiegò Dmitrij. «Quasi settant'anni fa la mia bisnonna, la zarina Alexandra Fëdorovna, fece costruire qui la prima chiesa russa. È la cappella bianca là dietro. La bisnonna era di salute cagionevole e veniva spesso in villeggiatura a Nizza dopo che, con la guerra in Crimea, era stata costretta ad abbandonare il castello che possedeva lì. Il nuovo edificio venne costruito dopo, molto dopo.»

La mia bisnonna... Dmitrij parlava della famiglia imperiale russa con la stessa naturalezza con cui Gabrielle avrebbe menzionato la sua antenata, anche lei lavandaia come sua madre. Ecco perché proprio in quell'istante le sue umili origini divennero evidenti con brutale chiarezza come non era mai successo prima. Il luogo su cui si ergeva la cattedrale di Saint-Nicolas, la magnificenza di quell'edificio opulento, rappresentavano il mondo a cui apparteneva Dmitrij. Nonostante questo, però, non si era mai sentita così vicina a lui.

Dette una rapida occhiata al sontuoso edificio con la scalinata sullo sfondo voluto dalla zarina Alexandra Fëdorovna. La facciata colorata della cattedrale, con le torrette, i merli e le colonne era di così forte impatto che osservò solo per un breve istante la chiesa più piccola, per poi distogliere nuovamente lo sguardo. I colori vistosi dell'intonaco e dei decori la rendevano qualcosa di completamente diverso da ogni altra chiesa nota a Gabrielle. Solo per il portone d'ingresso a doppia anta in legno intarsiato a mano valeva la pena trattenersi più a lungo lì davanti. Tuttavia seguì Dmitrij in un atrio piccolissimo dove rimase quasi accecata dalla luce del sole che penetrava dai vetri a piombo colorati delle finestre e si rifletteva sulle icone dorate alle pareti. Seduta a un tavolo c'era una donna anziana vestita come una contadina russa che vendeva souvenir sacri.

«*Bonjour*» la salutò Dmitrij in tono affabile, aggiungendo poi in russo: «*Dobrý den*».

Dapprima la donna alzò lo sguardo con aria distratta, poi restò di stucco. La sedia scricchiolò quando la spinse indietro con un movimento goffo, convulso. L'istante dopo era inginocchiata sul mosaico bianco e nero del pavimento ai piedi di Dmitrij. Con le dita ossute strattonava la gamba dei pantaloni di Dmitrij per baciarne l'orlo.

«*Mat...*» cominciò Dmitrij, proseguendo poi con una serie di parole in russo che Gabrielle ovviamente non capì.

Se non altro, Dmitrij ottenne che la donna lo lasciasse andare ritornando verso la sua sedia.

«Per tradizione lo zar di Russia è strettamente legato alla chiesa ortodossa» bisbigliò a Gabrielle. «Persino più del re d'Inghilterra, che è notoriamente il capo degli anglicani, e anche molto di più di quanto lo fossero quello tedesco o l'imperatore asburgico. E ovviamente più di Napoleone Bonaparte. Per questo la mia famiglia è così importante per i credenti.»

Gabrielle annuì in silenzio. Commossa, e anche un po' sconcertata. E sì che aveva visto più volte la reazione dei russi residenti in Francia al cospetto del *loro* granduca. Le modelle di Coco Chanel si erano contenute a stento, quando se l'erano visto arrivare all'improvviso in atelier. Tuttavia non aveva mai assistito a un ossequio come quello che gli aveva appena tributato l'anziana donna.

«Vieni.» Dmitrij spinse delicatamente Gabrielle. «Entriamo.»

La sala parrocchiale era unica nel suo genere, come il resto dell'edificio. Gabrielle non poté fare a meno di pensare alla chiesa del convento di Aubazine e ovviamente anche all'imponente cattedrale di Notre-Dame di Parigi, ma niente era lontanamente paragonabile allo splendore maestoso di Saint-Nicolas.

La parete di fronte alla porta d'ingresso era decorata con icone dorate, tra le quali si scorgeva il contorno di una porta.

C'erano diversi crocifissi su colonne, le cui croci avevano una forma insolita: non uno ma due braccia intersecavano quello verticale. Delle candele diffondevano una luce chiara. Gabrielle si guardò intorno, ma non trovò nessun altare. Non si vedevano neppure posti dove sedersi a pregare. C'era soltanto una piccola panca addossata a una parete, per il resto nient'altro per sedersi. La navata era tradizionale, ma con le braccia laterali più corte, tanto che a Gabrielle sembrava di stare in una stanza quadrata.

Con la coda dell'occhio vide Dmitrij farsi il segno della croce: con le dita si toccò delicatamente la fronte, poi la pancia, infine la spalla destra e la sinistra. Un ordine diverso rispetto a quello che avevano insegnato a lei.

Dmitrij sembrò accorgersi del suo sguardo stupito, disorientato. «Abbiamo le nostre peculiarità tradizionali» bisbigliò con la mano sul cuore. Poi indicò la grandiosa parete con le icone. «Anche quella da noi è diversa: dei quadri, disposti in un ordine ben preciso, separano l'altare dai fedeli. Si chiama iconostasi. Si riesce a sentire ogni singola parola della celebrazione eucaristica senza tuttavia vedere il sacerdote. In questo modo si dimostra ai fedeli che Dio è inarrivabile senza la mediazione di Cristo.»

Gabrielle non capiva la liturgia ortodossa, tuttavia non indagò oltre. Domandò: «Dove stanno i parrocchiani durante la liturgia?».

«Stanno in piedi.» Sorrise. «Come noi adesso.»

Non volendo, le tornarono in mente le lunghissime file davanti al confessionale di Aubazine e lo stare altrettanto a lungo in ginocchio durante la santa messa. Se non altro, i quadri colorati dell'iconostasi erano più accattivanti dei mosaici sul pavimento del convento. Cercò invano con gli occhi un indizio del numero cinque.

Il movimento delle labbra di Dmitrij la distolse dal flusso dei ricordi. La baciò teneramente sulla bocca. «Sei di nuovo altrove col pensiero» la rimproverò in tono affettuoso.

«Attento a quel che fai.» Lei ricambiò il suo sorriso e aggiunse in tono scherzoso: «Io sono cattolica; per me un bacio qui dentro vale quanto una promessa».

Lui indugiò a lungo. «Lo so» replicò alla fine con voce seria. «In questo la chiesa russo-ortodossa non si distingue da quella romano-cattolica.»

Per un istante breve ma intenso, si perse nei suoi occhi verde mare, abbandonandosi all'idea che, chissà, un giorno lei e Dmitrij avrebbero potuto vivere insieme. Un vero principe, il sogno di ogni ragazza.

Nonostante la sua indipendenza e il grande successo come stilista, Gabrielle non avrebbe mai voluto essere soltanto la *concubina* di un uomo, come diceva lei, ma anche sua moglie. Continuava a coltivare il desiderio di una vita borghese.

Una vocina interiore, però, la riportò alla realtà: si stava solo illudendo. Qualunque cosa volesse Dmitrij, non sapeva dire cosa fosse meglio per lei. O almeno, non ancora. La morte di Boy l'aveva scossa nel profondo, si sentiva ancora prigioniera del caos. Per poter sognare un futuro insieme bastava sentirsi a proprio agio in compagnia di un uomo? Riporre in lui una fiducia sconfinata? *Se lo sapessi*, pensò Gabrielle, *forse mi sentirei più sicura.*

Si trattennero ancora un po' a Saint-Nicolas, dove Gabrielle, osservando più da vicino le immagini dei santi, si lasciò conquistare dal fascino del rito bizantino. Dmitrij comprò delle candele votive dall'anziana donna nell'atrio e insieme le accesero in un candeliere davanti all'iconostasi. Si fermarono a guardarne in silenzio la luce tremula, ognuno perso nei propri pensieri.

Gabrielle si sentiva attratta dalla magia dell'ignoto. Si lasciò andare a fantasie sugli ornamenti blu dorati della cupola, immaginandoli come ricami su tuniche, lunghe giacche e cappotti guarniti di pelliccia. L'arredamento tradizionale della cattedrale esercitava una forte attrattiva su di lei, ne solleticava la creatività, portandola alla luce come faceva la candela che illuminava il ritratto dell'evangelista Marco con il leone, segno zodiacale di Gabrielle.

Dmitrij si fece il segno della croce alla sua maniera, e Gabrielle fece altrettanto secondo la consuetudine cattolica. Era giunto il momento di uscire.

Mentre tornavano alla macchina nel tepore del sole, mano nella mano, Dmitrij fece all'improvviso una proposta: «Che ne dici di andare a cena da Ciro a Monte Carlo, stasera?».

Lo guardò sorpresa. «Non temi di dare troppo nell'occhio in un ristorante così mondano? Ti riconosceranno tutti, e forse riconosceranno anche me.»

«E allora?» replicò disinvolto. «Per giocare a nascondino è già troppo tardi, non trovi?» Le dette un altro tenero bacio. «Dovremmo godercela qui, Coco, quanto al resto del mondo, che dica quel che vuole.»

Dal suo sorriso si capiva quanto le sue intenzioni fossero serie.

L'idea di una collezione con elementi slavi prendeva sempre più corpo nella mente di Gabrielle. Pur avvicinandosi il giorno in cui Dmitrij aveva organizzato l'incontro con il profumiere Ernest Beaux, lei si occupava molto più dei suoi abiti che del suo profumo. O forse era proprio quell'imminente *rendez-vous* che la spingeva a distrarsi pensando ad altro. In realtà era emozionata come una ragazzina al suo primo appuntamento.

Mentre Dmitrij dava libero sfogo alla sua passione per il golf, non ancora condivisa da Gabrielle, lei, nel silenzio della sua suite, aveva cominciato ad abbozzare qualche schizzo: una gonna nera stretta con sopra una *rubaschka* dalle ampie maniche a campana, la parte anteriore e i polsini ricamati con il tradizionale punto croce dei costumi russi, una lunga giacca con il colletto alto tipico delle giacche da ufficiale, rifinita con un'ampia bordatura in stile slavo. Si stava allontanando dalla sobria eleganza che aveva reso celebre Coco Chanel, ma lei credeva fermamente che quel viaggio nel folklore esotico del suo amante avrebbe incontrato il gusto delle sue clienti.

Quando ebbe finito, si sedette sul balcone per rilassarsi alla luce ristoratrice del sole. Si addormentò sognando le sue nuove creazioni, indossate da modelle con in mano boccette di profumo simili a bottiglie di vodka.

«Sono tornato!» Gabrielle si ridestò dalle sue fantasticherie non appena sentì la voce di Dmitrij, che le si era avvicinato per darle un bacio. «Scusa se arrivo solo ora. Ho fatto uno *score* sensazionale e dopo un *hole-in-one* ho dovuto offrire da bere al bar. E tu cosa hai fatto mentre io entravo negli annali del Golf Club di Monte Carlo?»

Gabrielle si alzò, mettendo via gli occhiali da sole. «Ho fatto qualche schizzo. Sai, mi piacerebbe realizzare una collezione con ricami ispirati alle decorazioni slave...»

Fu interrotta dalla sua risata. «Ero convinto che tu volessi lanciare un nuovo profumo.»

«Sì. Certo. Anche quello. Ma continuerò in ogni caso a disegnare vestiti. E perché non una collezione ispirata alla tradizione della tua madrepatria?»

Dmitrij si sedette accanto a lei e le prese la mano. «È meraviglioso il tuo interesse per l'arte decorativa russa. Mi commuove profondamente.» Si portò alle labbra la mano di Gabrielle. «Devi assolutamente conoscere mia sorella» aggiunse con un sorriso affettuoso, rivolto in realtà non a lei ma a Marija Pavlovna Romanova. «Nessuno ne sa più di lei in fatto di ricami. Quando torniamo a Parigi, te la presenterò.»

Mentre erano seduti piacevolmente l'uno accanto all'altra, Gabrielle pensava a cosa avrebbe detto Sergej Djagilev delle sue nuove idee. Il suo interesse per il folklore russo le avrebbe aperto la via per divenire costumista dei Ballets russes. Coco Chanel sulle scene. Una sorta di investitura. C'era solo da chiedersi come avrebbe reagito Stravinskij alle sue ambizioni; la sua musica era strettamente legata alla compagnia di ballo. L'amicizia artistica tra Stravinskij e Djagilev rappresentava un'incredibile unità creativa.

Nel frattempo Joseph le aveva fatto recapitare il telegramma dell'impresario: evidentemente l'amante abbandonato nutriva ancora forti desideri omicidi. E poi, più Gabrielle si faceva vedere in pubblico al fianco di Dmitrij, più era probabile che i pettegolezzi arrivassero fino a Madrid. Non era dunque difficile per Igor venire a conoscenza di ogni nuovo sviluppo della sua attuale storia d'amore. *Magari saprà anche quanto sono felice*, pensò Gabrielle. Questa felicità discreta, corroborante, che provava al fianco di Dmitrij, lui non gliel'avrebbe mai data; Igor era fin troppo preso da se stesso, senza contare poi che rispecchiava esattamente la sua musica: focosa, potente, fenomenale. *Speriamo comprenda che non sono la donna giusta per lui*, disse fra sé.

Si rese conto con sua enorme sorpresa che per la prima volta dall'incidente di Boy stava riflettendo sulla felicità. Un sentimento effimero, certo. Chi meglio di lei lo sapeva? Eppure così appagante – e irrinunciabile. Intrecciò le dita con quelle di Dmitrij. Grata che il destino le avesse mandato quest'uomo ad asciugare le sue lacrime.

9

«Ernest Beaux ha festeggiato il suo primo successo con il profumo da uomo Bouquet de Napoléon» disse Dmitrij. «Quand'ero un giovane cadetto mi piaceva molto quest'acqua di colonia dalle note fiorite. Me la portai dietro ai giochi olimpici di Stoccolma, a cui partecipai insieme alla squadra russa di equitazione. Poi è arrivato sul mercato Bouquet de Catherine, che mi piacque ancora di più, perché sapeva di casa e mi ricordava la zia, che è stata per me come una mamma.»

Dmitrij raccontava storie che Gabrielle già conosceva, ma la cosa non la disturbava. Lui si accorgeva della sua inquietudine, e lei sapeva che con quei discorsi voleva distrarla dalla crescente agitazione per l'imminente visita al laboratorio di Ernest Beaux. *È solo un laboratorio chimico*, si disse Gabrielle. *Niente di più della fabbrica di profumi di François Coty a Suresnes.*

C'era una domanda che continuava tuttavia a ronzarle in testa: cosa avrebbe fatto, se da Ernest Beaux non avesse trovato quel che stava cercando? Avrebbe rinunciato al sogno? A realizzare il profumo del suo grande amore? Era l'ultima idea che lei e Boy avevano avuto insieme. I loro piani sarebbero giunti alla fine? Quel momento avrebbe sancito definitivamente la sua perdita? Gabrielle si interrogò su cosa le facesse più paura: la sconfitta nella ricerca del profumo in sé o la rinuncia definitiva al suo progetto d'amore. Non trovò risposta.

«*Zut!*» sfuggì a Dmitrij. «Ho sbagliato strada. Siamo nella zona dell'*Aéroclub de Cannes*, e quindi siamo andati oltre. Devo essermi perso il bivio.»

Gabrielle gli mise una mano sul braccio per calmarlo. «Non fa niente. Ora torniamo indietro.»

Dopo un altro tentativo andato a vuoto trovarono il laboratorio, in una casetta poco appariscente a La Bocca: era quanto di più lontano si potesse immaginare dall'imponente edificio che ospitava la fabbrica di François Coty.

«Avresti dovuto vedere lo stabilimento di Rallet a Mosca» osservò Dmitrij, affranto «quello sì che era enorme, niente di paragonabile a questa piccola impresa. Non capisco perché abbiano allestito il laboratorio in un edificio tanto insignificante. Come si possono creare profumi di fama mondiale in un posto simile? Speriamo che il negozio a Grasse sia un po' più grande.»

Scuotendo la testa, seguì Gabrielle all'interno dell'edificio, in apparenza privo di qualsiasi segno del glorioso passato.

«Léon Chiris è stato una personalità eminente nella produzione dei profumi e un grande politico» disse lei in difesa del suo connazionale. «Sono certa che la sua fabbrica a Grasse sia di ben altre dimensioni.» Dentro di sé, tuttavia, anche Gabrielle si meravigliava della tranquillità che regnava lì a La Bocca.

Nell'ingresso si imbatterono in un quadro davanti al quale Dmitrij restò di stucco. «Vedi!» si limitò a dire, e lei capì subito che quel dipinto illustrava un capitolo della sua gloriosa storia di famiglia.

Si vedeva un'immensa zona industriale, in confronto alla quale persino il regno di Coty sembrava limitato. Decine di edifici a più piani circondavano l'immenso atrio di una fabbrica, dentro un cortile interno di forma quadrata. La facciata a tre piani era di stampo classicista e intonacata di bianco, il resto dell'edificio, come la ciminiera che svettava verso l'alto, era di mattoni. La zona era circondata da aiuole ben curate, e su un lato c'era un parco con alberi fitti, i prati sembravano dei punti di raccordo ornamentali fra le ampie strade e sarebbero stati perfetti per Versailles.

Le venne in mente che, se nell'antica Russia era tutto così imponente, Dmitrij, dopo essere emigrato, doveva sentirsi come in una casa di bambole. Era il motivo per cui aveva scelto una donna così minuta? Sorridendo compiaciuta, si sentì d'un tratto osservata. Lo guardò negli occhi, illuminati dal riflesso del suo sorriso.

Questo silenzioso momento di complicità fu interrotto da Ernest Beaux, che Dmitrij salutò con il solito ossequio a cui Gabrielle era ormai abituata.

Il profumiere era un uomo attraente di circa quarant'anni con un folto ciuffo di capelli neri; un tipo così bruno avrebbe potuto essere il fratello di Gabrielle, alla mano, cortese, chiaramente intelligente. Il suo completo aveva sicuramente visto giorni migliori, ma era in gran parte coperto da un impeccabile camice bianco. Ernest Beaux ispirò subito fiducia a Gabrielle. Sembrava sicuro del fatto suo, e quando disse di aver preparato dei campioni sulla base delle informazioni estratte dalla loro abbondante corrispondenza, ebbe la sensazione di essere finalmente arrivata. Beaux accompagnò i suoi ospiti in laboratorio. Era una stanza lunga in cui prevaleva il bianco: bianche le pareti su cui correvano mensole bianche, persino le travi in legno sul soffitto erano tinteggiate di bianco. Negli armadi a vista e in una vetrina erano disposte, le une vicinissime alle altre, contrassegnate ognuna dalla propria etichetta, bottiglie da farmacia marroni e bianche, e barattoli di metallo e porcellana, per conservare molto probabilmente fiori ed essenze. In mezzo alla stanza campeggiava un lungo tavolo da refettorio di legno chiaro. Ordinati a gruppi sul tavolo c'erano bottiglie di vetro di varie dimensioni, fiale, bicchieri, cilindri graduati e alambicchi, al centro un'antiquata bilancia. Gabrielle fu colpita dalla pulizia del luogo esattamente come era accaduto nella sua prima visita da Coty. La stessa atmosfera di un ospedale, non fosse stato per quel delicato profumo di fiori nell'aria. In piedi davanti a un lavabo incassato nella parete laterale c'erano due assistenti, un uomo e una giovane donna, che discutevano animatamente: sembrava una questione molto complessa. Quando entrò il capo con gli ospiti, i due smisero di parlare e annuirono educatamente in segno di saluto. Dopodiché tornarono a dedicarsi al loro lavoro.

«Prego, entri, Mademoiselle Chanel.» Beaux la accompagnò a un tavolino dall'altra parte della stanza, dove l'attendevano delle provette su un sostegno di metallo. «Ho preparato per lei dieci campioni. Cinque e cinque...»

Gabrielle rimase sorpresa. Perché nominava quel numero, che per lei aveva un significato mistico, e che l'aveva aiutata a rendere più sopportabile la vita in convento? Le sfuggì un «Oh!», ma di più non disse.

«Ecco qua i campioni da uno a cinque, e qui dal numero venti al ventiquattro» spiegò il profumiere indicando ogni singola bottiglietta. Di colpo mostrò imbarazzo e allungò una mano verso di lei. «Mi sono dimenticato di prenderle il cappotto. Sono molto emozionato per la sua visita, Mademoiselle, e per quella di Sua Altezza. Mi scusi.»

«Pensi solo a Mademoiselle, la prego» disse Dmitrij alle spalle di Gabrielle. «La mia presenza qui è del tutto superflua. Faccia finta che non ci sia, Monsieur Beaux.»

Gabrielle sorrise a Beaux. «E io sono talmente emozionata che ho persino dimenticato di togliermi il cappotto.»

Sbrigàti tutti i convenevoli, messi via i soprabiti e appoggiata la borsetta di Gabrielle sotto il tavolo, Beaux le porse un barattolo con dentro dei chicchi di caffè. Poiché conosceva già quel rituale, accolse il suo invito a liberarsi il naso da odori esterni. Notò lo sguardo stupito di Dmitrij, ma lo lasciò nel dubbio; gli avrebbe spiegato più tardi il perché di quel procedimento. Niente avrebbe dovuto disturbare quella cerimonia così importante per lei.

Aveva il battito accelerato quando il profumiere aprì il primo contenitore. Si sprigionarono aromi di rose e gelsomino. Gabrielle cercò di concentrarsi mostrando al contempo uno sguardo il più possibile ermetico. Beaux non doveva accorgersi di tutta la sua agitazione. Non voleva neppure che capisse in anticipo se un profumo le piaceva oppure no. La pazienza non era certo il suo forte, ma in questo caso era assolutamente necessaria. Aveva imparato da François Coty che ogni decisione doveva attendere: un profumo poteva richiedere del tempo per poter esprimere tutta la sua essenza.

Con il campione numero uno non dovette sforzarsi più di tanto a nascondere le sue sensazioni – non era quello che cercava. Troppo dolce e fuori moda. Quella creazione corrispondeva più o meno alla famiglia di profumi che Gabrielle aveva citato nelle sue direttive; tuttavia non si avvicinava neanche lontanamente al Bouquet de Catherine.

Senza far commenti e con sguardo inespressivo Gabrielle restituì la provetta di vetro appena annusata. Quella procedura venne ripetuta altre tre volte prima di riprendere in mano la scatola con i chicchi di caffè. Nel frattempo aveva affinato l'olfatto, ma dopo aver testato quattro campioni ebbe urgentemente bisogno di una pausa per renderlo nuovamente ricettivo.

Dopo qualche istante di assoluto silenzio i due assistenti in disparte ripresero a parlare fra loro a bassa voce. Il vetro tintinnava. Da qualche parte arrivava il ticchettio di un orologio, e dalle finestre il rumore di zoccoli; un carro stava passando di lì con grande frastuono.

Gabrielle avvertì la presenza di Dmitrij alle sue spalle, tuttavia non si voltò. Fermo sul posto con disciplina militare, respirava talmente piano che a malapena ci si accorgeva di lui, ma il solo sentirlo lì vicino le trasmetteva sicurezza, aiutandola a fare la cosa giusta.

Prese in mano il quinto campione – e dovette sforzarsi di reprimere un sorriso. Era il Bouquet de Catherine.

No, pensò Gabrielle, *non proprio*. Era diverso da quello che aveva impregnato il fazzoletto di Djagilev.

Più moderno.

Più frizzante.

Più fresco.

Quel profumo era anche più autentico, più adatto alle donne della sua epoca?

Da quando gli era stato regalato, chissà quante volte Djagilev aveva toccato quel fazzoletto... persino Gabrielle lo aveva tenuto fra le mani; per cui tanti altri odori si erano sovrapposti a quello originale. Del profumo con cui era stato spruzzato il delicato fazzoletto non era rimasta che una vaga illusione. Strano che non ci avesse mai pensato.

Senza tradire alcuna emozione, per quanto possibile, Gabrielle restituì il campione a Ernest Beaux. In quel momento si sentì osservata ma non da Dmitrij; a squadrarla con sguardo penetrante era un estraneo.

Le venne spontaneo voltarsi. Arrivando da dietro, l'assistente di laboratorio si era avvicinata a Dmitrij, che la copriva quasi interamente con la sua statura. Ma Gabrielle sentì su di sé lo sguardo timoroso, carico di aspettative della donna. L'altra distolse rapidamente lo sguardo, il volto pallido come le pareti di quella stanza.

Seguirono le creazioni numero venti e ventuno, poi Gabrielle neutralizzò di nuovo l'olfatto con un pizzico di caffè, prima di dedicarsi alle ultime tre provette. Anche questi profumi appartenevano alla stessa famiglia di essenze, ma avevano nel complesso una composizione diversa rispetto ai primi cinque. Gabrielle indugiò una o due volte, ma nessuno di quei profumi la convinceva tanto quanto il numero cinque.

«Vuole annotarsi qualcosa?» s'informò Beaux, quando lei gli restituì l'ultimo campione.

Scosse la testa. «No. No, non ce n'è bisogno. Vorrei ritestare la prima serie.»

Mentre le porgeva un campione del numero uno, Beaux propose: «Può apportare delle modifiche in qualsiasi momento, Mademoiselle Chanel. Creare un profumo è come comporre un mosaico. Bisogna ricollocare di continuo le singole tessere prima che combacino perfettamente. Se desidera un altro ingrediente, possiamo procedere senza problemi. L'intero laboratorio è a sua disposizione».

«È molto gentile da parte sua» disse Dmitrij. Nelle sue poche parole risuonava la dignità del granduca in visita alla fabbrica del fornitore di corte.

A Gabrielle piaceva quell'esperimento. Accettò con gratitudine l'offerta di Beaux.

Dmitrij si congedò per uscire a fumare una sigaretta, e a dire il vero Gabrielle avrebbe preferito fare come lui, ma si impose di rinunciare: la nicotina alterava l'olfatto.

Testando le diverse opzioni fianco a fianco con Ernest Beaux, Gabrielle si rese conto che il profumiere condivideva la sua idea di unicità. Al lungo tavolo le porse una dopo l'altra le boccette contenenti le varie essenze da cui era stata estratta quella principale.

«Questa famiglia di profumi è composta dagli aromi più pregiati al mondo» le spiegò. «Rosa, gelsomino, ylang-ylang e sandalo, che crea il contrasto con le altre sostanze più dolci. Si tratta di sostanze tradizionali usate in una composizione diversa rispetto a quella consueta.»

Mentre ascoltava, Gabrielle si concentrò in silenzio. Alla fine gli chiese di cambiare quando una componente, quando un'altra, ma il risultato non era mai di suo gradimento come lo era stato, da subito, il campione numero cinque. Lavorando al tavolo del laboratorio aveva perso la cognizione del tempo. Dopo un po' chiese a Beaux cosa c'era di diverso nel profumo che la entusiasmava di più.

«C'è una più alta concentrazione di aldeidi» rispose lui.

«Sono molecole sintetiche, giusto?» chiese Gabrielle, ringraziando dentro di sé François Coty che l'aveva iniziata ai segreti della produzione di profumi.

Ernest Beaux annuì. Guardò di sfuggita l'assistente di laboratorio accanto a Gabrielle, che dava una mano all'ospite. «Se ne intende, Mademoiselle Chanel.»

«Non si lasci ingannare» si schermì. «So che esistono sostanze sintetiche, nient'altro.»

«Le sarà capitato sicuramente di vedere cosa succede a un vino quando rimane troppo tempo esposto alla luce. Diventa aceto. L'idrogeno nell'etanolo, ovvero l'alcol nel vino, si unisce all'ossigeno, e tramite una reazione organica si trasforma in acetaldeide e successivamente in acido acetico, aceto dunque. Per dirla in parole povere: arrivati a un certo punto di questo processo, l'alcol si trasforma in aldeide. Compito del chimico è interrompere per sintesi la catena di reazioni separando in questo modo l'aldeide. Questa possibilità fu sperimentata la prima volta pochi anni prima della guerra. Ecco perché la composizione di un profumo dipende sempre in primo luogo dai risultati delle ricerche di un chimico. L'aggiunta di aldeide a un bouquet fiorito produce lo stesso risultato di alcune gocce di limone sulle fragole fresche: ne esalta il sapore.»

«Ho sentito dire che il processo per ottenere l'aldeide è molto dispendioso e che il profumo diventa di conseguenza molto caro.»

Ernest Beaux fece spallucce. «Il nostro quinto campione contiene le materie prime più pregiate al mondo. Fa poca differenza aggiungere un'altra molecola sintetica. Alla corte di San Pietroburgo non si è mai badato a spese, Mademoiselle, e noi abbiamo fatto altrettanto sia per la realizzazione del Bouquet de Catherine, sia per i campioni dell'Eau de Chanel.»

«Il meglio ha sempre il suo prezzo, lo so.» Gli sorrise.

Accostò di nuovo il naso a una di quelle provette, affascinata dal loro contenuto. Ne inspirò l'odore con avidità; non riuscì tuttavia a riempire i polmoni di questo aroma unico. Fu come aver respirato bollicine di champagne. Il cuore aveva rallentato i battiti, assecondando ora il ritmo con cui respirava questo fresco aroma frizzante.

«Questo è ciò che mi aspettavo: un profumo come nessun altro. Il profumo da donna con l'odore della modernità.»

Più tardi tornò Dmitrij. Dopo averlo informato sulle sue

conclusioni, Gabrielle gli chiese di annusare il campione. In un misto di lieta speranza e trepida attesa, osservò la sua reazione.

«Sa di neve fresca appena caduta sui tetti di Pietrogrado» bisbigliò lui con la fronte corrugata. Lo sguardo assente, sembrava indugiare nel ricordo di balli e tragitti in slitta che non sarebbero mai più tornati.

«È stata più o meno quella la mia ispirazione» disse Ernest Beaux con ammirazione per la perspicacia del granduca. «Mentre prestavo servizio nell'Armata Bianca, ero dislocato nei pressi di Murmansk. Avevo il comando di Kola, un lager con i prigionieri dei russi. Non dimenticherò mai l'odore delle notti polari. Ecco perché ho cercato di creare un profumo con questo fascino particolare.»

«Come ci è riuscito?» domandò Dmitrij.

La giovane donna accanto a Gabrielle si schiarì la voce e arrossendo abbassò lo sguardo.

«È la combinazione di rose e gelsomino con un aldeide sintetico a rendere così speciale il Bouquet de Catherine. Nel caso del nostro campione numero cinque tale composizione supera però la vecchia formula.» Beaux dette un rapido sguardo alla sua collaboratrice. «È colpa di un errore della mia assistente. La signorina ha fissato la proporzione uno a uno – senza diluire come opportuno.»

Dmitrij fece un cenno di approvazione all'autrice dell'errore, la quale aveva le guance che avvampavano. «Che colpo di fortuna!»

«Le nuove molecole hanno un altro vantaggio» proseguì Beaux. «Mi scusi, posso?» chiese e, senza aspettare la risposta, afferrò la mano di Gabrielle. Gliela girò versandole qualche goccia di profumo sul polso. Troppo sorpresa per opporre resistenza, Gabrielle lo lasciò fare, prima di capire dove volesse andare a parare. «Aspetti un istante, poi annusi» disse Beaux. «Si accorgerà che questo odore è più persistente sulla pelle rispetto alle normali acque di colonia.»

Quanto il profumo della granduchessa Marija sul suo fazzoletto, pensò Gabrielle.

Dmitrij le prese il braccio e, sollevandolo, appoggiò il naso sul polso con un gesto intimo. «Sulla pelle è persino più incantevole che nel vetro» così espresse il suo apprezzamento lasciandole poi il braccio. «Penso che adesso dovremmo festeggiare la nascita della tua Eau de Chanel, Coco.»

«Non credo che userò questo nome.» A Gabrielle sfuggirono quelle parole senza che se ne rendesse conto. Pensierosa aggiunse: «Vorrei chiamare il mio profumo "Numero cinque"; il numero del campione, è di buon auspicio. Esporrò ogni mia nuova collezione il giorno cinque del quinto mese dell'anno. Il cinque si addice magnificamente al profumo della mia maison».

Non accennò a quale altro significato avesse il cinque. Il numero di Venere, pensò subito ricordando le attese di ore e ore davanti al confessionale. In quel momento non ricordò il significato simbolico dei cistercensi, né le immagini che aveva contato sulle tessere dei mosaici alle pareti e sul pavimento. In quel momento così importante pensò soltanto che il cinque era il numero mistico dell'amore, l'indissolubile connubio del tre maschile e del due femminile.

«Mademoiselle Chanel, il Numero cinque è suo.» Ernest Beaux era raggiante per il successo ottenuto.

Fu come un fulmine a ciel sereno. Senza volerlo, Beaux aveva scelto una combinazione di parole che turbò Gabrielle.

Chanel N° 5.

Perfetto!

10

Era la solita *piccola* cerchia che si radunava attorno a Sergej Djagilev. All'incirca venti dei suoi più grandi ammiratori e fedeli collaboratori che festeggiavano il ritorno a Parigi dei Ballets russes. Più uomini che donne. Non solo perché Djagilev non era molto interessato alle donne, ma perché molti dei suoi ospiti non si facevano accompagnare da una donna. Misia notò un'altra assenza: Olga Picasso, e non poté fare a meno di pensare che probabilmente sarebbe stato più semplice per tutte le persone coinvolte se Coco si fosse innamorata di Pablo Picasso invece che di Igor Stravinskij. I due sarebbero stati una coppia illustre, e inoltre Picasso era molto meno soggetto agli incresciosi sbalzi d'umore del compositore russo. E poi aveva una residenza fissa. *Ah, sarebbe stato un amour fou proprio come quelli che piacciono a lei*, pensò Misia. Soprattutto perché non sopportava Olga. E Coco trovava Picasso attraente, glielo aveva detto lei stessa…

Misia vagò con lo sguardo intorno al tavolo alla ricerca di Stravinskij, che sedeva con aria imbronciata all'estremità opposta davanti al suo menù speciale: patate crude a fette e pomodori, conditi con un po' d'olio e succo di limone. Il cameriere del Dôme aveva quasi perso la pazienza mentre prendeva l'ordine del compositore. Misia, che era solita godere delle disgrazie altrui, non vedeva l'ora che il cameriere lo mandasse alla Rotonde, ristorante un po' meno elegante, dove il cibo non assecondava il fine palato degli ospiti.

D'altro canto quel locale era da anni il ritrovo preferito della Bohème, tanto che i camerieri erano sicuramente abituati alle richieste più bizzarre.

Djagilev, che al solito aveva scelto Misia come vicina di tavolo, notò il suo sguardo. «Le patate crude mi farebbero venire i crampi allo stomaco e mi metterebbero di malumore anche se non avessi pene d'amore» le sussurrò prima di tornare a godersi il suo abbondante piatto di frutti di mare e crostacei.

«Sembra non si sia ancora rassegnato all'idea di Coco legata a un altro uomo.»

«Infatti. Non lo è.» Djagilev era intento a togliere la polpa dalla coda della sua aragosta. Dopo qualche attimo di esitazione aggiunse: «Igor era profondamente turbato quando di ritorno a Garches ha saputo che Coco era ancora in Costa Azzurra e che non sarebbe rientrata prima di qualche settimana. Sperava in una riconciliazione. O in un omicidio, che ne so? Al suicidio in ogni caso non sembra interessato, dato che si dedica a un'alimentazione sana, secondo lui».

Misia pensò che anche Djagilev avrebbe dovuto fare un po' più attenzione alla sua di salute. Era diabetico, e lei dubitava fortemente che tutti quei crostacei gli facessero bene. Decise tuttavia di non dirgli nulla e di lasciarlo al suo godimento. Un altro uomo infelice al loro tavolo le avrebbe rovinato l'appetito.

«Ha notizie di Coco?» domandò Misia, che mostrava così di non esser più in contatto con lei da tempo.

«Stavo giusto per chiederle la stessa cosa.» Djagilev sembrò assumere un tono di rimprovero. «Cara, dica semplicemente che non sa come sta la nostra amica.»

«Non mi parla!»

Gli cadde il monocolo. «Una catastrofe!» esclamò l'impresario, e in parecchi si voltarono spaventati verso di lui. «E chi mi racconta adesso della sua relazione con il granduca?»

Misia sospirò, adirata, poiché aveva solo informazioni di seconda mano. «Se è per questo, non ha bisogno di me, Sergej. Tutta Parigi parla di loro. *Tout le monde* li ha visti a Monte Carlo. Da quel che si dice in giro, stanno facendo diverse escursioni. Li hanno visti passare spesso con la loro Cabriolet. E la sera frequentano i ristoranti più famosi o il Casino, dove il granduca perde al gioco i gioielli della Corona dei Romanov, o è quel che farebbe se li avesse. Ma ovviamente punta il denaro di Coco.»

«Approverà mai un uomo che dovesse ricambiare l'affetto della sua amica?» Djagilev le fece un sorriso da cui trapelava tutta la sua comprensione. «Mi sembra che lei sia gelosa, *ma chère*. Non saprei stabilire se per l'amante in questione o per il fatto di non esser stata lei a fare da intermediaria.»

Misia non avrebbe tollerato una simile insinuazione da parte di nessun altro, ma a Sergej Djagilev perdonava tutto, persino un'insolenza che la facesse arrossire. Si fece aria usando il tovagliolo come ventaglio, prima di rispondere al rimprovero in tono scherzoso: «Lei è un briccone, Sergej!».

«Lo so.» Sorrise compiaciuto, tornando però serio subito dopo.

«Del resto sento cose interessanti sul possibile prosieguo del nuovo amore della nostra Coco. Sembra che i miei connazionali rimasti in patria, che un tempo sostenevano i Rossi, abbiano riconosciuto che i bolscevichi non sono i loro liberatori, bensì i loro oppressori. Pare che ovunque ci sia carestia, e che alcuni comparti della Marina siano in rivolta. Non c'è pace per la madre Russia.»

Misia, che stava per portarsi il bicchiere di champagne alle labbra, si fermò. «Pensa che i Romanov possano riconquistare la Corona?»

«Così pare. Circola voce che Dmitrij Pavlovič diventerà il nuovo zar – a quel punto dovrà piegarsi alle severe leggi dei Romanov. In tali circostanze un possibile matrimonio con Coco è escluso.» Djagilev tirò fuori il fazzoletto della duchessa e ci affondò il naso. «*Honni soit qui mal y pense*» citò rimettendo in tasca il talismano. «Svergognato colui che pensa male.»

Non un altro matrimonio di convenienza, pensò Misia. Coco non avrebbe certo tollerato un'altra situazione come quella dopo le nozze di Boy Capel. Doveva chiamarla al più presto, essere al suo fianco per consolarla, non appena l'amica avesse avuto bisogno di lei. Allora le venne un'idea: «Il padre del granduca Dmitrij ha contratto un matrimonio morganatico con la moglie di secondo letto di cui era innamorato. Era di un ceto sociale molto inferiore al suo».

«E cosa ne ricavò il granduca Pavel Alexandrovič? Fu mandato in esilio, e quando gli fu concesso dopo anni di rientrare, lo stare in patria non lo rendeva più felice. Scoppiò la rivoluzione, e i bolscevichi lo uccisero allo stesso modo in cui uccisero il fratellastro di Dmitrij e molti altri membri della famiglia degli zar. No, non so davvero se augurare a Coco di essere l'amante del futuro zar...» Si interruppe, fissando con stupore un movimento dall'altro lato del lungo tavolo.

Sergej Sudeikin, un piatto in una mano, le posate nell'altra, si precipitò verso Djagilev. «Maestro, mi salvi!» esclamò in tono teatrale fra le risate del gruppo.

Misia conosceva bene il pittore, così come tutti gli altri che nel corso del tempo avevano sovvenzionato i Ballets russes o avevano collaborato a qualche rappresentazione. Otto anni prima Sergej Sudeikin aveva già partecipato al progetto di alcune scenografie. Come molti suoi connazionali, prima della rivoluzione l'artista era fuggito a Parigi passando dalla Crimea. Ovviamente lui e la moglie dopo il loro arrivo un anno prima avevano cercato rifugio da Djagilev, tanto più che Vera Sudeikina, come Olga Picasso, era stata un tempo la sua ballerina.

«Stravinskij mi ha preso la cotoletta dal piatto e se l'è mangiata» raccontò Sudeikin, in piedi accanto alla sedia di Djagilev. E io sono rimasto senza!» Così dicendo, assunse il tono del bambino cocciuto a cui è stato sottratto il giocattolo preferito.

«Probabilmente non ha resistito al profumo della carne» disse Misia palesemente divertita. Posò lo sguardo su Stravinskij, chino sul piatto di carne con aria evidentemente più compiaciuta e soddisfatta di quanto non apparisse prima davanti a pomodori e patate crude.

«Ha detto che voleva stupire il proprio stomaco» si lamentò Sudeikin.

«Che sorpresa!» Misia scoppiò in una sonora risata.

Djagilev aveva taciuto tutto il tempo guardando pensieroso l'estremità del tavolo, dove si era liberato un posto accanto a Stravinskij. Misia notò con la coda dell'occhio come vagava con lo sguardo osservando la folla di ospiti che mangiavano e chiacchieravano di buonumore. Dopo un po' fissò Vera, seduta qualche posto più in là di suo marito e di Stravinskij. Nonostante Vera Sudeikina sostenesse con fermezza le origini cilene del padre, la maggior parte degli amici sapeva che Eduard Bosse era venuto a San Pietroburgo dal Baltico. Tuttavia lei si era attestata come una sudamericana focosa, e nonostante il nasone era molto bella. Ad ogni modo era di carnagione scura come Coco Chanel.

«Mi scusi un momento» mormorò Djagilev alla sua vicina

di tavolo. Iniziò a maneggiare il monocolo per aggiustarselo. «Chiederò a Vera di fare le carte a Stravinskij. Se gli predice un futuro eccezionale, le riuscirà magari di risollevargli il morale, rendendolo un po' più affabile.» Spinse indietro la sedia e disse a Sergej Sudeikin: «Si sieda qui, amico mio, e ordini tutto quel che desidera. Così renderà un ottimo servizio alla musica».

Colma di stupore Misia lo seguì con lo sguardo. Che idea affascinante! Pensò che in materia di favoritismi avrebbe avuto molto da imparare da Djagilev. Con il più gentile dei sorrisi si rivolse allo scenografo che le si era seduto accanto: «Cosa prende? Se ama il pesce, le consiglio l'orata...».

11

Una volta usciti dal laboratorio, Gabrielle abbracciò Dmitrij. Non appena furono in macchina, lo baciò. Quando arrivarono al bar del Carlton alla Croisette ordinò champagne, e avrebbe persino intonato le canzoni con cui una cantante jazz dalla pelle scura stava intrattenendo gli ospiti al calar della sera.

Dmitrij riuscì a contenere la felicità ostentata da Gabrielle per il nuovo profumo solo quando se la caricò sulle spalle ormai ubriaca, per portarla alla Rolls-Royce.

In macchina lei si rannicchiò e chiuse gli occhi, godendosi il vento che le accarezzava il volto e il senso di sicurezza che le infondeva Dmitrij. L'intensa gratitudine che provava nei suoi confronti già dai tempi di Venezia, dopo il fortunato incontro con Ernest Beaux, era divenuta un sentimento prorompente, incontenibile. Non sapeva dire se fosse amore. Ad ogni modo era la più profonda forma di affettuosa amicizia che potesse mai immaginarsi.

Più tardi al Riviera-Palace Hotel si addormentò fra le braccia di Dmitrij piena di fiducia.

Fino al giorno del rientro a Parigi, Gabrielle si recò altre volte a La Bocca. In teoria per eseguire ulteriori esperimenti con Ernest Beaux, che, sperava, avrebbero consentito di migliorare ancora il profumo. In pratica non faceva altro che chiedere a Dmitrij di fare delle gite a Cannes per sentirsi più vicina alla nuova creazione. La divertiva respirare essenze che le rimanevano addosso anche quando entrava, per esempio, in un ristorante. I suoi vestiti rimanevano impregnati del nuovo profumo, persino la pelle e i capelli, tanto che alla fine era diventato un tutt'uno con lei.

Il momento della partenza si avvicinava e alla fine si dovette separare da Dmitrij; lui voleva assolutamente essere a Parigi per metà aprile, in modo da festeggiare lì il compleanno della sorella Marija.

Anche per Gabrielle era giunta l'ora di metter fine a quelle lunghe ferie. All'atelier c'era bisogno di lei, e prima che la nuova creazione venisse messa in produzione nella fabbrica di Chiris a Grasse l'attendeva ancora tanto lavoro, lavoro che poteva sbrigare solo a Parigi. Le servivano una boccetta e una confezione. Esistevano sicuramente degli esperti in grado di creare progetti straordinari, ma Gabrielle decise di seguire personalmente anche questa fase della nascita dello Chanel N° 5. Concepire una boccetta di vetro particolare e una confezione graziosa non doveva essere più difficile del trovare l'idea per un cappello o un tailleur. Voleva tentare di imprimere il proprio stile al profumo che tanto a lungo aveva cercato. Solo nel caso di un fallimento si sarebbe rivolta a Georges Chiris o a François Coty per avere consigli.

Il giorno del congedo da Monte Carlo fu facilitato dalla pioggia a dirotto. La Costa Azzurra si era trasformata in un paesaggio color antracite, il cielo era grigio e coperto, il mar Mediterraneo una superficie che riluceva di tutte le sfumature del grigio cenere su cui si infrangevano creste schiumose di colore bianco.

«In montagna nevica» disse il fattorino che riparava Gabrielle con un ombrello mentre scendeva la scalinata dell'albergo verso l'auto.

«Siamo stati fortunati a decidere di non ritornare per la Route Napoléon» disse Dmitrij, mentre, seduti in macchina, tastava la capote per controllare che fosse tutto a posto. «Più a ovest il tempo dovrebbe migliorare. Vorrà dire che faremo rotta su Marsiglia!» Mise in moto, e partì.

Gabrielle rimase in silenzio, guardando i rigagnoli che scendevano lungo i finestrini. Davanti ai suoi occhi le ville lungo la strada si confondevano in una massa indistinta. Quella vista rispecchiava i suoi sentimenti: la partenza l'aveva resa malinconica, e a stento riuscì a trattenere le lacrime. La vacanza felice e spensierata era giunta al termine, anche se le rimaneva qualche altro giorno da trascorrere con Dmitrij, visto che avevano deciso di allungare il viaggio di ritorno attraverso la Provenza e la valle del Rodano facendo sosta per dormire. E non c'era ragione di credere che il loro rapporto si sarebbe interrotto, una volta tornati alla loro vita di tutti i giorni a Parigi. Ma Gabrielle temeva che qualcosa – o qualcuno – avrebbe rovinato l'incantesimo in cui avevano vissuto.

Case, rocce, file di alberi, un mare minaccioso, tutto scorreva via. Gabrielle ricordò di non aver chiesto a Dmitrij se amava la vela. Nonostante l'aria mite di primavera che aveva accompagnato gran parte del loro soggiorno, non era ancora il momento adatto per uscire con uno yacht. Al suo amore, in ogni caso, piaceva guidare; questo era certo. Ogni tanto lo faceva in modo spericolato, il più delle volte con sicurezza, portandola in giro per luoghi che nel frattempo le erano divenuti del tutto familiari. Per certi versi gli avrebbe affidato la sua stessa vita. Le sfuggì un accenno di sorriso.

Nizza, Antibes, Cannes: le sfilarono davanti cartelli stradali di località a lei note. Il tempo non migliorava. Ma probabilmente non erano ancora abbastanza a ovest per lasciarsi dietro la pioggia che batteva ininterrottamente sui vetri e scrosciava sulla capote. A Gabrielle sembrò di sentire umido sul sedile e addosso. Infilò le mani nelle ampie maniche della giacca. Seguiva con gli occhi il movimento ritmico del tergicristallo. Avanti e indietro, avanti e indietro. Il paesaggio cambiava appena; ogni cosa manteneva il solito tono di colore – grigio in tutte le sue sfumature.

Cominciò a sentirsi gli occhi pesanti. Finì con l'addormentarsi.

Quando si svegliò di soprassalto non sapeva quanto avesse dormito.

Non riusciva assolutamente a spiegarsi perché si fosse svegliata. Dmitrij stava guidando con prudenza. La strada saliva un po' per poi ridiscendere giù a valle, e la Rolls-Royce procedeva lentamente sull'asfalto bagnato di pioggia. Non arrivava nessuna macchina dalla corsia opposta, non incrociarono nemmeno un camion. Il brutto tempo costringeva persino i contadini e il bestiame a starsene al chiuso.

Guardando dal finestrino offuscato dalle gocce di pioggia Gabrielle vedeva le rocce su cui cresceva l'erica, rigogliosa, i pini che delimitavano le valli, i tronchi grigio chiaro degli alberi di eucalipto che dagli aspri massicci salivano verso il cielo coperto di nubi. Di colpo si stupì.

«Dove siamo?» domandò con voce spenta.

«Non ne ho idea» replicò Dmitrij a cuor leggero, senza distogliere lo sguardo dalla strada tutta curve. «Da qualche parte sulla strada statale 7 prima di Saint-Raphaël...»

Il grido disperato di Gabrielle risuonò come il lamento di un animale caduto in trappola.

Spaventato, Dmitrij frenò bruscamente. L'auto sbandò, ma lui riuscì abilmente a tenerla nella corsia arrestando infine la propria corsa.

Gabrielle se ne stava aggrappata al cruscotto, ammutolita. Fissava dal finestrino della macchina una croce sul ciglio della strada, vicino a dove si erano fermati. Fiumi di lacrime le scorrevano sulle guance. Come la pioggia là fuori.

«Coco?»

Scosse la testa senza proferir parola.

«Che ti succede?»

Come faceva a spiegare a Dmitrij perché d'un tratto avesse il cuore a pezzi?

Si era fermato nello stesso identico punto in cui quasi un anno e mezzo prima l'autista della sorella di Boy aveva parcheggiato per indicare a Gabrielle e a Étienne Balsan il luogo dell'incidente. E Gabrielle crollò proprio come allora. Non faceva differenza quanto tempo fosse passato. L'uomo che aveva adesso al fianco non sarebbe mai riuscito a consolarla. Il dolore era rimasto immutato, come se avesse saputo solo la sera prima che Boy l'aveva lasciata per sempre.

Troppo veloce, ma lui era un uomo che non faceva mai nulla con cautela. Il rombo del motore era musica per le sue orecchie, quasi un Rondò, a volte uno Scherzo. Le gomme stridettero. Acciaio contro acciaio, gomma su catrame. Poi, la vettura si sollevò nell'aria, spezzò arbusti e alberi, sbatté contro una roccia ed esplose in una palla di fuoco.

Dmitrij indugiò un istante, poi aprì la portiera dell'auto e scese.

Nel giro di pochi secondi lo vide bagnato fradicio, così come vide formarsi sul tessuto chiaro del suo completo da viaggio delle scie scure, i capelli ricadergli a ciocche umide sul volto. Si avvicinò a lunghi passi al monumento commemorativo sul ciglio della strada, chinandosi sul basso recinto in ferro battuto che lo circondava. La pioggia gli scorreva dentro il colletto, ma non lo trattenne dal leggere la scritta scolpita nella pietra:

IN MEMORIA DEL CAPITANO ARTHUR CAPEL,
QUI DEFUNTO IN UN INCIDENTE IL 22 - 12 - 1919

Gabrielle sapeva perfettamente cosa c'era scritto, non aveva bisogno di leggere. Conosceva l'iscrizione perché era stata lei a ordinare quel piccolo monumento. Non lo aveva raccontato nemmeno a Misia. Né la sua migliore amica immaginava lontanamente che Gabrielle pagasse un fioraio di Fréjus per portarvi regolarmente un mazzo di fiori freschi. Oggi ai piedi della croce c'erano dei tulipani bianchi a testa china perché bagnati dalla pioggia. In questo modo aveva creato una tomba per l'uomo amato che apparteneva solo a lei, e non alla sua vedova. Ma in passato vi si era recata raramente in visita, così come al cimitero di Montmartre, dove Arthur Capel era stato sepolto.

Il velo protettivo con cui Gabrielle si era avvolta per vincere il dolore del lutto si era lacerato. Pianse. Non riusciva a smettere.

Quando Dmitrij tornò in macchina, Gabrielle non riuscì neppure a toccare la mano che lui le mise sulla spalla con un tenero gesto impotente. Era incapace di muoversi. Le lacrime erano l'unico segno di vita.

Dmitrij ritirò la mano in silenzio, e afferrò il volante con le dita. Abbassò la testa. La disperazione di Gabrielle aveva contagiato anche Dmitrij, sebbene per altri motivi.

Naturalmente lui sapeva che ruolo avesse avuto Arthur Capel nella vita di Gabrielle. Glielo aveva raccontato lei. Adesso gli era grata per la sua discrezione, e dentro di sé lo ringraziava soprattutto per non pressarla con domande o consigli benevoli. Prima o poi avrebbe trovato le parole per dirgli che stava facendo la cosa giusta.

Alla fine si sentì come percorsa da un brivido. Dmitrij riprese il viaggio.

Oltre alla pioggia battente, al rombo del motore e ai singhiozzi soffocati di Gabrielle, in macchina non si sentì più alcun rumore fino a Marsiglia.

12

«Mi dispiace» sussurrò Dmitrij, sfiorandole l'orecchio con le labbra. «Avremmo dovuto accordarci su quale strada prendere. Avrei dovuto chiedertelo.»

Gabrielle si strinse a lui, nascondendo nell'incavo del braccio il viso bagnato di lacrime. Non c'era niente da dire. Poteva solo provare a fargli capire che lui non aveva alcuna colpa. A pensarci bene, probabilmente non lo avrebbe avvertito nemmeno se le avesse detto che aveva intenzione di prendere la statale 7. Credeva di esser forte abbastanza da sopportare la vista del luogo in cui era morto Boy. Ma non era così, come capì poche ore più tardi nel letto di un confortevole hotel a Marsiglia.

Il giorno dopo proseguirono per Aix-en-Provence. Il tempo si era rasserenato, e i colori luminosi della natura circostante contribuirono a risollevare un po' il morale di Gabrielle. Il giallo miele, il verde dei pini, la porpora delicata e il bianco erano incantevoli. Gli alberi da frutto erano in fiore, e le erbe appena nate sul ciglio della strada diffondevano un aroma intenso.

Camminò mano nella mano con Dmitrij sotto i platani del Cours Mirabeau, dove si fermarono per uno spuntino al Café Les Deux Garçons, ammirando affascinati le sontuose facciate rinascimentali e i resti dell'epoca romana. Col cuore ricolmo di buone sensazioni, e dopo una piacevole notte trascorsa insieme, partirono per Arles.

Sotto la volta luccicante di olivi argentati raggiunsero la città. Visitarono l'anfiteatro romano e la cattedrale romanica. Risero della incredibile acustica dell'antica costruzione circolare, lasciandosi come ultima tappa del loro giro la basilica. Come se Gabrielle avesse presagito che quella visita l'avrebbe commossa nel profondo.

Saint-Trophime, con l'annesso convento benedettino, colpì Gabrielle come nessun'altra costruzione. Le possenti colonne protese verso il cielo, e al suo interno il chiostro con i mosaici secolari consunti le ricordavano Aubazine. L'espressione della fede scolpita su pietra riportò indietro Gabrielle di venticinque anni, quando conduceva in convento una vita di stenti. Di colpo si chiese se le ombre del passato che continuavano a opprimerla si sarebbero magari dissolte, affrontandole una volta per tutte.

Proprio in questo posto si sentì più vicina a Dmitrij che altrove. Camminarono in silenzio per la chiesa medievale e accesero insieme qualche candela. Si tenevano per mano come nella cattedrale russa a Nizza. Era sul punto di sussurrargli quanto quel momento la rendesse felice, quando per tutta la navata della chiesa risuonarono solenni le note dell'organo. Ascoltarono con le dita intrecciate in segno di segreta intesa.

Quelle note riportarono Gabrielle al tempo della sua giovinezza. Non sapeva dire se in qualche circostanza all'epoca avesse sentito la *Symphonie fantastique* e comunque allora non sarebbe stata in grado di riconoscere l'opera di Hector Berlioz. Ciò che sapeva della musica glielo aveva insegnato Stravinskij. Nella chiesa del convento di Aubazine aveva ascoltato corali e altri pezzi, ma aveva puntualmente rimosso tutto ciò che la legava al suo passato in quel luogo. Forse per questo in seguito si era entusiasmata per quelle sciocche *chansons* moderne che cantava nei varietà.

Cominciava a farsi strada nella sua mente un'idea latente – doveva farlo? O una tappa in Auvergne sarebbe stata tanto ridicola quanto le canzoni con cui un tempo intratteneva gli ospiti dei locali, soprattutto uomini, a Moulins e Vichy? Era davvero, il granduca, l'uomo giusto con cui condividere il proprio passato? Nemmeno con Boy era tornata nei luoghi della sua infanzia e giovinezza. A un tratto si sentì in colpa. Non aveva concesso a Boy di conoscere questo suo importante lato interiore, ma voleva concederlo a qualcun altro. Poteva non essere giusto. Lasciò andare la mano di Dmitrij.

Persa nei suoi pensieri, uscì fuori dalla chiesa.

Il loro alloggio si trovava nel centro storico in un piccolo edificio giallo con le persiane blu affacciato sul Rodano. Le stanze sorprendentemente eleganti di Gabrielle e Dmitrij non erano comunicanti come lei avrebbe auspicato; erano tuttavia collegate dalla terrazza antistante. Lì, al crepuscolo, bevvero champagne, e guardarono il sole tramontare nel fiume dopo aver illuminato, con i suoi ultimi raggi, il ponte della ferrovia e le tegole rosse dei tetti.

Successivamente Gabrielle e Dmitrij cenarono in un ristorante lì vicino, dove nessuno li riconobbe e dove degustarono con grande soddisfazione ratatouille e carré di agnello in crosta aromatizzato alle erbe, piatti tipici della cucina provenzale. Di buonumore si imboccarono a vicenda. Più tardi fecero una passeggiata lungo i vicoli che nel frattempo si erano fatti silenziosi, tranne per un musicista di strada solitario che suonava col violino melodie tratte dalla *Carmen*.

«Questa musica è tipica di questa terra» spiegò Gabrielle,

quando si fermarono un momento ad ascoltare il violinista. Disse con parole sue ciò che Stravinskij le aveva raccontato dopo un concerto: «Prosper Mérimée, che ha scritto la novella da cui è stata tratta l'opera di Georges Bizet, fu ispirato per la storia della Carmen dalle belle donne di Arles».

«Non ho notato le *belles Arlésiennes*» replicò Dmitrij serio, e senza alcun tipo di galanteria. «Io ho occhi solo per te, Coco.»

Merita che io mi apra con lui, pensò Gabrielle.

Un attimo dopo avvertì di nuovo quella fitta al cuore. Come quel pomeriggio alla cattedrale quando provò angoscia per non aver condiviso con Boy tutta la verità sulla sua infanzia e giovinezza. Anche lui, come tutti gli altri, conosceva la triste storia delle severe zie con cui era cresciuta, e gli aveva raccontato di un padre imprenditore emigrato in America, dove aveva guadagnato un patrimonio che non volle mai condividere con i figli. Perché dire la verità a un uomo che per ceto sociale era ancor più lontano da lei di Arthur Capel? A un uomo che magari stava solo sfiorando la sua vita come il battito d'ali di una bella farfalla. Chi poteva dire se la loro relazione sarebbe sopravvissuta al ritorno a Parigi, sottoposta alle insidie del quotidiano?

Gabrielle si abbandonò di nuovo ai suoi muti pensieri. Ma a occuparle la mente ora non era più l'inconsolabile lutto per Boy, ma il suo sempre più grande affetto per Dmitrij Pavlovič Romanov. Aveva deciso di concedersi un'avventura erotica che poco aveva a che fare con l'amore. Una relazione come chiunque, presto o tardi, aveva avuto nel corso della propria vita, una festa dei sensi che tuttavia non intaccava l'anima. Con Stravinskij aveva cercato proprio questo, e l'aveva anche trovato. Non aveva fatto i conti, però, con la gentilezza e l'integrità di Dmitrij, e non si era certo aspettata di andare oltre l'attrazione per il suo bel corpo atletico. Già da tempo, in effetti, non voleva più solo sesso e mondanità da lui, c'era ben altro in gioco. E non erano le fantasticherie ingenue di una ragazzina innamorata di un principe.

Sebbene fosse una notte tiepida, al ritorno chiuse la porta della terrazza della sua stanza d'albergo.

L'indomani mattina Gabrielle in macchina con Dmitrij verso Avignone, per l'antica strada romana, non guardava il meraviglioso paesaggio che le scorreva davanti. Assorta nei suoi pensieri, notò il Pont du Gard solo quando Dmitrij si fermò ai piedi del famoso viadotto romano. Scesero dalla macchina e iniziarono a passeggiare lungo fiume, gettando sassolini in acqua e osservando i cerchi che si formavano in superficie.

Gabrielle respirò gli aromi che pervadevano l'aria della Provenza. «Mi ricordano un po' il mio profumo» constatò. Fu contenta di aver trovato un argomento che la appassionava molto ma che era di gran lunga più superficiale della storia della sua vita.

«Quest'odore fresco in Provenza lo si sente ora che è primavera, e si dissolve quando comincia il vero caldo» osservò Dmitrij.

Gabrielle annuì arricciando il naso.

«La particolarità della tua eau de toilette è la purezza della fragranza. Il che rende particolare non solo lo Chanel N° 5 o il Boquet de Catherine ma anche le notti bianche di Pietrogrado.» Dopo un breve indugio abbassò la testa e aggiunse a bassa voce: «Vorrei poterti mostrare la mia patria».

«Lo vorrei anch'io.» Per non accendere nel cuore di Dmitrij la malinconia da lei appena scacciata, Gabrielle cambiò argomento: «Monsieur Beaux mi ha detto che usa per la sua composizione una particolare specie di gelsomino che cresce esclusivamente nel sud della Francia e da nessun'altra parte».

Lui la guardò. «Per questo lo Chanel N° 5 sarà anche molto costoso.»

«Il prezzo non m'interessa.»

Che i costi di produzione lievitassero in modo esponenziale per via degli aromi pregiati e degli ingredienti sintetici non la infastidiva più di tanto. Ernest Beaux si era espresso in modo inequivocabile in proposito, ma Gabrielle poteva permettersi di viziare le sue clienti più affezionate. In fin dei conti si trattava semplicemente di un'edizione limitata che doveva servire a pubblicizzare la sua casa di moda.

«Sei la donna più singolare che abbia mai avuto l'onore di conoscere.» Con un gesto intimo e tenero Dmitrij le ravviò una ciocca di capelli dietro l'orecchio.

«Sono solo una semplice ragazza dell'Auvergne.» La replica fu istintiva, e la fece riflettere nuovamente sulla possibilità di far conoscere a Dmitrij il proprio passato.

Ciò nonostante era visibilmente più di buonumore di quanto non lo fosse durante la prima tappa del loro viaggio di ritorno. Ad Avignone presero una stanza al romantico Hotel d'Europe, ricavato all'interno di un palazzo del XVIII secolo, in un affascinante cortiletto interno dove gorgogliava una fontana. Come tutti i turisti programmarono innanzitutto un giro all'interno della vecchia cinta muraria e successivamente la visita del palazzo dei Papi. Benché Gabrielle fosse stanca, sulla via del ritorno deviarono per il municipio, passando da Place de L'Horloge.

«Nei giorni scorsi ho camminato troppo sul vecchio acciottolato, non ho le scarpe adatte» commentò guardando i tacchi. «Magari potrei disegnare scarpe più comode.»

«Qui ci sono molti caffè. Fermiamoci e riposiamoci davanti a un bicchiere di vino.»

Sulla piazza su cui si affacciavano edifici risalenti al XVI e fino al XVIII secolo si stavano accendendo i primi lampioni. La gente del posto rientrava a casa o, proprio come Gabrielle e

Dmitrij, si fermava a bere un aperitivo in qualche bar all'aperto. I turisti in visita ad Avignone, ancora pochi in quella stagione, facevano altrettanto o se ne stavano semplicemente in giro ad ammirare la torre dell'orologio, il municipio e il teatro dell'opera sulla piazza. Davanti al teatro si era riunito un gruppo di giovani musicisti, un suonatore di fisarmonica, un violinista e un clarinettista. Qualche attimo dopo risuonarono le prime note del vecchio motivetto popolare *Sur le pont d'Avignon*, e anche Coco si mise a canticchiarlo.

Dmitrij ascoltò attentamente il testo:

Sur le pont d'Avignon,
l'on y danse, l'on y danse...

Sorridendo compiaciuto, osservò: «Sai cosa vorrei fare? Vorrei ballare con te sul ponte d'Avignone».

Dopo essersi guardata i piedi con espressione eloquente Gabrielle ribatté in tono scherzoso: «Non saprei. A meno che tu non mi porti in braccio per la città».

«Un'occasione irripetibile» ribatté Dmitrij innalzando il bicchiere scintillante di un vino rosso leggero della Valle del Rodano.

«Possiamo riprendere il viaggio per la Provenza in qualsiasi momento...»

Dmitrij si fece pensieroso. «Ma non sarà mai più come oggi, Coco.»

Gabrielle scosse la testa in silenzio. *No, non lo sarà più*, si disse. Continuare a stare insieme, al massimo, avrebbe accresciuto la loro complicità, ma quel rapporto di fiducia sarebbe rimasto incompleto se lei intendeva continuare a nascondergli le sue vere origini. L'avrebbe lasciata, prima o poi, vergognandosi dei suoi natali e dell'educazione in orfanotrofio. Prima o poi avrebbe scoperto la verità.

Sulla grande piazza continuavano a diffondersi note che Gabrielle conosceva meglio della maggior parte degli spettatori. Era appena tornata col pensiero all'infanzia e alla giovinezza nel momento in cui i musicisti di strada avevano iniziato a suonare una canzone vivace che faceva parte di Gabrielle come il suo inimitabile stile d'abbigliamento. Anche se ormai non la cantava più da tempo, le sue labbra cominciarono a intonare la melodia e le parole in modo molto naturale. Senza neanche accorgersene cantava quei versi insieme ai musicisti. In tutti quegli anni non aveva dimenticato neanche una parola:

«J'ai perdu mon pauvr' Coco,
Coco mon chien que j'adore,
tout près du Trocadéro,
il est loin s'il court encore...
Vous n'auriez pas vu Coco?
Coco dans l'Trocadéro,
Co dans l'Tro,
Co dans l'Tro,
Coco dans l'Trocadéro.
Qui qu'a qui qu'a vu Coco?
Eh! Coco!
Eh! Coco!
Qui qu'a qui qu'a vu Coco?
Eh! Coco!».

Si accorse della faccia stupita di Dmitrij ma continuò pur sapendo di aver attirato l'attenzione su di sé. Canticchiava a voce bassa, evidentemente non abbastanza da non far girare gli ospiti seduti al tavolo accanto. Ma tutto ciò che prima l'avrebbe messa in imbarazzo in quel momento non la toccava. Lo prese come un segno: la sera in cui più di sempre aveva compianto il proprio passato avevano suonato una canzone vecchia ma di particolare importanza per lei. Stimolati dal suo canticchiare, diversi altri ospiti – con voci da tenore e soprano – si aggiunsero nel ritornello. Alla fine partì un applauso caloroso; volti sorridenti annuivano con la testa in direzione di Gabrielle.

«Non avrei mai immaginato che una canzone di successo su un cane fuggito dal Trocadéro a Parigi potesse portare tanta allegria.» Dmitrij sembrava divertirsi un mondo. «Buffo che quel cane si chiami proprio *Coco* e non Fifi o qualcosa del genere. Conosci così bene il testo perché è il tuo soprannome, *ma chère* Coco?»

«No. No, è l'esatto contrario.»

«Non capisco...»

Gabrielle fece un respiro profondo, poi disse: «Vorrei farti vedere una cosa, Dmitrij. Avresti qualcosa in contrario se cambiassimo rotta rimandando di un altro giorno o due il nostro ritorno a Parigi?». Senza attendere una risposta, aggiunse col respiro affannato: «Vorrei farti vedere l'Auvergne, i luoghi della mia infanzia e della mia giovinezza. Lì capirai come Gabrielle si sia trasformata in *Coco*».

«Ne sarei felicissimo» rispose prendendole la mano.

Gabrielle intrecciò le sue dita a quelle di Dmitrij. «Dopo cena balleremo sul Pont Saint-Bénézet. Mal di piedi permettendo. Te lo prometto. In effetti non dovremmo lasciarci sfuggire quest'occasione unica. Qui non ci conosce nessuno, siamo liberi di fare tutte le follie che ci vengono in mente.»

Era mezzanotte quando si diressero verso il ponte per il quale un tempo era stata scritta la famosa canzone. Nel corso dei secoli quell'opera medievale era stata danneggiata da diverse inondazioni, e a un certo punto il Rodano aveva trascinato con sé una grossa parte della costruzione: di quello che un tempo era stato il ponte più lungo d'Europa restarono soltanto quattro arcate. Tuttavia, sia il marciapiede piuttosto stretto che finiva nel nulla, sia l'assenza di un parapetto lo rendevano pericoloso per chiunque; di giorno e di notte in particolare.

C'era una leggera penombra. Sulle onde, che con il tenue sciabordio lambivano la riva si rifrangeva il chiaro di luna, i riflessi dei lampioni non ancora spenti in città danzavano nell'oscurità come lucciole a pelo d'acqua. Il gracidio continuo delle rane venne interrotto dal rumore di un'automobile che attraversò la strada lungo il fiume. I fari sfiorarono i primi due archi del ponte. Il rombo del motore svanì, rimase solo la canzone d'amore. Oltre a Gabrielle e Dmitrij erano rimasti in pochi in giro per i vicoli della città. Nessuno si avventurava al buio sul Pont Saint-Bénézet. Erano lì completamente soli.

Dopo aver gustato un pasto appetitoso e dell'ottimo vino in un piccolo ristorante, Gabrielle notò l'assenza di barriere di sicurezza e lo trovò divertente anziché inquietante. «Dobbiamo stare attenti a non cadere in acqua» ridacchiò facendo una piroetta.

Barcollando, minacciò di perdere l'equilibrio. Dmitrij l'afferrò prima che potesse cadere. Voleva trattenerla, ma lei si divincolò e lo prese a braccetto.

«È arrivato il momento di un Cancan» esclamò agitando la mano libera come se volesse incitare un'orchestra immaginaria a suonare. «Conosci l'operetta *Ba-ta-clan* di Jacques Offenbach?»

Dmitrij scosse la testa. «Mai sentita.»

«Allora fa' attenzione...» Si staccò drizzandosi davanti a lui e inchinandosi con fare teatrale. Un attimo dopo alzava le gambe in aria, ballando un Cancan sfrenato e cantando a squarciagola, con voce alterata dall'alcol, la canzone «Ko-ko-ri-ko...» di Offenbach. Si ricordava bene sia la melodia sia le parole del cane fuggito Coco – e da ragazza l'aveva interpretata in modo poco meno entusiasta di oggi.

Il suo unico spettatore le tributò applausi entusiasti e lei rispose buttandogli le braccia al collo cercando di riprendere fiato.

«Penso sia meglio se ti risparmio il Kasatschok» scherzò Dmitrij.

«Penso anch'io» concordò lei. Poi le venne in mente una cosa. Mandò la testa all'indietro e lo guardò con la fronte aggrottata prima di constatare: «Vorresti scamparla. Il Kasatschok lo ballano gli uomini da soli».

Le girò intorno ridendo. «Vero. E il Cancan lo si lascia alle signore. Ma un valzer inglese lo possiamo ballare insieme.»

Quella proposta ridestò un ricordo in Gabrielle: il valzer lento ai tempi di Boy non veniva praticamente mai suonato perché non ancora di moda, ma la sola parola *inglese* bastò a farle tornare in mente l'amore perduto.

Si dondolava con Dmitrij in un valzer lento, facendosi guidare. Non avevano molto spazio a disposizione, ma fu sufficiente per un ballo. Gabrielle ascoltava trasognata la melodia che lui canticchiava a bassa voce.

Dopo un po' gli appoggiò la fronte sulla spalla, sognando l'altro uomo con cui non aveva mai ballato in modo così intimo, e mai avrebbe potuto farlo.

13

Dopo aver trascorso una notte a Lione, Gabrielle s'incamminò sulla via del suo passato. Non era mai tornata nei luoghi della sua gioventù, nemmeno da sola, e accanto a Dmitrij, sulla sua Rolls-Royce, si domandò se fosse pronta.

La strada piena di curve sul Massiccio Centrale in auto le parve sinistramente familiare. Procedeva lungo i prati del tipico verde intenso primaverile, su cui brucavano i grossi bovini dell'Aubrac, davanti alle casupole di pietra dei contadini e ai corsi d'acqua. Era notevolmente raffrescato, le cime arrotondate degli antichi vulcani erano imbiancate. Pur essendo caldo in macchina, Gabrielle si strinse nel cappotto. Aveva freddo, eppure non ricordava di aver mai tremato qui.

Thiers non era una cittadina turistica, e non figurava neppure sulla maggior parte delle guide turistiche. I suoi abitanti erano abituati a farsi i fatti loro, non mostrando particolare interesse per ciò che accadeva nella lontana Parigi, men che meno per le personalità di spicco provenienti da quel luogo. La macchina lussuosa a dire il vero dava nell'occhio, ma nessuno riconobbe tuttavia chi la guidava, né il passeggero. La curiosità dei cittadini fu destata al massimo dal cromo brillante dei parafanghi e dal collo di pelliccia del cappotto di Gabrielle. Non essendo al centro dell'attenzione, Gabrielle prese Dmitrij a braccetto. Taciturna, come era stata per tutto il viaggio, lo accompagnò per i vicoli tortuosi su cui si affacciavano incantevoli case a graticcio rimaste quasi intatte dal Medioevo. C'erano solo pochi bar, ma una miriade di botteghe artigiane, dove l'incessante attività dei fabbri risuonava dappertutto nei paraggi; quando arrivarono alla confluenza dei fiumi Dore e Durolle, lo scrosciare dell'acqua si fece più assordante e il cigolio delle ruote dei mulini più netto.

Gabrielle si appoggiò al parapetto del ponte e guardò sotto. Si era aspettata di provare un profondo turbamento; dovette invece sorprendersi nel rivedere Thiers e provare ora un distacco senza emozioni. Non provava niente, al massimo stupore per le dimensioni ridotte di un mondo che da ragazzina le era apparso eccitante da togliere il fiato e altrettanto grande. Era l'unico posto della sua infanzia dove per un certo periodo di tempo si era sentita in qualche modo al sicuro. E più precisamente sotto il tetto dei nonni, dove aveva abitato per pochissimo tempo.

«Ci sono tanti fabbri, perché Thiers è un centro rinomato per la produzione di coltelli» disse all'improvviso Gabrielle, senza voltarsi verso Dmitrij ma continuando a fissare i piccoli vortici e le creste spumeggianti sotto di sé.

Dmitrij ascoltava con attenzione. «Tuo padre commerciava coltelli e armi?»

Il suo interesse era comprensibile, aveva trascorso gran parte della sua vita nell'esercito. Gabrielle prese brevemente in considerazione l'idea di mentire sulle sue origini, affermando che lo Château de La Chassaigne, a poca distanza da lì, era stata la sua casa d'infanzia. Un bel maniero medievale era di certo più accettabile per un granduca di un casale misero risalente alla stessa epoca. Magari potevano fare una passeggiata nel parco...

Ma no, lei era venuta qui per svelare la verità, anche se era un impegno assai più gravoso del semplice rivisitare i luoghi d'infanzia. «La mia famiglia viveva in un villaggio qui vicino, mio padre si recava in città solo per acquistare i coltelli che gli servivano.»

Evidentemente Dmitrij non sapeva cosa replicare. Sembrava confuso, e ci mise un po' prima di capire: «Allora sei nata nella città dei coltelli...». A giudicare dal tono della voce sembrava divertito, quando aggiunse: «Il coraggio viene dalla lama, giusto? Adesso ho capito finalmente da chi hai preso il tuo coraggio, Coco».

Alzò lo sguardo su di lui sorridendo compiaciuta; i suoi occhi, però, erano cupi, pieni di tristezza. «Sono cresciuta qui, ma sono nata a Saumur, non a Thiers.»

«Che bello! Perché non l'hai detto prima che la tua patria è la Loira? Adoro il castello, la scuderia e il vino di Saumur. Dobbiamo andarci assolutamente.»

«Mia madre era originaria di un villaggio vicino Saumur, dove faceva la lavandaia» disse tutto d'un fiato. «Come sua madre prima di lei.»

«Oh» fu l'unico commento di Dmitrij.

Il suo sguardo non tradiva alcuna emozione. La guardò attentamente, e Gabrielle si domandò se stesse cercando nel suo viso un indizio del fatto che stesse scherzando. Ma lei non era in vena di scherzare.

Disse con una nota di ostinazione nella voce: «Forse mio padre ha venduto qua e là qualche coltello della sua città natale, non lo so. Tuttavia era un venditore ambulante che ha tentato la fortuna al sud. Non era un imprenditore».

Le nubi in cielo si infittirono, coprendo i deboli raggi di sole. La luce cambiò, il fiume sotto di loro non era più blu ma grigio. Soffiò un alito di vento freddo che fece rabbrividire non solo Gabrielle ma anche Dmitrij.

Lui si cinse il corpo con le braccia. Dopo un po' chiese: «Come si sono conosciuti? I tuoi genitori, intendo». Non pareva particolarmente interessato, sembrava solo aver trovato un pretesto per rompere il silenzio, prima che divenisse più pesante e più ambiguo.

«Albert Chanel era una canaglia. Di bell'aspetto, affascinante, spiritoso. Credo si siano conosciuti a una fiera, dove la gente semplice allora andava a divertirsi. Purtroppo mio padre era una canaglia nell'accezione peggiore del termine; era soprattutto un irresponsabile. Non voleva legami, e sposò mia madre solo per le pressioni dei suoi genitori, quando avevano già due figli. Non c'è mai stato per noi.»

«Allora anche tu sei stata cresciuta da parenti» constatò Dmitrij.

Quel tono imperturbabile rese insicura Gabrielle; non capiva infatti quali sentimenti avesse suscitato in lui. Avversione o comprensione? Non aveva idea di cosa stesse provando, poteva solo cercare di indovinare e aspettare. Nella migliore delle ipotesi riusciva ancora a vedere quel che avevano in comune nonostante la differenza di ceto sociale. Il dolore e la paura di un bimbo piccolo di essere abbandonato erano gli stessi, qualunque fosse la sua origine. Ma questo, in realtà, già lo sapevano ognuno per conto proprio.

La valle fu sferzata da una folata di vento improvvisa. La ruota del mulino a vento si fece sempre più rumorosa, le creste schiumose sulla superficie del fiume si infittirono. Gabrielle si calcò meglio la cloche in testa. Dmitrij, che non portava il cappello, si ravviò i capelli. Prima uno sguardo furtivo l'una verso l'altro, poi si guardarono negli occhi. Si tenevano entrambi la fronte con lo stesso gesto della mano. Mentre le ombre si facevano più scure, il volto di Dmitrij fu a un tratto illuminato da un sorriso. Poi le prese la mano fra le dita.

«I tuoi genitori hanno avuto più di due figli?» domandò.

«Maman, ho tanta fame.»

«Stai buona, Gabrielle, non abbiamo niente. Dobbiamo aspettare che ritorni papà dal suo viaggio. Allora avremo il denaro che ci serve. Fino a quel momento dovrai accontentarti di quel che riesco a procurarmi. Di più non c'è.»

«Ti prego, Maman. Solo mezza tazza di latte...»

«No, mia piccola Gabrielle. Il latte è per i tuoi fratelli. Tu e tua sorella potete bere l'acqua.»

«Eravamo sei. Tre femmine e tre maschi, anche se il piccolo Auguste è vissuto solo pochi mesi.» Gabrielle si passò una mano sulla guancia senza sapere se quella che asciugò fosse una lacrima. Poteva anche essere neve. Piccoli fiocchi iniziarono a volteggiare nella luce pallida della mattina, dissolvendosi sul parapetto del ponte e sulla sua pelle. Strinse la mano di Dmitrij, poi la lasciò andare per infilare le mani nelle tasche del suo cappotto. Ignorando le gocce gelate che le bagnavano il viso, si fece coraggio per raccontargli finalmente ciò di cui si vergognava di più, ancor più delle sue umili origini: «Avevo dodici anni quando nostra madre morì, le mie sorelle Julie e Antoinette tredici e otto anni, mio fratello Alphonse aveva dieci anni e Lucien solo sei. Nostro padre portò i maschi in un orfanotrofio, dove li avrebbero venduti come braccianti. Io e le mie sorelle finimmo in un istituto dalle suore».

«Per questo hai pianto a Venezia.» Era una constatazione, non una domanda. Lo disse di getto, e senza risentimento. Dmitrij tirò fuori il fazzoletto e le asciugò dolcemente gli occhi. «Non c'è bisogno che tu mi spieghi quanto un bambino possa sentirsi solo. So perfettamente cosa hai provato.»

«*Mmm*» si limitò a dire lei, temendo di scoppiare in lacrime se avesse aperto bocca per dar voce ai suoi sentimenti. Fu travolta dai ricordi. Di Julie e Antoinette, tutte e due morte. E provò dolore per la perdita dei suoi fratelli, dei quali non aveva avuto più notizie. Per fortuna la vicinanza di Dmitrij, la sua dolcezza e la comprensione la commossero profondamente. Non era certo la prima volta che notava i tratti che li accomunavano; nonostante le barriere sociali, la loro infanzia era stata segnata da gravi perdite. Non si sarebbe mai aspettata, però, che accogliesse la verità sulle sue origini con tanta calma e tenerezza.

Come se le avesse letto nel pensiero, Dmitrij disse in tono serio: «Ho incontrato molte signore di nobili origini alla corte di Pietrogrado e a Mosca, ovviamente anche a Parigi, Londra e in ogni altra città in cui sono stato, ma non ne ho conosciuta mai nessuna con il tuo stesso intuito per l'eleganza e lo stile. Sono colpito, Coco. Una ragazza con la tua storia che si impone così nell'alta società. Dire che è notevole è veramente poco».

La nevicata si intensificò. Nel fitto turbinio dei fiocchi Gabrielle lo guardò con immensa gratitudine. Era stato il cielo, o Boy stesso, a mandarle quell'uomo tanto comprensivo?

Lui ricambiò lo sguardo di Gabrielle. Dopo un po' le fece un sorriso d'incoraggiamento. «Torniamo alla macchina? Volevi andare anche a Moulins e a Vichy. Dobbiamo partire, prima di rimanere bloccati dalla neve.»

«Non succederà» lo rassicurò. In effetti il sontuoso manto bianco non rimase lì a lungo. I fiocchi di neve lasciarono solo uno strato viscido sul lastricato di mattonelle che rilucevano di blu argentato come l'acciaio dei coltelli di Thiers. «Dobbiamo partire comunque. Hai ragione. Ho detto tutto.»

Almeno per il momento, aggiunse fra sé.

All'interno della cinta muraria c'era ancora la neve. Le ruote della macchina lasciarono una scia scura sullo splendido manto bianco che ricopriva la strada. Dmitrij guidava con molta concentrazione e prudenza per non sbandare. Era taciturno, e Gabrielle apprezzò, in particolare perché il suo silenzio non era dovuto alle rivelazioni sulla sua vita, bensì al tempo troppo freddo per essere aprile. Quel silenzio non era un peso, ma una necessità.

Ebbe un'intuizione sulla reazione, assai calma, con cui Dmitrij aveva appreso la storia della sua infanzia. Come se lui avesse già presagito che nei suoi racconti precedenti qualcosa non quadrasse. Mentre pensava a cosa potesse essere, fu distratta dai rumori monotoni del motore e del tergicristallo. Il sollievo per aver detto la verità lasciò il posto a una stanchezza opprimente. Le palpebre si appesantirono e finì per addormentarsi.

Fu svegliata da quella voce familiare: «*Bonjour, Mademoiselle!*». Dmitrij le dette un lieve colpo sul gomito. «Siamo a Vichy.»

Gabrielle si massaggiò le tempie; le era venuto il mal di testa dormendo in posizione scomoda. Con aria assente guardò fuori dal finestrino schizzato dalla pioggia e riconobbe la facciata neobarocca del casinò dietro a un prato ben tenuto. Sul vialetto acciottolato che attraversava il cosiddetto Parco delle fonti si erano formate delle pozzanghere che i visitatori cercavano più o meno abilmente di aggirare. Decine di ombrelli neri riparavano i passanti vestiti in abito da sera. Le signore e i signori erano diretti al bar all'altro capo del parco, dove avrebbero bevuto una tazza di acqua termale sotto una cupola di gusto orientale, piastrellata di mattonelle blu e dorate. Nonostante fossero passati quindici anni dall'ultima volta che Gabrielle aveva messo piede lì, teneva ben presente quel posto, ed era sicura che in tutto quel tempo non fosse cambiato nulla.

Vichy era la più grande stazione termale della Francia, e qui durante la stagione più fredda si ritrovava *tout le monde*; nemmeno la Grande Guerra aveva cambiato questa consuetudine. A Parigi Gabrielle ne sentiva parlare in continuazione. Non era più alta stagione ormai, eppure c'era un bel movimento nonostante il tempo e il momento dell'anno. Probabilmente sarebbe bastato mettere un piede fuori dalla macchina per suscitare subito scalpore. La clientela nobile avrebbe subito riconosciuto almeno Dmitrij.

«Scendiamo?» chiese apparentemente desideroso di camminare. Gabrielle si meravigliò di tanta euforia che, così ostentata, risultò inevitabilmente forzata.

Aveva forse il timore che lei lo compromettesse? Fu terrorizzata da quel pensiero.

A Thiers Dmitrij l'aveva ascoltata con pazienza e comprensione, reagendo con dolcezza alla scoperta delle sue umili origini. E lei ne era stata felicissima. Perché mai avrebbe dovuto cambiar opinione dopo appena trentacinque chilometri di viaggio, durante il quale, peraltro, aveva persino dormito? L'ambiente più familiare non l'avrebbe certo trasformato nel giro di un'ora in uno snob della peggior specie.

O forse sì? Si era sbagliata su di lui? In quale altro modo avrebbe potuto reagire a Thiers? Non poteva certo piantarla in asso lì sul posto.

Gabrielle cominciò a tormentarsi pensando che dietro la calma apparente di Dmitrij Pavlovič Romanov si celasse in realtà la più pura indifferenza. La sua educazione di corte gli imponeva naturalmente di riaccompagnarla in macchina, persino a Parigi magari – questo rientrava anche nel suo interesse – ma, a parte la gentilezza dovuta, la loro storia d'amore era finita. Terminato il racconto della sua infanzia, Dmitrij aveva abbassato lo sguardo su di lei. E che altro poteva fare? Lei stessa disprezzava la propria infanzia. Non a caso si vergognava della verità.

Prese la borsetta e tirò fuori il portasigarette. «Credo non occorra scendere. Vichy non mi interessa granché. Sarebbe solo un'ultima breve tappa prima di Parigi. Proseguiamo per Moulins. È di strada.»

Non aveva ancora finito di esprimere il suo desiderio che subito si domandò perché avesse chiesto a Dmitrij di ripartire per Moulins. Il soggiorno in quella piccola cittadina era stato certamente un periodo fondamentale della sua vita, ma aveva ancora senso condividerlo con lui? Avrebbe dovuto, e soprattutto avrebbe voluto conoscere perché le era stato dato il soprannome "Coco"? Non c'era niente che le pesasse quanto l'infanzia in orfanotrofio, un mondo totalmente diverso rispetto a quello di un granduca. Se il passato l'aveva bistrattata, era tutto perduto comunque. Che il viaggio volgesse al termine era indifferente per la sua relazione. Ma non per lei. Voleva andare a Moulins solo per se stessa. Non per mostrare qualcos'altro a lui.

Dmitrij le passò l'accendino e si accese una sigaretta. «Che cos'hai, Coco?»

Dopo un sospiro profondo, lei disse: «Mi dispiace, mi sono sbagliata. A Vichy non c'è niente, se non uno o due negozi di cappelli alle cui vetrine addobbate mi ero ispirata per alcune mie creazioni. Non vale la pena andar a spasso sotto la pioggia».

In fondo era vero. Il corso degli eventi era stato deciso a Moulins. Nella più elegante Vichy Gabrielle aveva sperato di far fortuna come cantante al teatro dell'opera. Voleva diventare la nuova Mistinguett, ma non ci si era neanche avvicinata. Ripensandoci, riconosceva di non aver mai avuto abbastanza talento come soprano. Ma non era il successo mancato come cantante a renderla malinconica. A Vichy era stata abbandonata dalla migliore amica. Al solo pensiero un sorriso le illuminò il volto. No, Misia non era lontanamente paragonabile ad Adrienne. La storia che legava Gabrielle ad Adrienne risaliva in realtà al periodo di Thiers, poiché Adrienne Chanel era stata per lei più una sorella che una zia. Era la figlia minore dei nonni di Gabrielle e la sorella di suo padre; erano quasi coetanee. Dopo gli anni trascorsi a Aubazine si erano riviste a Moulins – e per Gabrielle fu come un raggio di sole improvviso nella sua vita.

«Mi piacerebbe frequentare un circolo letterario» disse Adrienne guardando trasognata la tavola misera del convento di Notre-Dame de Moulins.

«Come una signora distinta.»

«Come un'anziana signora distinta» ridacchiò Gabrielle. Lo sguardo severo dell'amica la fece tuttavia indugiare. «Chi è che frequenta ancora circoli letterari, se non le anziane signore distinte?» domandò con circospezione.

«Gli uomini eleganti. Quelli che non lavorano. Sono di gran lunga più attraenti di quelli che lavorano.»

Gabrielle spalancò gli occhi. «Non fanno proprio niente di niente?»

«Fanno qualcosa qua e là. Tieni sempre presente che è meglio conoscere un signore che non lavora, anziché uno dedito a una professione retribuita. Insomma, ti accorgerai da sola quali sono gli uomini che hanno un profumo migliore.»

«Qui a Vichy ho capito cosa sia lo stile.» Gabrielle sorrise compiaciuta al ricordo, anche se continuava a pensare ad Adrienne e a Moulins, piuttosto che al parco termale di Vichy. «Quel che non portavano in testa le signore all'epoca... incredibile! La maggior parte di loro era agghindata in modo davvero pacchiano.»

«Peccato non andare a controllare se le stiliste di Vichy abbiano perfezionato il loro gusto nel frattempo. Si dice che gli uomini abbiano occhio per i cappelli da signora.» Ammiccò. Tentava evidentemente di scacciare col buonumore la malinconia che si era insinuata fra loro.

«Il tuo buon gusto non è un motivo sufficiente per bagnarsi i piedi» replicò lei, sollevata dall'aver trovato un argomento che non la turbava così profondamente come il proprio passato. «I cappelli all'epoca erano di buona fattura. Nulla da eccepire in proposito. Seguivano la moda del momento. Cerchi giganteschi con molto tulle, fiori di stoffa, penne e uccelli. Uccelli, mio Dio! Dappertutto imperversavano fiori e uccelli dei materiali più assurdi.»

«Mi ricordo ancora molto bene i cappelli della zarina Alexandra. Anche mia zia portava quei copricapi che sembravano una foresta.»

L'aveva detto sicuramente senza pensarci, ma l'accenno alla posizione sociale della sua famiglia d'origine fu per Gabrielle come un colpo al cuore.

«Quelle creazioni incredibilmente costose non le ho mai considerate un segno di eleganza. L'arte del togliere è la vera arte, capisci?»

Quando lui si accorse della critica, sorrise. «E poi sei venuta tu a Parigi, e ogni donna si è innamorata dei tuoi cappelli.»

Gabrielle ricambiò il suo sorriso. «Non così alla svelta, né senza difficoltà, però è successo, a un certo punto. In un castello a nord di Parigi – a Royallieu – ho conosciuto l'attrice Émilienne d'Alençon. Adorava le mie creazioni e le indossava sul palco e in molte occasioni mondane. Piacevano anche alle sue amiche, e presto vollero tutte gli stessi modelli.» Abbassò il finestrino e gettò il mozzicone di sigaretta ancora acceso.

«In fondo oggi non è poi così diverso» disse richiudendo il finestrino. «Perché credi che lasci gratis alle mie modelle quei bei vestiti? Le principesse e le contesse russe escono la sera più di me, frequentano l'alta società. Quando appaiono in un ristorante, a un ricevimento o a un ballo è come una sfilata di moda. Vanno in giro a divertirsi e al tempo stesso mi fanno la migliore delle pubblicità.»

«È un'idea intelligente. Sei un'eccellente donna d'affari, Coco. A proposito, volevi svelarmi perché ti chiamano *Coco*: sto ancora aspettando.»

Davvero era ancora interessato ai dettagli della sua vita, dopo quanto era venuto a sapere? Sembrava così allegro che lei volle convincersi. Era arrivato il momento di vuotare il sacco.

«Quello che c'è da sapere sul nome *Coco* te lo racconto a Moulins. È lì che ha avuto inizio l'intera storia.»

A Moulins lo splendore e l'imponenza del Rinascimento non aveva avuto vita facile. Dalle belle facciate dei palazzi l'intonaco cadeva a pezzi, e nel complesso l'intera cittadina aveva un aspetto estremamente dimesso, il che non dipendeva solo dal brutto tempo.

Dmitrij guidava per le strade deserte che costeggiavano l'Allier. «Qui vivevano e vivono impiegati statali con le loro famiglie. Non è molto eccitante.»

«Cos'è che ti ha portata proprio qui?» chiese lui incuriosito.

«Dal convento dove vivevo mi hanno mandata dalle suore di Notre-Dame de Moulins. Come uno scomodo pacco di nessuna utilità. Non c'era nessun altro che volesse farsi carico di un'orfana di diciotto anni.» Il modo in cui era stata trattata allora le procurava ancora oggi una profonda amarezza. Decise di non raccontare a Dmitrij che, come cosiddetta "alunna della carità" era costretta a indossare abiti diversi da quelli delle ragazze che vivevano nel pensionato a spese dei genitori, che sedeva a un tavolo diverso e che svolgeva i lavori più umili. Se non altro, in questo modo aveva potuto allontanarsi da Aubazine, e di sicuro avrebbe incontrato una sorte ben peggiore se l'avessero spedita in una fattoria come bracciante. Per questo disse in tono un po' meno imbronciato: «Le canonichesse mi hanno fatto studiare, mi hanno dato vitto e alloggio, e...». Il tono della sua voce cambiò di nuovo, attenuandosi. «... e ho rivisto Adrienne. È stata la cosa migliore che potesse capitarmi.»

Dmitrij inarcò le sopracciglia. «Chi è Adrienne? Non mi sembra di conoscere nessuna tua amica con questo nome.»

«Era mia zia.» Gabrielle sorrise compiaciuta al solo ricordo. «Era la sorella di mio padre. Avevamo quasi la stessa età, e in realtà era come una terza sorella insieme a Julie e Antoinette.»

«Era?»

Gabrielle emise un sospiro. «Adrienne è morta. Come Julie e Antoinette. Come mia madre. Sono la più giovane delle donne Chanel. L'ultima rimasta. A quanto pare è il nostro destino morire giovani.»

Dmitrij tacque, forse turbato dal timore di Gabrielle di aver vita breve. Forse anche memore di sua madre, morta a soli ventun anni. Non fece trasparire niente del suo sconcerto, guidando sicuro, seppur senza meta, per gli stretti vicoli del centro storico.

Quando il silenzio si fece opprimente, Gabrielle disse: «Non preoccuparti! Ho intenzione di oppormi al destino avverso e – Attento!» mandò un grido stridulo.

A una curva stretta di un tratto leggermente ripido l'auto uscì di strada. Dmitrij frenò per evitare che la ruota posteriore destra urtasse un lampione. Gabrielle venne scaraventata in avanti. Istintivamente si aggrappò al cruscotto.

Per poco l'auto non si ribaltò; a quel punto Gabrielle disse: «Di questo passo daremo un seguito alla tradizione delle donne Chanel».

Evidentemente Dmitrij non era dell'umore adatto per ridere della sua battuta. I muscoli della mascella erano tesi. Non fece una parola e, inserita la retromarcia, tornò indietro lentamente.

Era la prima volta, dopo tutti quei chilometri di strada, che succedeva qualcosa; Gabrielle cercò di sdrammatizzare. «Hai guidato benissimo finora» si affrettò a dire.

«Farò tutto ciò che è in mio potere per tenerti in vita» replicò Dmitrij con calma. La Rolls-Royce procedeva adagio per la città, finché Dmitrij svoltò improvvisamente, rallentando fino a fermarsi a bordo strada. «Scendiamo e andiamo a piedi.»

«Piove» replicò lei laconica.

Dmitrij accennò un sorriso. «Abbiamo un ombrello.»

«Potrei prendermi un raffreddore.»

«Non sarà la fine del mondo.»

Come per magia il cielo si aprì all'improvviso e i due furono accecati dal riflesso di un raggio di sole sul cofano della macchina.

«A quanto pare, il destino ci invita a metterci in cammino» commentò Dmitrij.

«Spero che al Grand Café si mangi ancora bene come un tempo.»

Per precauzione Dmitrij portava al braccio l'ombrello, ma non lo usò perché aveva smesso di piovere del tutto. La strada bagnata brillava al sole e la città cominciava lentamente a rianimarsi: gli artigiani in tuta da lavoro e gli impiegati nei loro completi si dirigevano al *tabac* all'angolo per un aperitivo, una tata ammoniva due bambini col grembiule da scuola a non entrare nelle pozze d'acqua, una donna camminava di fretta con un cesto della spesa, da un negozio usciva una ragazza carina con un cappello a cloche e i capelli alla maschietta...

Gabrielle seguì la ragazza con lo sguardo. Le ricordava se stessa, solo che lei all'epoca portava una paglietta e i capelli raccolti in una crocchia sulla nuca; e la gonna era decisamente più lunga. Ma quella sconosciuta sembrava lei con vent'anni di meno.

«Andiamo in Rue de L'Horloge» propose. «Chissà se La Maison Grampayre esiste ancora. Era una merceria; Adrienne e io ci lavoravamo come commesse. Allora c'era molta richiesta di sete, merletti e nastri. E di modifiche ai vestiti. A volte rimanevo seduta per ore alla macchina da cucire. Credo di aver riadattato tutti i pantaloni di Moulins.»

«E oggi sono le gonne e i pantaloni di Parigi che escono direttamente dalle tue mani» ribatté lui.

«Non tutti ancora» replicò lei sorridente.

«Molti però, moltissimi.»

Lei annuì, fiera del presente ma con la mente ancora al passato. Pensava a Étienne Balsan, a tutte le volte che gli aveva cucito l'orlo ai pantaloni nel retro della Maison Grampayre o che gli aveva messo dei bottoni nuovi. All'epoca era militare di stanza a Moulins. Tuttavia non avrebbe parlato a Dmitrij dell'uomo che le aveva spianato la strada dal castello di Royallieu a Parigi. A meno che qualche confidente non lo avesse già messo al corrente di quella parte del suo passato, non c'era bisogno che Dmitrij sapesse delle sue relazioni all'epoca. Né di Étienne, divenuto ricco in seguito a un'eredità, né degli altri ufficiali che l'avevano frequentata non solo come clienti del negozio di mercerie, ma anche in privato. Gabrielle non si vergognava delle libertà che si era presa un tempo, che altri avrebbero definito "leggerezze". Non riteneva tuttavia saggio svelare a un amante particolari su chi l'aveva preceduto.

«Possiede cavalli da corsa, Monsieur?»

«Sì. Veramente moltissimi. E possiedo anche Poloponys.»

«Che fortuna!» Gabrielle si era finta entusiasta, pur non intendendosi minimamente di cavalli. Porse al cliente la tunica con il bottone appena cucito. Mentre lei era impegnata con i rammendi, Étienne Balsan era stato tutto il tempo lì in piedi a guardarla, parlando di sé e della sua passione.

«Vorrebbe assistere all'allenamento, Mademoiselle?»

«Sarebbe stupendo.»

Si dettero appuntamento per l'indomani. Gabrielle non era mai stata in mezzo ai prati dietro al fiume. E perché mai avrebbe dovuto? Era felice di stare in città, in fin dei conti era fuggita dalla vita di campagna. Qui però era diverso rispetto a dove era nata: il prato che digradava sulla sponda del fiume era tosato con cura, i salici erano circondati da recinzioni bianche come la neve, cavalli agili dal pelo lucido brucavano placidi al sole. Di fronte a quello scenario curato e tranquillo Gabrielle rimase incantata. Era eccezionale! E i purosangue conducevano senz'altro una vita migliore rispetto agli orfani di Aubazine o di qualsiasi altro posto.

«Posso godere di una vista del genere tutto l'anno, quando sono a casa a Compiègne» raccontò Étienne, mettendole un braccio sulla spalla. «Che ne dice? Piacerebbe anche a lei?»

In quel momento Gabrielle non sapeva che il suo era solo un invito di circostanza. Ma non sapeva neppure che un giorno sarebbe andata con lui a Parigi. Quel tipo di vita in campagna però avrebbe potuto renderla felice.

Il tempo sembrava essersi fermato. Nelle strade di Moulins con i negozi e le attività commerciali non era cambiato niente. Camminando al fianco di Dmitrij lungo le vetrine a lei familiari Gabrielle provava sentimenti opposti. Davanti alla Maison Grampayre si fermò e, reclinata la testa all'indietro, indicò le finestrine sul tetto qualche piano sopra al negozio. «Io e Adrienne abitavamo lassù. È stato il nostro primo regno, prima che ci trovassimo una stanza da un'altra parte.»

«Perché quest'Adrienne viveva a Moulins e non a Thiers?»

Per i soldi, pensò Gabrielle, *è sempre una questione di soldi*. Sua zia e compagna di stanza ne aveva di più.

«I miei nonni mandarono la loro figlia più piccola dalle suore di Notre-Dame, perché quell'istituto godeva di ottima fama. Pagarono per lei, per questo era tenuta più in considerazione di me che ero un'alunna della carità. Nonostante ciò diventammo fin da subito molto unite. Abbiamo persino cantato come duo.»

«Qui a Moulins?» Dmitrij si guardò intorno sorpreso, come se facesse fatica a immaginare un cabaret in quell'ambiente piccolo-borghese.

«Certo.» Gabrielle rise. «E dove sennò? Spostarsi a Parigi era come andare sulla luna.»

«Allora questo posto non dev'esser stato poi così noioso.»

«Al Grand Café c'era il mondo. D'accordo, si trattava per lo più di ufficiali della guarnigione. In realtà qui non c'erano tanti posti dove divertirsi, e presumo che le cose non siano cambiate da allora. Il Grand Café era un bel locale già vent'anni fa; i tavoli avevano il telefono, alti specchi e tovaglie. Io e Adrienne ci occupavamo dell'intrattenimento musicale.»

«Capisco. Avete cantato *Qui qu'a vu Coco*?, giusto?» si ricordò Dmitrij.

«Sì. Anche. Quella canzone è diventata per me una specie di marchio...» Lasciò la frase in sospeso, abbandonandosi ancora una volta ai ricordi del passato. «Proprio come la canzone di Ko-ko-ri-ko.» Lo guardò negli occhi. «È così che si è passati da Gabrielle a *Coco*.»

«Jacques Offenbach non ha forse scritto anche un'operetta su un profumiere? La musica è il completamento della tua vita, *ma chère*.» Le prese il braccio. «Dovremmo visitare la casa natia di *Coco Chanel*. Però, adesso ho fame.»

A tarda sera arrivarono a Parigi. Nel frattempo il nevischio aveva ripreso a cadere; i fiocchi di neve bagnata che danzavano davanti alle luci gialle dei lampioni accompagnarono il loro ingresso nella capitale. Dmitrij entrò con la Rolls-Royce in Place Vendôme diretto all'Hotel Ritz, Gabrielle però non scese. Restò seduta persino quando il portiere le corse incontro con un ombrello aprendole lo sportello.

«Non posso più stare sola adesso» disse a Dmitrij. «Non dopo tutte queste settimane con te. Resti con me stanotte?»

«Stanotte e ogni altro giorno, fin quando vorrai.»

Seria in volto, Gabrielle fece un cenno di assenso. La voce di Dmitrij aveva un suono meraviglioso, davvero solenne. Tuttavia, in modo inspiegabile, scese un'ombra su di lei.

E non si dileguò nemmeno più tardi, fra le sue braccia.

14

Due giorni dopo Gabrielle si recò a Bel Respiro insieme a Dmitrij. Non che avesse intenzione di stabilirsi a Garches. L'Hotel Ritz era così vicino al suo atelier che spostarsi era impensabile. Tuttavia, voleva tornare a casa, ritrovare i suoi cani – e i ricordi di Boy. Presto o tardi avrebbe dovuto anche affrontare Igor Stravinskij. Ma l'ex amante non era lì come le aveva detto Joseph salutandola.

Dalla sua partenza per il sud, nulla sembrava esser cambiato alla villa: Ekaterina Stravinska se ne stava per lo più a letto, mentre il marito di rado era presente; i loro figli si scatenavano su e giù per la villa schiamazzando in giardino; i domestici, marito e moglie, accudivano la casa lustrando lampadari e spolverando le mensole degli scaffali. Ma pur essendo a casa sua Gabrielle non si sentiva pienamente a proprio agio. Era come se negli alberghi in cui aveva alloggiato con Dmitrij si fosse sentita più a casa che a Bel Respiro. Ciò non dipendeva, a dire il vero, dai suoi ospiti e, men che meno dai domestici. Era l'atmosfera della tenuta che la metteva a disagio. Se ci pensava bene, era stato così fin dall'inizio: aveva cercato Boy fra quelle pareti senza trovarlo.

Quando si guardò allo specchio del bagno, scorse la tristezza negli occhi. Che sciocca a non essersi ancora ripresa da quella perdita. Aveva pianto fin troppo sul passato, adesso il futuro le riservava incredibili opportunità. C'era molto da fare: finalmente aveva il suo profumo, ma non era sufficiente averlo trovato, occorreva lanciarlo sul mercato mondiale. Il suo era un compagno premuroso, gli amici aspettavano con ansia di rivederla, prima fra tutte, naturalmente, Misia. Perché stava così male allora?

Prese perciò una decisione. Ormai era inevitabile, ma arrivato il momento di metterla in pratica cominciarono a tremarle le mani e dovette sforzarsi di mantenere la calma.

Le sembrava un sacrilegio togliere dalla mensola gli effetti personali di Boy. Aveva creato una sorta di reliquiario: sui bordi c'erano le cose che all'epoca lui aveva lasciato a La Milanaise: un rasoio, un pennello da barba in crine, boccette con le acque di colonia preferite, una saponetta di Yardley e un pettine; come se avesse potuto raggiungerla da un momento all'altro. Vide anche un suo vecchio nécessaire da viaggio con gli oggetti da toeletta di un padrone di casa che si assenta per un breve periodo – non per sempre. Sembrava crudele far posto agli accessori di un altro. Era come voler cancellare dalla sua vita il ricordo di Boy. Si sentì sciocca a pensare una cosa del genere. Ma erano soprattutto queste piccole cose che le stavano a cuore, mentre gli oggetti di valore nel portagioie o nel salone gli erano del tutto indifferenti.

Presa dalla disperazione, Gabrielle si mosse per eliminare una volta per tutte dalla sua vita gli oggetti di Boy. Ma si fermò.

Si guardò un'altra volta allo specchio e vide una donna con una mano protesa, in preda alla follia distruttiva. Sarebbe forse servito a cancellare anche uno solo fra i tanti ricordi dolorosi?

Ogni oggetto aveva una storia, faceva parte di un'esperienza condivisa. Separarsi da ciò che in qualche modo teneva Boy ancora in vita avrebbe solo finito col renderla sempre più triste. Con cautela prese la borsetta di pelle. Istintivamente si strinse al petto il nécessaire e poi lo riappoggiò sull'ampio bordo del lavandino di porcellana. Lo aveva accompagnato in diversi viaggi – non nell'ultimo, però. Non aveva idea di quando lo avesse rimpiazzato con uno nuovo.

Dallo spiraglio della porta Gabrielle vide Arthur Capel che faceva le valigie. Si era abituata ad avere occhi e orecchie ovunque al castello di Royallieu. Era utile sapere il più possibile degli ospiti accolti da Étienne. Non che Gabrielle fosse particolarmente curiosa; le interessava lo stile delle signore e il gusto dei signori dell'alta società, voleva conoscere il più possibile e imparare da queste persone di rango più elevato, sfruttando poi a proprio vantaggio tutto ciò che aveva acquisito. Che l'affascinante inglese dagli occhi verdi, chiari e profondi come un lago di montagna, avesse chiaramente intenzione di andarsene, fu un colpo per lei.

Stava per scostare la porta con la punta del piede, quando questa si spalancò. Gabrielle si guardò subito intorno in cerca di un domestico, ma stranamente il gentleman stava preparando la valigia da sé. Con in mano il nécessaire che stava sistemando proprio in quel momento, alzò lo sguardo sorpreso verso l'intrusa.

Senza che ce ne fosse bisogno, Gabrielle chiese: «Ci lascia?» e subito si irritò per non aver trovato niente di più intelligente da dire.

«Sì.» Continuava a fissarla. «Purtroppo.»

«Quando parte?»

«Prendo il primo treno per Parigi.»

«Allora faccio i bagagli anch'io.»

Senza aggiungere altro, si voltò per andarsene.

Boy non disse niente.

La mattina dopo si incontrarono alla stazione.

Gabrielle aprì il nécessaire e subito fu investita dall'indimenticabile aroma di limone del suo profumo: Mouchoir de Monsieur. Quando Boy si unì al gruppo di amici di Étienne, il profumo di Guerlain era molto apprezzato dagli uomini di mondo. Ne era rimasto un po' nella boccetta a forma di chiocciola adagiata sul velluto rosso, vicino agli altri vasetti di vetro e d'argento di svariate forme e misure. C'era ancora la sua spazzola, così come il rasoio e alcune lamette; soltanto lo scomparto dove teneva l'orologio era vuoto. Quell'assenza fu un duro colpo per Gabrielle. Tuttavia non se ne stupì, sicura che Boy avesse indossato l'orologio fin quando le lancette della sua esistenza avevano cessato di scandire il tempo. Per non lasciarsi sopraffare dal dolore, Gabrielle tirò fuori le boccette a una a una per osservarle più da vicino; poi le rimise a posto.

D'un tratto restò sorpresa.

Prese in mano un flaconcino squadrato di vetro bianco dal collo stretto e chiuso con un tappo rotondo. Gabrielle non aveva idea di cosa ci fosse dentro, era vuoto, privo di qualsiasi aroma, come ebbe subito modo di constatare annusandolo. Si pentì di non aver mai fatto caso al suo contenuto. Chissà se era un medicinale, una tintura o magari una lozione per capelli. La forma le piaceva, la semplicità e l'accostamento fra la base squadrata e la chiusura arrotondata conferivano alla boccetta un tocco di eleganza. Davvero un bel flacone, creato apposta per un contenuto altrettanto speciale.

Attenta a non farla cadere, appoggiò la boccetta sul ripiano sotto lo specchio. Poi chiuse il nécessaire e lo rimise a posto. Avrebbe chiesto a Joseph di predisporre un comodino o una mensola per il nécessaire da viaggio di Dmitrij. Nel bagno c'era spazio a sufficienza per un mobile in più. Così come c'era spazio per un altro uomo. Nessuno, però, avrebbe dovuto toccare le cose di Boy.

Solo per quella sua boccetta avrebbe trovato un altro posto.

Uscì dal bagno portandosela dietro.

15

Bussarono timidamente alla porta, Gabrielle disse «Avanti!». Ekaterina Stravinska entrò in salotto.

Sorpresa, Gabrielle alzò lo sguardo dalla pila di fogli che teneva in equilibrio sulle ginocchia. Era seduta sul divano, con i flaconcini del nécessaire da viaggio sul tavolo davanti, e una tazza di tè e un piatto di tramezzini che Marie aveva preparato con cura. Aveva in mano una matita con cui faceva degli schizzi sui flaconi e sulle etichette. Doveva terminare le bozze il più in fretta possibile: da quando aveva scelto il quinto campione di Ernest Beaux aveva sprecato fin troppo tempo. Ci avrebbero messo un bel po' a realizzare la confezione, le avevano detto espressamente da Chiris a La Bocca. Perciò, dopo aver preso le boccette che aveva ritrovato in bagno si era subito messa al lavoro, e non voleva essere disturbata per nessun motivo. Quando però si presentò la moglie di Igor Stravinskij non ne restò infastidita; era strano che si fosse alzata dal letto per venire a farle visita.

Nonostante Ekaterina trascorresse la maggior parte del suo tempo chiusa in camera, aveva un aspetto decisamente migliore di quando Gabrielle l'aveva incontrata la prima volta. L'ex ballerina era una persona delicata, ma non sembrava più estremamente fragile come un anno prima. Era debole e aveva la pelle diafana, ma non più così pallida. I lunghi capelli raccolti in una treccia appuntata sulla testa erano persino lucidi. Certamente sia la buona cucina di Marie sia il riscaldamento avevano contribuito a far sì che la moglie di Stravinskij si riprendesse. A questo si aggiungevano le cure specialistiche di uno pneumologo, pagato da Gabrielle, che evidentemente stavano dando i loro frutti. Tuttavia, appariva visibilmente più vecchia di Gabrielle nonostante i due anni di differenza fra le due.

«Posso parlarle un attimo?»

Gabrielle radunò le bozze e le mise sul tavolo con la matita appoggiata sopra. Si sentiva a disagio. Ekaterina voleva forse parlare di Igor? I due erano cugini, si conoscevano da una vita. Lui aveva detto a Gabrielle di essersi confidato con la moglie. Veniva ora da lei a perorare la causa del marito? Gabrielle sapeva che non avrebbe mai dovuto lasciarsi coinvolgere in una relazione con il compositore. Tutto ciò che aveva a che fare con quell'uomo era semplicemente troppo impegnativo.

Con un sorriso bonario si apprestò ad adempiere ai suoi doveri di padrona di casa. «Venga a sedersi. Desidera un tè?»

«Non volevo disturbarla...» Ekaterina si torceva le mani imbarazzata.

«Se è per questo, lo ha già fatto. Godiamoci almeno il momento.»

«Sì, ecco...» Senza portare a termine la frase, Ekaterina si accomodò sul bordo di una poltrona. Gabrielle prese il campanello dal tavolo davanti al divano e chiamò Joseph. Ordinò un'altra tazza di tè e dei tramezzini per Ekaterina, che però non aveva detto di gradire qualcosa. Quando il domestico se ne fu andato dalla stanza, Gabrielle si mise le mani in grembo in segno di condiscendenza. Era fin troppo evidente che avrebbero affrontato un argomento difficile.

«Sono felice che sia qui a farmi compagnia» asserì con uno sguardo furtivo e malinconico ai suoi disegni.

Ekaterina indugiò, poi disse di getto: «Mi preme che lei sappia direttamente da me e non da qualcun altro dei cambiamenti che mi riguardano. In realtà toccherebbe a Monsieur Stravinskij parlarle, ma non vi siete incrociati per poco. È partito ieri per Parigi». Parlare la affaticava. Aveva il respiro affannato.

«È davvero un gran peccato» ammise Gabrielle, sebbene preferisse rimandare ancora per un po' quell'incontro. «Di sicuro si presenterà presto un'altra occasione per... un chiarimento.»

«Ma naturalmente. Ci sarà di sicuro.» La moglie di Igor si portò una mano alla bocca e tossì. Si vedeva chiaramente che Ekaterina era molto agitata, e quando Joseph portò un vassoio con una tazza di tè e un piatto colmo di altri tramezzini Gabrielle ne capì il motivo.

Era fermamente convinta che il timore della povera donna fosse quello di perdere il proprio diritto ad alloggiare in quella casa. Come se Gabrielle volesse mettere alla porta lei e i suoi figli perché aveva ormai sostituito Igor Stravinskij con un altro uomo.

Con un cenno della mano Gabrielle fece allontanare il domestico e si sporse in avanti a versare il tè alla sua ospite. Aspettò che Ekaterina desse voce alle sue preoccupazioni, ma non successe nulla.

Qualche istante dopo Gabrielle cominciò a dire: «Lei è e rimane per me un'ospite gradita, Ekaterina».

«Cosa?» La guardò sbigottita.

«Lungi da me il volerla mandar via di casa solo perché...»

«Oh no!» esclamò atterrita Ekaterina. Parlava gesticolando in modo convulso, e per poco non versò il tè, da quanto era agitata. «No, no, no. Non mi sognerei mai di attribuirle un'azione tanto vile. Nessuno mai prima di lei è stato così generoso con noi da quando abbiamo dovuto abbandonare la Russia.»

Confusa dal suo errore d'interpretazione Gabrielle attese in silenzio.

«Monsieur Stravinskij... Igor... È innamorato di un'altra donna!»

Dopo questa dichiarazione Ekaterina perse vigore, come se avesse esaurito tutte le energie tenute in serbo per quel momento.

Gabrielle restò di stucco. Quella novità la colse del tutto impreparata. Si era aspettata che dopo la fine della loro relazione Igor Stravinskij tornasse dalla moglie. Dopo tutto era un padre di famiglia, nessuno lo aveva mai dubitato. Il fatto che si fosse subito trovato una nuova amante la disturbava enormemente. Lo percepì come un tradimento, non nei suoi confronti, ma nei confronti di Ekaterina, dei suoi figli – e in fin dei conti anche della sua ospitalità. Si aspettava forse che avrebbe accolto in casa un'altra persona? La meraviglia iniziale si trasformò progressivamente in rabbia.

In salotto regnava un silenzio opprimente. Si sentiva solo il lieve tintinnio della porcellana, il respiro concitato di Ekaterina, il latrato dei cani proveniente da qualche altra stanza della casa, il ticchettio dell'orologio sul camino. Gabrielle, che apprezzava molto l'eleganza del silenzio, avvertì in quella tranquillità una tensione opprimente.

Cominciò a spazientirsi.

«Di chi si tratta?» chiese infine. «È una signora che conosco?»

Le guance pallide di Ekaterina avvamparono. «Credo che vi siate già incontrate. Monsieur Stravinskij si è innamorato di Vera, la moglie di Sergej Sudeikin. Vuole che lei divorzi.» Pronunciò queste ultime parole con un fil di voce. Alla fine bevve un po' del suo tè per alleviare la raucedine. Poi aggiunse: «Madame Sudeikina ha fatto le carte a Igor. Dice che le carte non mentono. Ne sono convinta anch'io. E secondo il responso loro due sono fatti per stare insieme – finché morte non li separi».

«Le carte non mentono» mormorò Gabrielle turbata. Era sempre stata superstiziosa, ma in questo caso non pensava si trattasse di poteri soprannaturali. Temeva piuttosto che Vera Sudeikina avesse barato. Era probabile che, dopo aver ceduto al fascino del compositore, cercasse di tenerlo legato a sé con ogni mezzo. E Gabrielle conosceva Stravinskij abbastanza bene da sapere che ci era cascato. D'altronde una donna piena di vita era per lui una compagna di gran lunga migliore di Ekaterina, costretta a letto per la maggior parte del tempo. Coco aveva incontrato Vera Sudeikina una o due volte da Djagilev; una bella donna, una che capiva l'indole russa... ma che sembrava sapere esattamente quel che voleva.

«Forse invece le carte mentono» constatò di colpo Gabrielle. «Non ci si dovrebbe mai affidare a un solo parere.»

Un sorriso aggraziato illuminò il volto di Ekaterina. «Monsieur Stravinskij è follemente innamorato dell'idea di vivere tutti insieme...»

«Oh!»

Senza tener conto dell'osservazione di Gabrielle, la moglie di Stravinskij proseguì: «Non può stare senza i suoi figli. Ed è onesto con me. Non intende lasciarmi».

Almeno questo, pensò Gabrielle con stizza. Mentre ipotizzava dove avrebbe potuto alloggiare Vera Sudeikina, riflettendo se era opportuno appoggiare quel *ménage à trois*, Ekaterina continuò a parlare. Ma Gabrielle era fin troppo presa dai suoi pensieri per dare ascolto a quel monologo recitato con voce ansimante. Iniziò a prestarvi attenzione solo quando fu colpita dal nome di un posto a lei noto.

«Cosa diceva di Biarritz?» le sfuggì.

Ekaterina la guardò irritata. «Posso avere dell'altro tè?» In quel momento la sua voce suonò ancora più rauca.

«Mi sono distratta. Mi scusi.» Gabrielle si affrettò a versarle dell'altro tè.

Ekaterina ne bevve avidamente un sorso. Poi spiegò in modo chiaro e con tono deciso: «Monsieur Stravinskij vorrebbe che ci trasferissimo tutti a Biarritz. Dice che il clima lì sarebbe un vero toccasana per i miei polmoni».

«*Trasferirvi*?»

«Igor vuole trovare una casa per i bambini, per me e per la sua nuova compagna sulla costa atlantica. Lo capisce, vero? È un uomo che ci tiene alla famiglia.»

Che sorpresa. Evidentemente in sua assenza ne erano successe di cose, pensò Gabrielle. Il suo ex amante faceva piani con un'altra, e sua moglie accettava senza sollevare obiezioni. Sembrava un quadro idilliaco che ben si adattava alle esigenze di Gabrielle. Tuttavia faceva fatica a mantenere il controllo. In effetti era positivo che Ekaterina l'avesse informata dei cambiamenti. Fosse stata Misia, non le avrebbe creduto. Avrebbe dubitato persino delle parole di Stravinskij, attribuendole all'entusiasmo cieco di un uomo innamorato. Raccontata da Ekaterina la storia assumeva tutt'altro aspetto.

Gabrielle si sporse in avanti e prese le mani fredde di Ekaterina fra le sue. «La ringrazio della sua franchezza e le auguro ogni bene per il futuro. Ci sarò per lei, Ekaterina, ogni volta che ne avrà bisogno. Può contarci.»

«Ci sarebbe qualcos'altro...» Ekaterina abbassò gli occhi per la vergogna.

«Sì?»

«L'assegno...» d'un tratto la ferma speranza sul volto di Ekaterina fece posto alla disperazione. «So che ogni mese stacca un assegno a Monsieur Stravinskij. Le sarebbe possibile continuare a garantirgli quest'entrata? Intendo dire anche dopo il nostro trasferimento a Biarritz.»

Gabrielle sorrise. «Non sono attaccata al denaro – e ne ho molto. Non si preoccupi, non mi dimenticherò né di lei né di Igor.»

Con grande sgomento di Gabrielle, Ekaterina si alzò di scatto e si gettò ai suoi piedi.

16

Che il fratello continuasse tranquillamente le sue avventure amorose nella Francia del sud, mentre in Russia si andava profilando una nuova rivoluzione, era per Marija Pavlovna Romanova un fatto del tutto inconcepibile. Nei circoli degli immigrati fra Londra e Berlino non si parlava d'altro: a tener banco erano le notizie di insurrezioni che si susseguivano incessantemente da febbraio. Carestie e malcontento per il governo dei bolscevichi avevano portato agli scioperi dei lavoratori e alla ribellione dei marinai nella base navale di Kronstadt, nella baia di Pietrogrado. Il popolo rivendicava nuove elezioni, libertà di parola e di stampa, l'eliminazione dei privilegi dei membri di partito, uguaglianza nella distribuzione dei generi alimentari, la possibilità per gli operai di fondare aziende in proprio, e per i contadini libertà di disporre della propria terra.

Nonostante la ribellione dei marinai venisse repressa nel sangue dall'Armata rossa, la speranza di poter finalmente tornare in Russia aveva travolto i profughi a Parigi come un fiume in piena, trascinando con sé persino i più scettici. Si parlava di un ritorno al potere dei Romanov in una Russia democratico-parlamentare improntata sul modello della monarchia britannica. Era quello per Dmitrij il momento di far valere i propri diritti. Ma lui era in viaggio con Coco Chanel, e i suoi sostenitori dovettero pazientare fino al suo rientro a Parigi.

Se c'era una cosa che Marija detestava era l'inerzia. Il letargo dell'ex marito era stato il motivo per cui otto anni prima aveva sfiorato lo scandalo divorziando dal principe Guglielmo di Svezia. In cambio di una vita libera e indipendente si era persino rassegnata alla separazione dal figlio Lennart, allora di soli quattro anni. Non era da lei starsene con le mani in mano come tante altre principesse. A Stoccolma ottenne dal suocero, il re di Svezia, il permesso di frequentare la scuola di arti decorative, dove si specializzò in disegno e imparò tutto quello che c'era da sapere sulla fotografia. Quando, dopo il rientro in patria alla corte degli zar, scoppiò la Grande Guerra, andò al fronte come infermiera volontaria. Nonostante non poche brutte esperienze continuò a credere ciecamente nell'amore; alla vigilia della rivoluzione di ottobre sposò il principe Sergej Michajlovič Putiatin. Ma ebbe sfortuna anche con questo matrimonio, anche se già dall'inizio non si era fatta grandi illusioni. Dette alla luce un figlio, ma nella fuga da Bucarest fu costretta a lasciarlo ai suoceri. Il piccolo morì poco dopo. Con il marito si rifugiò prima a Londra, poi a Parigi. Ma Sergej era incapace di adattarsi alla realtà e guadagnarsi uno stipendio. Così Marija fu costretta a vendere i suoi gioielli per sopravvivere; cuciva e ricamava, e ogni tanto qualcuno le comprava qualcosa. Non guadagnava granché, ma nonostante tutto il dinamismo che la contraddistingueva restò la sua carta vincente.

Dmitrij si fece vivo a Parigi per la festa del suo trentunesimo compleanno insieme a pochi amici russi, ma in quella occasione non riuscirono a parlargli in privato. Marija doveva vederlo urgentemente per informarlo che non era il solo in lizza per diventare il nuovo zar; c'erano anche il cugino Kirill Vladimirovič e lo zio Nikolaj Nikolaevič. Era convinta che lui non ne sapesse ancora nulla, perché la cerchia di artisti francesi di cui si circondava negli ultimi tempi non ne aveva sicuramente la minima idea – o semplicemente non si interessava di politica. Il gruppo più conservativo dei russi all'estero puntava su Kirill, una scelta da attribuire sicuramente alla leggendaria ambizione della madre defunta; nel frattempo gli esuli più progressisti volevano Dmitrij sul trono. Per Marija non c'era dubbio che il fratello si sarebbe subito messo in contatto con i suoi sostenitori per manifestare l'intenzione di salire sul trono.

In una Parigi finalmente primaverile Marija si guardava intorno in cerca di un taxi per recarsi all'appuntamento con Dmitrij al Ritz. Sapeva bene di assomigliare più a una contadina che a una granduchessa: non aveva mai imparato ad appuntarsi i capelli in modo che le donassero o a vestirsi con stile. Dalla sua fuga da Pietrogrado, dovendo fare a meno di una cameriera, non dava più molta importanza al suo aspetto, non si guardava neanche più allo specchio: considerava il suo guardaroba e la sua acconciatura una necessità ingombrante che non poteva evitare. Ma era assolutamente consapevole che negli ambienti nobili la sua mancanza di vanità era tuttavia fuori luogo.

Comunque il suo aspetto scoraggiava i tassisti parigini che, nonostante il suo affannarsi per far cenno che si fermassero, tiravano dritto con un'alzata di spalle. A quanto pareva non la ritenevano in grado di pagarsi la corsa. Se solo avessero saputo quanti soldi aveva!

Portava in borsa le perle della nonna. Marija avrebbe potuto impossessarsi di nascosto delle lunghe collane della zarina Marija Alexandrovna, belle da togliere il fiato, portandole fuori dal paese, come i suoi gioielli; ma al contrario di quanto aveva già fatto con i gioielli personali, finora aveva evitato di impegnare la sua preziosa eredità per ricavarne soldi. Adesso, però, riteneva che fosse giunta l'ora di consegnare le perle dei

Romanov al futuro zar. Dmitrij potrebbe aver avuto bisogno di quei fili preziosi per finanziare le sue pretese al trono.

Alla fine una macchina accostò.

«Dove va, nonnina?» domandò un tassista con inequivocabile accento slavo.

L'appellativo con cui le si rivolse la fece inorridire. Quando disse dove voleva andare, mise nel tono di voce tutta la sua superiorità imperiale: «Mi porti all'Hotel Ritz a Place Vendôme».

«*Bosche moj!*» L'autista, che fino a quel momento aveva dato le spalle a Marija, si voltò verso di lei. «Mio Dio!» Si fece il segno della croce alla maniera ortodossa. «Altezza imperiale, è un vero piacere per me accompagnarla.»

«Molte grazie» replicò Marija. Poi, però, chiese: «Mi conosce?». Domanda superflua, a dire il vero. Perché se il russo l'aveva riconosciuta persino dallo specchietto retrovisore e con quell'abbigliamento modesto, in passato dovevano essersi incontrati di persona.

«Oh sì. In occasione di un ballo al Palazzo di Alessandro. Ho avuto persino l'onore di ballare con lei. E poi ci siamo rivisti diverse volte all'ospedale militare a Pskov. Le devo la vita.»

Non ricordando il volto affabile e rugoso dell'uomo, Marija si sentì in imbarazzo. Per non deluderlo, però, annuì lo stesso.

Lui capì che non l'aveva riconosciuto. «Sono il principe Paul Nikolaevič Soljaschin» si presentò. «Certo, a guardarmi oggi non lo si direbbe affatto.»

Neanche a guardare me si direbbe che sono una granduchessa, pensò Marija. In un attimo ebbe un'illuminazione. Si rivide davanti un affascinante, giovane eroe. Era triste constatare come l'esilio avesse invecchiato quel suo compatriota. Le venne spontaneo fare confronti con suo fratello, il cui fascino era rimasto immutato. «Sì» confermò con delicatezza «mi ricordo di lei, principe Soljaschin. Ma adesso dovrebbe partire, altrimenti arriverò tardi al mio appuntamento.»

Quando lui schiacciò il piede sull'acceleratore, si domandò che mancia dovesse dare a un nobile del suo stesso ceto. Del suo *vecchio* ceto.

17

Quando si venne a sapere che Gabrielle era di nuovo a Parigi, Misia fu naturalmente la prima a farle visita. L'amica si presentò – come sempre senza preavviso – nel suo atelier. Non fece commenti sul fatto di essersi immischiata nella vita privata di Gabrielle. Si comportò come se il telegramma a Stravinskij non fosse mai esistito. E Gabrielle le fece il favore di stendere un velo pietoso sulla vicenda. E comunque Misia avrebbe negato ogni suo possibile coinvolgimento nell'intrigo; Gabrielle non aveva dubbi. Affrontare l'argomento sarebbe stata una perdita di tempo. La abbracciò con fare affettuoso, come se niente fosse.

«Voglio sapere tutti i particolari» disse Misia con voce flautata, gettando con elegante disinvoltura il cappotto sullo schienale della poltrona. «Devi raccontarmi tutto sul tuo viaggio e sul tuo granduca.»

«Accomodati pure» disse Gabrielle con un sorriso compiaciuto; Misia però si era già seduta.

«Come sta Dmitrij Pavlovič?»

Gabrielle si sedette sul divano accanto all'amica e si accese una sigaretta. «Spero stia bene.» Ogni parola che usciva dalla sua bocca era accompagnata da una nuvoletta di fumo. «È andato a Berlino per un incontro con gli ex militari di alto rango. Non ho idea del perché i militari russi siano tutti in esilio in Germania, ma è lì che già da settimane discutono di una nuova situazione in Russia.»

«Ciò vuol dire che Dmitrij avanzerà pretese sul trono?» Misia iniziò a respirare con affanno per l'agitazione.

«Sì, certo.»

Misia batté le mani. «Dio mio, se penso che ti ho aiutata nella scelta di quella discreta collezione di cravatte di seta da Hermès! Cravatte per lo zar – sarebbe un titolo originale per le mie memorie.»

«Che idee ti vengono, Misia» Gabrielle rise, perdonando ancora una volta l'amica per il suo intrigo. «Mi sei mancata.»

«Sei settimane di vacanza. Dovevi essere impazzita. Non ti sei annoiata a morte?»

«Nient'affatto.» La risata di Gabrielle sfumò in un sorriso silenzioso. Ci ripensò un istante, poi ripeté: «No, per niente. È un vero piacere viaggiare con Dmitrij. Andiamo molto d'accordo. In un certo senso ci completiamo. È un amico meraviglioso».

«Niente di più?» Misia sembrava delusa. «Volevo sentire il tuo parere su cosa indossare alla sua incoronazione. Che poi ovviamente sarebbe anche *la tua* incoronazione. Ti ha già fatto la proposta?»

«Finiscila con queste sciocchezze!»

«Dunque non ti ha ancora chiesto di sposarlo» constatò Misia. «Be', dovrebbe. Una donna come te non si è mai vista al Palazzo d'Inverno, Coco. Ti divertirai da morire.»

La partenza di Dmitrij per Berlino era stata talmente precipitosa che Gabrielle non aveva avuto ancora il tempo di riflettere su cosa avrebbero innescato le sue conferenze. Cosa sarebbe successo se fosse diventato il successore dello sfortunato zar Nicola II? Certo, ogni tanto aveva sognato di diventare sua moglie, ma quei sogni non erano forse legati alla leggerezza dell'atmosfera romantica che si era creata nel sud della Francia? A Parigi, immersa nella routine del quotidiano, la sua posizione sembrava essersi risistemata da sé. Nel frattempo Gabrielle non si aspettava niente da Dmitrij, men che meno una proposta di matrimonio.

«Staremo a vedere con quali novità tornerà da Berlino» disse Gabrielle nel tentativo di smorzare i facili entusiasmi dell'amica. «È partito così di fretta, sai, non è l'unico aspirante al trono. Un cugino ambizioso di nome Kirill sembra mettergli i bastoni fra le ruote, e lui vive nell'ex impero germanico. Kirill è sposato con una principessa di Sassonia-Coburgo e Gotha, i due sono fuggiti con i figli dai bolscevichi e sono andati dai suoceri a Coburgo. Non è così distante da Berlino come Dmitrij.»

«Da quando era stato ucciso lo zar, mia zia Marija Pavlovna non parlava d'altro, come se il figlio maggiore dovesse succedergli al trono» spiegò Dmitrij, seduto accanto a Gabrielle sul sedile posteriore di un'auto. Un autista li stava accompagnando alla Gare du Nord, dove Dmitrij avrebbe preso il treno per Berlino, e Gabrielle lo avrebbe salutato con una toccante scena d'addio. «Da poco Kirill si è persino schierato coi Rossi. È sicuramente deplorevole che zia Marija non sia al corrente degli ultimi sviluppi. Ne sarebbe felicissima, certo è che mi avrebbe reso la vita ancora più difficile, più di quanto non lo sia già anche solo pensando a lei.»

Quel nome accese qualcosa nella mente di Gabrielle. «Marija Pavlovna?» ripeté sovrappensiero. «Intendi dire la granduchessa che aveva un legame profondo con Djagilev?»

«Sì, gli regalò il suo fazzoletto profumato.» Dmitrij sorrise nonostante la tensione da cui era chiaramente gravato. «Parlammo di lei quella volta a Venezia. È grazie a mia zia che hai conosciuto indirettamente il profumo Bouquet de Catherine.»

«I legami di parentela dei Romanov sono drammaticamente complicati» disse Misia ridacchiando. «Tutti quegli intrighi e quelle *mésalliance*. Il nostro amico Marcel Proust dovrebbe scriverci un romanzo, ammesso che trovi prima o poi il tempo perduto.» Si divertì un mondo per la battuta sul romanzo dello scrittore che da anni lo pubblicava in parti senza averlo ancora concluso.

«Le storie dell'antica Russia affascinano anche me. Sto persino prendendo in considerazione l'idea di ispirarmi alla cultura slava per la mia prossima collezione. Camicie da cosacco, ricami, cose del genere.»

«Niente nappe, però, ti prego» si oppose Misia con un gesto sprezzante della mano. «Non riesco assolutamente a concepire come tu voglia presentare questo tipo di folklore; ma ne avevi già parlato, e d'accordo, mi lascerò stupire. Manca ancora un anno alla tua prossima collezione. Chissà cosa succederà di qui ad allora. Innanzitutto volevi incontrare il profumiere dei Romanov a Cannes, se ben ricordo. Hai fatto progressi per quanto riguarda l'Eau de Chanel?»

«Oh sì!» Gabrielle spense il mozzicone di sigaretta in un posacenere e si alzò per andare alla scrivania.

Aprì un piccolo scrigno e ne tirò fuori una fiala chiusa con un tappo di sughero in cui brillava un liquido giallo oro. Quando osservò l'oggetto prezioso, i suoi occhi marroni luccicarono come stelle in cielo. Girò leggermente a destra e a sinistra la provetta di vetro prima di portarla a Misia e aprirla. Il suo aroma dolcemente speziato si diffuse subito.

«*Mon dieu!*» si lasciò sfuggire Misia. «Che profumo! Coco, è semplicemente *divino*!»

Gabrielle annuì orgogliosa. Mise una goccia di essenza sul polso di Misia. Poi appoggiò il naso sulla boccetta odorando la mistura di ottanta ingredienti diversi. Non importava quante volte ripetesse questa prova; scopriva sempre una sfumatura nuova. Era come un interminabile incontro dei sensi con la perfezione assoluta.

«Posso presentartelo?» disse trionfante. «Chanel N° 5.»

«Un numero come nome?» chiese Misia farfugliando con il polso premuto sul naso pur di sentire tutte le note olfattive che quella goccia di profumo andava sprigionando. «Perché no?» Sembrò condividere la decisione di Gabrielle. «Piuttosto, non vorrai vendere questo meraviglioso profumo in quel recipiente da laboratorio, no? Manca di romanticismo. Per non parlare dell'eleganza.»

«Certo che no» la rassicurò Gabrielle. Richiuse la fiala col tappo per poi riporla al sicuro nel suo piccolo scrigno. «I miei schizzi per il flacone si ispirano a una boccetta che ho trovato nel nécessaire da viaggio di Boy. Alla manifattura di porcellane Brosse ci stanno già lavorando.» L'aveva presa dalla pochette che lui teneva in bagno.

Nel frattempo Misia le si era accostata da dietro lanciando un'occhiata curiosa. «Che strana!» disse commentando la bottiglia squadrata con il tappo stondato. «Molto semplice ed elegante. In questo modo il flacone si distinguerà fra tutti gli altri. Le confezioni di profumo e cosmetici sono ancora in stile liberty. Un'idea eccezionale, Coco. Vai sempre controcorrente. Ma è il tuo marchio.»

«François Coty ha detto che un profumo non va solo annusato ma anche visto. Lui è un maestro. Senz'altro il mio mentore.»

«Affiderai la produzione al Napoleone dell'industria cosmetica?»

«No. Anche volendo, non potrei. Ernest Beaux, il mio profumiere, ha lavorato a Mosca per Rallet e ora è stato assunto da

Chiris come direttore tecnico. A esser sincera, per quelle che sono le mie esigenze, preferisco di gran lunga una piccola impresa. Non ci sarà una produzione tale di Chanel N° 5 da dover richiedere una fabbrica come quella di Coty.»

«Decisione molto saggia.» Misia fece un cenno di assenso. «Prima o poi l'affascinante François ti avrebbe privato di ogni autonomia. Coty è un despota, non lo si può definire altrimenti. Certo, è un dittatore gentile e scaltro, gli va riconosciuto. Dovresti far tesoro di tutti i suoi consigli.»

«È quel che intendo fare.»

Misia abbassò la testa: «E per la confezione? Questa bella boccetta ha bisogno di una scatola di cartone e di una scritta».

«Non ho idee, per il momento. Ad ogni modo non voglio sulla confezione fanciulle con la boccetta di profumo in mano.»

«Dovrai affrettarti a buttar giù uno schizzo. Produrre la confezione e la boccetta richiederà un bel po' di tempo.»

«Lo so» sospirò Gabrielle. Ripose il flaconcino nello scrigno e richiuse lentamente il coperchio.

Quando ebbe le mani di nuovo libere, prese subito le sigarette e l'accendino. Offrì a Misia, ma lei scosse la testa, tenendosi ancora il polso sul naso. Dopo essersi accesa una sigaretta, Gabrielle ammise: «Purtroppo non mi viene in mente niente, e più mi lambicco il cervello, più resto a corto di idee».

«*Mmm*» fece Misia, chiudendo gli occhi e annusando il profumo. «Quali fiori ci sono nella tua Eau de Chanel – pardon, Chanel N° 5?»

«Gelsomino…» iniziò Gabrielle; Misia però la interruppe prima che potesse andare avanti con il suo elenco: «Perfetto! Fiori bianchi. Ci vuole assolutamente una scatola bianca. E una scritta nera…»

«Bianco. Nero. Sì, sono i miei colori.»

«Esatto. Coco, questa combinazione riflette il tuo stile. Altrimenti perché avresti fatto dipingere la tua casa di bianco e le imposte di nero?»

«Nero su bianco» ripeté Gabrielle sovrappensiero. «È interessante. François Coty mi ha sempre fatto notare che un profumo deve sedurre...»

«Oh, lo farà di certo» la rassicurò Misia.

«Si riferiva anche alla confezione, mia cara.» Gabrielle si fece pensosa. «Nero su bianco. Non ne sono sicura, tuttavia... Sì, potrebbe andare. Ovviamente il pacchetto non deve assomigliare a una scatola di medicinali. Ma con un materiale pregiato e un marchio elegante diventerà perfetto» sorrise a Misia in mezzo al fumo della sigaretta. «E la perfezione è l'unica cosa di cui ci si può accontentare. Un'altra massima del nostro amico.»

«Chanel N° 5, Coco Chanel, Chanel N° 5...» non faceva altro che ripetere Misia fra sé e sé. All'improvviso alzò lo sguardo. «Hai ancora i vecchi documenti di Caterina de' Medici?»

«Naturalmente. Non è certo un libro che si dà in prestito e poi si dimentica.»

«Devi assolutamente riguardarlo. Credo di aver visto da qualche parte il monogramma della regina. Non so esattamente dove, ma mi sembra di ricordare il suo stemma tra quei fogli. Altrimenti dobbiamo programmare una visita al Louvre. O un viaggio ai castelli della Loira, dove lei ha vissuto. Lo troveremo di sicuro...»

«Misia!» esclamò Gabrielle arginando l'ondata di entusiasmo dell'amica. «Non capisco le tue intenzioni. Prima che mi decida a partire per un altro viaggio, dovrai spiegarmi meglio.»

«Parlo del monogramma di Caterina de' Medici. In francese la chiamiamo Catherine de Médicis, giusto? Il suo monogramma è una doppia C intrecciata. L'iniziale del suo nome. E quella del tuo nome.»

Gabrielle inarcò le sopracciglia stupita. «Ne sei sicura?»

«Quei vecchi scritti li tieni qui o a Garches?» Con un vago cenno della mano Gabrielle indicò in direzione di un armadio.

«Controlliamo subito.» Misia sogghignò come una che tramava chissà quale intrigo. «Se lì dentro troveremo il tuo logo, almeno sarà valsa la pena aver speso seimila franchi per dei fogli ingialliti.»

18

Mentre Parigi era inondata dal profumo della primavera, Gabrielle riusciva a malapena a staccarsi dalla scrivania. Andava così di rado a Bel Respiro che non vide neppure il lillà completamente fiorito. Nemmeno partecipò, se non di sfuggita, ai festeggiamenti per il centenario della morte di Napoleone.

Doveva elaborare e rivedere gli ordini dell'attuale collezione, mostrata il cinque maggio nelle sue stanze a Rue Cambon. C'erano clienti che arrivavano e venivano, fornitori che portavano stoffe che poi i fattorini consegnavano insieme ai cartamodelli alle sarte reclutate da Gabrielle nei dintorni di Parigi. Era un viavai continuo, ogni donna voleva sfoggiare bei vestiti per le vacanze estive ed essere osservata alle ultime prime della stagione teatrale.

Gabrielle pensava a cosa sarebbe accaduto se tutte queste donne avessero usato lo Chanel N° 5 e un'unica nuvola di profumo si fosse riversata sulla città come una calotta di gelsomino, rose e ylang-ylang. Finalmente terminò i suoi progetti: trattò con i fabbricanti di materiali cartonati – che difficoltà per intendersi! – e le tipografie; e infine spedì all'amministrazione di Chiris un telegramma dal tono nervoso con la richiesta di avvio della produzione. La sua giornata procedeva come un meccanismo che si ripeteva sempre uguale fino allo sfinimento, e a volte si chiedeva se non sarebbe stato meglio affidare a François Coty la produzione del suo profumo, invece di fare quasi tutto da sola.

Dmitrij la circondava di premure, ma era pieno anche lui di impegni che non gli lasciavano molto tempo libero. Quando cenavano al ristorante del Ritz o nella suite di Gabrielle, prima di andare a letto lui le raccontava tutto ciò che aveva saputo agli incontri con gli altri esuli: «Dalla patria giungono voci sempre più insistenti su una siccità disastrosa che farà seguito al rigido inverno. Sembra verranno colpiti in particolare i granai sul Volga e nel sud della Russia. La carestia, dunque, non si ferma. Siamo tutti disperati e preghiamo per i nostri fratelli e le nostre sorelle».

«Non è che avrai più *chances* di tornare in patria se le condizioni di vita del tuo popolo peggioreranno?»

«Dipende dalla possibile reazione dell'opinione pubblica mondiale. Venti milioni di persone stanno morendo di fame. Le riforme economiche introdotte da Lenin non hanno minimamente migliorato la situazione. Se le mie informazioni sono corrette, non gli rimane nient'altro che chiedere aiuti internazionali per la cosiddetta repubblica dei Soviet. Sembra non esistano altri mezzi per far fronte all'emergenza. Se gli Stati Uniti, l'Impero britannico e la Francia dessero il loro appoggio alla creazione di condizioni politiche favorevoli al ritorno della famiglia degli zar, la strada sarebbe percorribile. Non mi piace, però, che il mio destino si decida sulla pelle degli operai e dei contadini.»

Gabrielle tagliava il pollo arrosto nel piatto. Non sapeva immaginarsi il futuro di Dmitrij, né il suo. L'idea che potesse effettivamente rientrare in patria da zar all'improvviso le fece paura.

Come se riuscisse a leggerle nel pensiero, le disse: «La successione al trono non è ancora cosa certa, Coco. I sostenitori di Kirill Vladimirovič ritengono che la Corona e i comunisti dovrebbero governare fianco a fianco. Io sono a favore di una monarchia parlamentare come in Inghilterra e sarò appoggiato da un altro gruppo. Poi c'è anche la vecchia assemblea russa degli Stati generali, la cosiddetta Zemskij Sobor, che favoreggia nostro zio Nikolaj Nikolaevič. I partiti sono divisi, il che non depone a favore dell'intera vicenda».

«Passerà dunque ancora del tempo prima che venga presa una decisione» sintetizzò Gabrielle.

«È probabile.»

Ne fu sollevata. Lo status quo sarebbe perdurato ancora un po'. Senza rifletterci troppo, Gabrielle disse: «Forse ti sarà d'aiuto se inserisco qualche elemento slavo nella mia prossima collezione. Ricordi che ci pensavo già in Costa Azzurra?». Era convinta di fargli un favore a mostrare interesse per la sua cultura, e inoltre voleva dare un segnale: l'amante del futuro zar lanciava la moda del folklore russo. «Dovrei mettermi al lavoro quanto prima ed elaborare idee concrete. Devo solo trovare qualcuno che si occupi dei ricami.»

«Lo hai già trovato» replicò Dmitrij con entusiasmo spontaneo. «Marija, mia sorella, ha le mani d'oro. È proprio quel che ci vuole per concretizzare le tue idee.»

Gabrielle ricordò che Dmitrij aveva accennato più volte alle abilità artistiche della sorella. Ma finora non se l'era sentita di affidare alla granduchessa un incarico di collaborazione con l'atelier Chanel. Come avrebbe reagito Dmitrij, se i lavori di Marija non fossero risultati così eccezionali come lui sosteneva? Un fratello – e per giunta un uomo – probabilmente non era in grado di giudicare il suo operato con la dovuta obiettività.

Mentre rifletteva su come distoglierlo da quell'idea, lui esclamò: «È ora che tu conosca Marija! Organizzerò un incontro nei prossimi giorni».

Gabrielle annuì senza sollevare obiezioni. Contraddirlo sarebbe stato del tutto inutile.

Quando Marija Pavlovna varcò per la prima volta la soglia del suo negozio, Gabrielle restò atterrita. Ricordava vagamente una giovane contadina di ritorno dai campi più che una principessa, ma c'era di peggio: nell'ambiente elegante di Rue Cambon l'aspetto trasandato della sorella di Dmitrij risaltava ancora di più. Né il trucco o l'acconciatura, né l'abbigliamento rispecchiavano in alcun modo l'ideale contemporaneo della donna elegante.

Che Marija non fosse tuttavia indifferente né alla bellezza né alla moda, Gabrielle lo notò quando le fece visitare l'atelier. Alla granduchessa si illuminarono gli occhi osservando le creazioni finite; fece domande appropriate quando Gabrielle le presentò la sua collezione, e toccò i modelli sui manichini con un'ammirazione tale da non far minimamente dubitare a Gabrielle di aver a che fare con una donna di gusto. Anche se si vestiva e si acconciava i capelli in modo sconveniente, la sorella di Dmitrij le suscitò subito una gran simpatia.

Per prima cosa spiegò a Marija, davanti a una tazza di tè nel suo studio, che si era ispirata soprattutto alla *rubaschka*, quella semplice camicia spesso ricamata che in Russia indossavano da secoli. «So che queste camicie ampie e questi vestiti non sono esattamente quello che le mie clienti si aspettano da me; tuttavia non voglio assolutamente rinunciare all'esperimento» disse Gabrielle concludendo il suo monologo.

«La *rubaschka* invece si addice molto a lei e al suo stile» replicò Marija con zelo. «È un capo d'abbigliamento sobrio, austero. Sarà il tipo di ricamo decorativo scelto a evitare che risulti pacchiano o soffocante per chi lo indossa.»

Gabrielle sorrise. Le piaceva il richiamo alla sobria eleganza nelle sue collezioni. La sorella di Dmitrij aveva capito al volo di cosa si trattava. «Le sarebbe possibile farmi avere dei disegni? Gradirei vedere che tipo di ricami aveva in mente per le mie camicie. Le mostro subito gli schizzi per i modelli...» Si trattenne, esitante. Era il caso di entrare subito in confidenza, ora che si erano appena conosciute? Sapeva già quali erano i consigli che avrebbe voluto dare a Marija.

«L'educazione impartita alle figlie maggiori prevedeva di imparare a usare ago e filo» disse Marija incurante della domanda che lasciò cadere nel vuoto. «Da ragazzina non avrei mai immaginato che un giorno mi sarebbe servito molto di più dei libri che mi facevano leggere le mie governanti.»

Gabrielle guardò la sua ospite stupita. «Le piace leggere?»

«Eccome. Mademoiselle Hélène e Miss June mi hanno insegnato tutto sulla letteratura francese e inglese. Quella volta che andai in Svezia, mi portai in un baule più di settecento libri. La perdita della mia biblioteca è una delle cose più tristi che mi siano accadute.»

Gabrielle avrebbe voluto chiedere a Marija perché l'educazione di Dmitrij aveva seguito un percorso così diverso. Ma lasciò perdere, perché non voleva parlare del suo amante con la sorella. In fondo conosceva già la risposta. O almeno quella che credeva essere la risposta. Mentre Marija era cresciuta nel Palazzo di Alessandro, Dmitrij aveva vissuto in un istituto per cadetti. Lì si trasmettevano agli allievi valori militari, non certo culturali.

«Possiedo anch'io una collezione ragguardevole» disse Gabrielle indicando la libreria dietro di lei. «Se vuole, è libera di curiosare. O magari può venire a trovarci a Garches. Prenda pure i libri che le interessano.»

«È molto generoso da parte sua, Mademoiselle Chanel.»

«Coco. Per gli amici Coco.»

La sorella di Dmitrij si alzò dal divano per baciare Gabrielle sulle guance. «Mi piacerebbe essere sua amica, Coco» disse rimettendosi a sedere. «La ammiro molto. E lei mi chiami Marija.»

Gabrielle capì a stento le sue ultime parole perché abbracciandola sentì un profumo che non aveva notato prima. «Che profumo usa?» chiese immediatamente.

«Oh, non lo conosce? Si chiama Bouquet de Catherine e fu creato un tempo per la famiglia degli zar.»

«Mi sta dicendo che ne ha ancora un flacone originale?»

Marija annuì. Si capiva che era rimasta sorpresa dalla domanda di Gabrielle. «Sì. Con dentro poche gocce di profumo ormai. Lo metto solo in occasioni speciali. Le piace?»

Adesso è il mio profumo, avrebbe voluto dire Gabrielle, ma tacque. Ripensò divertita a quanta fatica aveva impiegato per trovare quella formula. Avrebbe potuto semplicemente chiedere alla sorella di Dmitrij…

«Sì» rispose infine. «Mi piace molto.»

«È uno dei pochi ricordi che mi restano del nostro vecchio mondo» ammise Marija, e dalla sua voce trapelarono quella tristezza e quella malinconia che Gabrielle aveva già conosciuto in Dmitrij. Si guardò addosso e aggiunse con fare schietto: «Come si può ben vedere, neanche dei beni materiali mi è rimasto granché».

Gabrielle decise in quell'istante di dire ciò che prima le era solo passato per la mente: «So tutto quello che ha perso, ma non dovrebbe darlo a vedere. Trovo sia un grave errore andarsene in giro come una profuga. Non suscita simpatia così. Al contrario, la gente non farà altro che evitarla».

Con enorme sorpresa di Gabrielle, Marija non sembrò offesa da quella osservazione. Fece persino un cenno di assenso dandole ragione. «Prima dipendevo in tutto e per tutto dai servizi della mia dama di corte. È stato così persino in guerra, quando in realtà non avevo certo il tempo di dedicarmi al mio aspetto. Adesso penso soltanto all'abbigliamento che realizzo per gli altri. Probabilmente ha ragione quando dice che non è questa la strada giusta.»

«Se vuole aver successo nella sua professione, il primo comandamento è vestirsi da persona facoltosa.»

«La ringrazio per il consiglio.»

Marija le era davvero grata. Gabrielle lo scorse nell'espressione sincera e senza malizia. Si rese conto, tuttavia, che la sorella di Dmitrij non aveva la più pallida idea di come mettere in pratica il suo suggerimento.

«La prossima volta, potremmo occuparci un po' del suo aspetto» propose. «Potrei insegnarle a vestirsi, a truccarsi e a valorizzare al meglio la sua persona. Persino una signora che non si è mai presa cura di sé può imparare a cavarsela senza dama di corte.»

Santo cielo, pensò, *ma cosa sto dicendo? Ho qui seduta davanti a me la nipote di uno zar e io, la figlia di un venditore ambulante, le dico cosa fare e non fare. Ma evidentemente qualcuno dovrà pur dirglielo.*

«Non mi faccia troppe promesse» disse Marija interrompendo il flusso dei suoi pensieri. «Potrei anche prenderla in parola e venir qui a trovarla tutti i giorni.»

«È la benvenuta. Mi porti però le bozze dei ricami.»

Le due donne si guardarono negli occhi e scoppiarono entrambe in una sonora risata. *Ha un discreto senso dell'umorismo*, pensò Gabrielle soddisfatta. Povera Misia! Non avrebbe affatto gradito la concorrenza.

19

«Non riesco proprio a capire come faccia uno svedese a entusiasmarsi tanto per uno spettacolo simile» sussurrò Gabrielle indicando il palco.

Evidentemente seccato, Dmitrij distolse lo sguardo dalla stravagante rappresentazione. Ballerini in sgargianti costumi aderenti si muovevano in una scenografia dai colori vistosi, allungandosi, saltando, gettandosi a terra, unendosi gli uni agli altri sulle note eccentriche e dissonanti di sei giovani compositori che si facevano chiamare "Le Groupe des Six". Il libretto di Jean Cocteau conferiva ancora un'aura poetica alla singolare spettacolarità del balletto. Dmitrij la guardò sorpreso.

«Il mecenate della compagnia è un industriale svedese» bisbigliò Gabrielle.

Dmitrij inarcò le sopracciglia con aria interrogativa.

«Marija dice che gli svedesi sono il popolo più noioso della Terra.»

Dmitrij accennò un sospiro. «Tu parli troppo con mia sorella.» Dopodiché tornò a concentrarsi sulla première. Gabrielle riuscì tuttavia a scorgere l'ombra di un sorriso sul suo volto.

Era combattuta fra l'approvazione e il disgusto, la lealtà e la franchezza. Da un anno il mecenate e collezionista d'arte svedese Rolf de Maré aveva dato vita a una compagnia di nome

"Les Ballets suédois" in concorrenza ai Ballets russes. Nella nuova compagnia avevano trovato lavoro molti ex collaboratori di Sergej Djagilev. All'inizio Gabrielle era sdegnata, ma alla fine restò piacevolmente colpita dallo spettacolo sul palco del Théâtre des Champs-Élysées. I ballerini, in massima parte svedesi e danesi, sprigionavano energia, e inoltre, il libretto del suo amico Jean Cocteau le sembrò nettamente superiore a quanto offerto dalla concorrenza di Djagilev. La commedia in un atto intitolata *Gli sposi della torre Eiffel* le piacque. In seguito, al momento degli applausi finali, non ebbe più dubbi.

Non era la prima volta che sperava di collaborare con una produzione del genere in qualità di costumista. Terminato lo spettacolo, mentre cercava Cocteau dietro le quinte per congratularsi con lui, quel desiderio si fece quasi incontenibile. Avvertì subito l'odore pungente di vernice, polvere, trucco da teatro, sudore, e il profumo molto più dolce della prima ballerina. Percepito in altre occasioni addirittura come nauseante, un simile odore le giunse adesso come una brezza fresca, vivificante, stimolante, ispiratrice.

«Coco!»

Jean Cocteau le fece un cenno. Era un uomo longilineo e incredibilmente attraente con quei folti capelli neri. Vestito sempre in modo impeccabile, quel giorno aveva un aspetto particolarmente fresco; Gabrielle era però convinta che l'esibizione gli avesse imperlato di sudore il colletto della camicia bianchissima, perfettamente stirata e inamidata. Era impegnato in una conversazione con Pablo Picasso, che al cospetto di Cocteau risultava piuttosto rozzo e rustico.

«*Chérie!*» Cocteau l'abbracciò.

Lei lo baciò sulle guance. «Complimenti vivissimi! È stato uno spettacolo magnifico.»

«Se le preme anche solo un minimo la sua amicizia con Sergej Djagilev, farebbe meglio a non dirlo in giro» commentò Picasso con voce stentorea. «Già me lo vedo nel suo albergo in trepida attesa di notizie di prima mano dalle sue spie sedute fra il pubblico. Ne resterà distrutto.»

Gabrielle gli puntò l'indice contro, minacciandolo in tono ironico. «Non si prenda gioco di Sergej. Perché non dovrebbe esserci spazio a Parigi per due compagnie di ballo ugualmente eccezionali? Anche di stilisti ce ne sono tanti – e di bravi pittori.»

«Ah sì? Dice?» Picasso scosse la testa. «Bè, se allude alle scenografie di stasera, devo ammettere che Irène Lagut ha fatto davvero un buon lavoro. Ovviamente avrebbe ottenuto risultati più brillanti, se solo mi avesse dato più ascolto.»

«Ce l'hai ancora con lei perché non ti ha sposato?» chiese Cocteau. «Pablo: è successo ben quattro anni fa. Oggi è da considerare quasi un'eternità.» Fece una risata innaturale.

«Se Irène avesse accettato la mia proposta di matrimonio, non sarei sposato con Olga.»

Cocteau si chinò verso Gabrielle e bisbigliò così ad alta voce che Picasso non poté non sentire: «Il matrimonio lo sta uccidendo».

«È qui Olga?» chiese gentilmente Gabrielle.

In modo ostentato cercò con gli occhi fra i tecnici di scena, gli artisti, i visitatori che si muovevano in mezzo alle scenografie, tra le custodie degli strumenti, i costumi dismessi, tra i fiori rapidamente appassiti e agli attrezzi. Nessuna traccia, però, della graziosa moglie di Picasso.

«È contento quando riesce a svignarsela.»

«Sciocchezze!» tuonò Picasso, evidentemente punto nel vivo dell'orgoglio maschile. Cambiando argomento, chiese: «E dov'è il suo principe, Mademoiselle Coco?».

Gabrielle gli fece il più smagliante dei sorrisi. «Dmitrij Pavlovič mi sta aspettando nel foyer.»

«*Mon dieu!* Questi innamorati russi sono così devoti. Non a caso li chiamano *Anima*.»

«Non dovresti giudicare gli altri basandoti su Olga» lo punzecchiò Cocteau. Prese Gabrielle per un braccio. «Vieni, mia cara, lasciamo il nostro amico infelice. I problemi coniugali degli altri sono così sfiancanti. Andiamo a salutare Georges Auric. La sua Ouverture non è semplicemente divina?» Così dicendo, la sospinse ancora di più tra la folla. Quando Picasso non poteva più sentirli ormai, proseguì a bassa voce: «In passato, Picasso adorava Irène Lagut. Dovevano sposarsi. Sapevi che Olga è riuscita a trascinarlo all'altare solo perché lei non lo ha più voluto? Non era mai successo, ragion per cui ha fatto poi la scelta sbagliata».

Quando Gabrielle guardò Picasso con la coda dell'occhio, vide avvicinarglisi Irène Lagut. La pittrice, oltre che bellissima, in un certo senso somigliava al suo ex insegnante e amante, il che la rendeva sicuramente piena di fascino.

Senza volerlo Gabrielle si domandò se Irène non sarebbe stata per Picasso una moglie migliore di Olga. Cocteau la riteneva evidentemente una verità inconfutabile. *La moglie di un genio non ha certo vita facile*, pensò Gabrielle. Sapeva che preferiva comportarsi con gli uomini in modo un po' più ossequioso di quanto non fosse in realtà nelle sue corde. Atteggiamento che poteva dar adito a conflitti, come lei stessa aveva sperimentato con Stravinskij. Pensò a Ekaterina Stravinska: russa come Olga, anche lei moglie di un genio – e prigioniera di un matrimonio infelice. *Forse ha qualcosa a che fare con la loro mentalità*, pensò. *Anime russe, per l'appunto.*

Si congratulò col compositore Georges Auric, ex compagno

di Irène Lagut, come venne a sapere da Cocteau, mentre ancora stava riflettendo su felicità e dolore nelle relazioni amorose. La presentarono agli altri membri dell'ensemble, ma lei continuava a pensare a Boy, che mai nessun altro uomo avrebbe sostituito. Nemmeno Dmitrij.

«*Mon ami*, ti prego, perdonami. Non vorrei far aspettare oltre Dmitrij» disse a Cocteau fra baci, abbracci e congratulazioni. «Ci vediamo dopo alla festa.»

«Ti accompagno nel foyer» ribatté subito Cocteau mettendole un braccio sulle spalle con fare possessivo.

«L'ensemble sentirà la tua mancanza, se tu...» iniziò a schermirsi lei, ma Cocteau non la fece neppure finire: «Aspetteranno. Ho bisogno di parlare con te di una cosa che non può più essere rimandata, e più tardi sicuramente non ci sarà occasione».

Attraverso corridoi affollati, illuminati da luci accecanti, la condusse risoluto nella sala del teatro, su cui era calato il silenzio. L'enorme semicerchio con quasi duemila posti a sedere rivestiti di velluto rosso, così vuoto assumeva un aspetto insolito. La luce d'emergenza era ancora accesa, ma il palco era già al buio. Aleggiava nell'aria una curiosa atmosfera di allegria, commiato, sollievo e desiderio ardente che Gabrielle riusciva quasi a toccare con mano e che ben rispecchiava il suo stato d'animo. Non capitava forse a molti spettatori di venire colti da una felicità velata di malinconia dopo una rappresentazione ben riuscita? La compagnia era rasserenata dall'aver offerto la miglior prestazione possibile, e si sperava soprattutto in una replica. Gabrielle ne fu profondamente colpita, quasi percepisse questo particolare clima da dietro le quinte.

«Hai tempo di leggere il mio prossimo lavoro?»

«Che domande!» Gabrielle rise. La sua voce riecheggiò in tutto il teatro, tanto che chiunque fosse stato lì a origliare l'avrebbe udita persino dai palchi più in alto. «Ovviamente mi prenderò il tempo, qualunque cosa abbia da fare.»

Considerò fra sé che non c'era davvero bisogno di disturbarsi tanto. Non era la prima volta che le dava da leggere un manoscritto chiedendole un suo parere. Tuttavia non glielo ricordò.

«Mi preme sapere cosa ne pensi del mio adattamento dell'*Antigone* di Sofocle.»

«Mi fa piacere, Jean. Ti prometto che leggerò ogni singola riga con la massima attenzione. Magari sarà la mia lettura estiva – o è troppo impegnativa per il mare?»

Sembrò stupito. «Hai intenzione di rimetterti in viaggio?»

«Perché no?» ribatté lei, a sua volta sorpresa.

«*Tout Paris* è in ferie a luglio e agosto. Da quando siamo tornati dalla Costa Azzurra io e Dmitrij abbiamo lavorato così tanto da meritarci qualche giorno di stacco.»

«Allora ci troviamo a Cannes e discutiamo di tutto lì!» Cocteau sembrava entusiasta all'idea.

«Purtroppo non sarà possibile. Ho affittato una casa ad Arcachon.»

Era stata una decisione spontanea, nata da un senso di solitudine. Con Dmitrij sempre in viaggio per questioni legate alla successione al trono russo era più il tempo che stavano lontani di quello che passavano insieme. Non la disturbava passare quasi tutte le sere da sola, ma nelle ultime settimane erano successe tante di quelle cose che ne avrebbe discusso volentieri con lui. Non perché avesse bisogno dei suoi consigli; era abituata a prendere in autonomia e con grande risolutezza ogni decisione di lavoro. Ma era bello condividere con Dmitrij ciò di cui si stava occupando. Voleva semplicemente parlare, confrontarsi. Voleva raccontargli di come prendevano forma il lancio del suo profumo e la sua collezione russa, di quanto fossero incredibili gli schizzi di Marija, che aveva già ricevuto un primo ordine per una camicia da ricamare. Gabrielle voleva condividere con Dmitrij qualcosa più del letto. Per questo era andata qualche giorno con lui a Berlino, dove aveva alloggiato concedendosi ogni sfarzo all'Hotel Adlon. Però, tutto sommato non era stata una buona idea, perché per via delle conferenze dei politici in esilio e dei generali russi avevano trascorso molte meno ore insieme che a Parigi. In seguito avevano deciso di cercarsi un appartamento per le vacanze lontano dai luoghi in cui la maggior parte dei loro conoscenti trascorreva i mesi caldi. Ma non disse nemmeno questo a Cocteau. All'entusiasmo di lui per l'idea di trascorrere le ferie insieme in Costa Azzurra subentrò un profondo sgomento. «Cosa ci fai ad Arcachon? Non c'è niente tranne una gran quantità di ostriche fresche e un casinò che non è nemmeno lontano parente di quello di Monte Carlo.»

«Magari è proprio quello che cerco.» Gli fece un sorriso incoraggiante. «Ma niente m'impedirà di leggere il tuo nuovo lavoro.»

«Me lo auguro di cuore. Perché, per l'appunto, volevo chiederti di disegnare i costumi di scena.»

«Oh.» Gabrielle ebbe bisogno di qualche istante per riprendersi dalla sorpresa. Si sforzò di non dar a vedere quanto fosse eccitata. Per questo all'inizio rispose con una certa superiorità. «Dove pensi che potrei trovare il tempo per i fronzoli di teatro? Devo lanciare un profumo e occuparmi della mia collezione, il tempo vola e già non so da dove cominciare.»

«Non agitarti, Coco» mormorò Cocteau stampandole un bacio sulla guancia. «Ti si legge in faccia quanto lo desideri. Tra l'altro non saprei immaginare una stilista migliore di te per questo adattamento scenico.»

Gabrielle era rimasta senza parole per la capacità dell'amico di leggerle dentro.

«Picasso si occuperà della scenografia. Ha già accettato. Se non vi ucciderete, sarà una collaborazione molto proficua. Ne sono assolutamente certo.»

«Se non ci uccideremo...» ripeté Gabrielle scettica.

Si rattristò. Quanti problemi sarebbero sorti? Non era così che si era immaginata il suo debutto a teatro. Aveva grande rispetto per l'arte di Picasso, lo trovava persino attraente come uomo, ma non avrebbe mai tenuto a freno il suo spirito critico nei suoi confronti. Stravinskij, soprattutto, le aveva insegnato quanto fosse necessario tener testa a un genio. C'era da temere che Pablo Picasso avrebbe reagito con la stessa recalcitranza di Igor.

«Vi completerete a vicenda» affermò Cocteau.

«Ci devo pensare» bisbigliò Gabrielle.

«Nei prossimi giorni ti farò avere il mio manoscritto in Rue Cambon.» Cocteau batté le mani. «Ci siamo detti tutto, ora dovremmo festeggiare. Vieni, per di qua, questa porta che dà sul foyer dovrebbe essere ancora aperta.»

Lo seguì in silenzio, pensando sempre a Picasso.

I suoi quadri mi piacciono, si disse, *perché non dovrebbe piacermi anche la persona?* Erano già buoni conoscenti, magari collaborando sarebbero diventati anche buoni amici.

20

La villa bianca, dal nome singolare Ama Tikia, si affacciava direttamente sulla baia di Arcachon, a poco meno di cento metri dalla vasta spiaggia sabbiosa di Moulleau. Con la bassa marea i villeggianti godevano di una suggestiva vista sul mare che con la luce del giorno si tingeva di riflessi dorati, mentre di sera rifletteva i toni rosso carminio del tramonto. Con l'alta marea le onde arrivavano addirittura a lambire il muricciolo del giardino. Piccole barche si incrociavano davanti alla costa, prendendo a bordo chi voleva andare al largo.

Tutte le mattine Gabrielle e Dmitrij si facevano portare al loro posto preferito vicino ai banchi di sabbia e non tornavano fino a mezzogiorno. Nel frattempo la coppia di domestici di Gabrielle e il fedele aiutante di Dmitrij si occupavano della casa e dei preparativi per il pranzo. Dopo un lungo riposo pomeridiano si gustavano un cocktail all'ombra sulla terrazza: Gabrielle si immergeva per ore nella lettura di un libro o del manoscritto di Cocteau, oppure si dedicava ai suoi disegni. Portavano regolarmente a spasso i cani di Gabrielle, e ogni tanto si separavano, di solito quando Dmitrij aveva voglia di giocare a golf. La sera non uscivano quasi mai: a volte andavano in un ristorante a Moulleau o si recavano con la Cabriolet al casinò ad Arcachon. Tuttavia, per esser due che amavano il gioco, ci andavano molto di rado. E non frequentavano mai amici né conoscenti.

Gabrielle si meravigliò di quanto veloce passasse il tempo. Quando aveva affittato quella casa era stata prudente nel fissare la durata del soggiorno. Faceva fatica a immaginare un'altra fuga di settimane dalla routine parigina senza provare nostalgia del suo atelier e degli amici. Pur sentendo la mancanza delle lunghe e stimolanti conversazioni con Dmitrij, temeva che quella convivenza l'avrebbe messa a dura prova. Quando sarebbe arrivata la noia? Quando avrebbero cominciato a non sopportarsi più? Ma quella paura svanì veloce quanto la luce del sole dopo il breve crepuscolo del sud. Bastavano l'uno all'altra – e questo era più di quanto Gabrielle si fosse mai aspettata o avesse anche solo osato sperare. I giorni passavano, e alla fine prolungò l'affitto di due mesi. Non aveva mai fatto una vacanza così lunga.

La fase di riposo cominciò a volgere al termine il giorno del suo compleanno. Si avvicinava ormai l'autunno, e con quello il calendario fitto di impegni di Gabrielle. Il 19 agosto l'ondata di gran caldo si dissolse nel giro di una sola notte; l'azzurro del cielo appariva ora più limpido e intenso. Non le restavano neanche due settimane, l'ultimo giorno del mese sarebbe rientrata a Parigi. Come tutti gli impiegati e i bambini che andavano a scuola.

Gabrielle sorrise al pensiero dei futuri impegni quotidiani, più che graditi, trattandosi dell'imminente presentazione del suo profumo. Le dispiaceva partire, però. Guardandosi intorno in quella sobria stanza bianca, pensò a tutto il gran daffare che l'aspettava a Parigi. Sentiva l'urgenza di cercare – e stavolta con impegno e non come finora a malincuore – un acquirente per Bel Respiro e un alloggio in città dove avrebbe potuto arredare una stanza piena di luce e ariosa, come quella dove aveva passato le sue lunghe vacanze.

Misia le aveva accennato a un appartamento in affitto nei pressi di casa sua in Rue de Faubourg Saint-Honoré, ma Gabrielle non aveva voluto prendere appuntamento per visitarlo prima di partire. Non c'era fretta. O forse sì? Dopo che gli Stravinskij se ne erano andati, non voleva più tenere la casa a Garches. Non era mai stata casa sua, e senza i bambini e la musica sarebbe stata troppo silenziosa. Se Boy fosse sopravvissuto all'incidente avrebbero continuato a viverci insieme, e tutto sarebbe stato diverso. Ma quella era solo una piccola tessera nel grande puzzle della sua vita. Strano, pensò, che le venisse in mente solo ora, il giorno del suo compleanno, del suo trentottesimo compleanno. Non stava facendo piani per il futuro, considerò fra sé, solo un inventario. E quello, tra tanti giorni, era probabilmente il più adatto.

Si stiracchiò sotto il lenzuolo quasi impalpabile, nuda. Sentì salire un leggero mal di testa alle tempie. Colpa forse dello champagne cui aveva fatto onore a mezzanotte. Dmitrij aveva portato in spiaggia il secchiello del ghiaccio con i bicchieri e si erano seduti sulla sabbia per brindare a Gabrielle. Solo loro due, lo sciabordio delle onde, il rumore delle barche a vela ormeggiate alle boe, il chiaro di luna e qualche granchio. Niente candeline, niente musica, niente amici. Solo due persone che avevano da dirsi più di quanto loro stessi immaginassero. Era stato fantastico, ma indubbiamente avevano bevuto troppo.

L'aria salmastra dell'Atlantico e il profumo dei pini riempivano la stanza gonfiando le tende. Piano piano Gabrielle avvertì l'aroma inebriante del caffè. Marie stava preparando la colazione.

Quell'odore intenso le risvegliò i sensi. Scostò il lenzuolo e iniziò a sgranchirsi le gambe. Quando si sedette sul bordo del letto, i bagordi della notte precedente le presentarono il conto, tanto che dovette appoggiare di nuovo la testa sul cuscino.

Bussarono alla porta, e l'eco di quel rumore continuò a martellarle in testa.

«Avanti!» disse in tono non risoluto come sempre, ma più simile al lamento di un animale ferito. In fretta e furia si tirò su il lenzuolo fino al collo.

La porta si spalancò all'improvviso. In un primo momento Gabrielle vide un carrello da tè riccamente apparecchiato per due, con tovaglia damascata, porcellana e argenteria. Solo dopo si accorse della presenza di Dmitrij dietro a un vaso con un enorme mazzo di rose rosse. Improvvisatosi cameriere, il suo granduca le aveva portato personalmente la colazione a letto. Era di per sé una cosa insolita, tuttavia, ancora più sorprendente era la scelta dell'abbigliamento: indossava infatti un accappatoio bianco con niente sotto. Si avvicinò con sguardo solenne.

Era sbalordita, non poté fare a meno di ridacchiare. «Cosa stai facendo?»

«Ti faccio gli auguri di buon compleanno, *ma chère*.» Spinse il carrello fino al letto e, chinatosi, aprì goffamente lo sportello laterale. «Perché i domestici sanno aprire queste maniglie e a noi riesce così difficile?» borbottò fra sé.

Appena ci riuscì, si drizzò e, avvicinatosi a Gabrielle, si chinò su di lei e la baciò. «*Sdnjom roschdenja!*» disse in russo. «Auguri di tutto cuore, Coco, ti auguro ogni bene, tanto successo per il nuovo anno e tanto amore.»

Gli gettò le braccia al collo. «La colazione servita a letto è il preludio di una giornata davvero speciale. Quale modo migliore di iniziare i festeggiamenti del proprio compleanno.»

«Mi sono messo contro Pëtr e Joseph.» Dmitrij si tirò su con un sorriso compiaciuto. «Se la son presa con me perché ho voluto farti da cameriere. Solo Marie si è dimostrata comprensiva. L'ho sentita sussurrare a Joseph qualcosa a proposito di "essere romantici".»

Mentre rideva con lui, Gabrielle si stupì che il suo mal di testa fosse ormai quasi svanito.

Dmitrij mise due sedie intorno al tavolo provvisorio, alzò il coperchio del bricco in modo da diffondere meglio l'aroma del caffè e poi si apprestò a versarlo nelle tazze. Servire non era il suo forte.

«Vieni, Coco, prima che il caffè si freddi» disse invitandola a raggiungerlo mentre era impegnato con il bricco. Era così buffo con quell'accappatoio indosso.

«Grazie, altezza imperiale» lo prese in giro Gabrielle. Si alzò ridacchiando, stavolta trattenendosi un po' di più. Tirò via il lenzuolo dal letto e se lo avvolse addosso a mo' di toga. Poi si avvicinò, guardò il cestino con i croissants, la confezione del burro e i vari vasetti di marmellata; sfiorò con la punta delle dita le rose magnificamente in fiore. «Hai organizzato tutto alla perfezione» disse, e non solo per apprezzare gli sforzi di Dmitrij: era davvero commossa.

Stava per sedersi al tavolo a cui Dmitrij aveva appena smesso di armeggiare, quando lui la fermò: «No. Non lì. È questo il tuo posto». Si scostò di lato per farla passare.

Si sedette stupita.

Dmitrij non si accomodò accanto a lei, restò in piedi lì accanto. Sembrava impaziente per l'attesa.

Sempre più meravigliata, Gabrielle bevve un sorso di caffè. Sentendosi osservata, si chiese cosa stesse aspettando Dmitrij. Doveva guardare cosa c'era sotto il coprivivande: c'era nascosto qualcosa là sotto! Forse in onore del suo compleanno Marie le aveva preparato una colazione inglese con uova strapazzate e speck da tenere assolutamente in caldo? Anche i russi mangiavano al mattino quelle cose che i francesi, a quell'ora, facevano fatica a digerire. E un pasto pesante non era certo l'ideale per combattere i postumi di una sbornia. Il solo pensiero della carne arrostita le dava la nausea, per non parlare dell'odore. Prima di scoprire di quale sorpresa culinaria si trattasse, indugiò un attimo bevendo un altro sorso di caffè.

«Dmitrij, non vuoi sederti?» domandò cortesemente, con la tazza in mano.

«Non c'è fretta.»

Sembrava effettivamente in attesa che lei guardasse cosa c'era sotto il coprivivande. Gabrielle non riusciva a immaginare perché Dmitrij fosse così impaziente per delle uova fritte, dello speck e dei würstel o dei blini e delle piirakka, ma non voleva più tenerlo sulle spine. Se per lui era così importante che lei mangiasse quella roba, quanto meno si sarebbe sforzata.

Posò la tazza del caffè e alzò il coperchio d'argento.

E per poco non lo lasciò cadere.

La porcellana era decorata con un foulard di seta e petali di rosa, e sopra... una lunghissima collana di perle. O forse erano più fili. A una prima occhiata Gabrielle non fu in grado di stabilirlo. Ma che importava. Sembrava una piccola montagna di perle che, a seconda della luce, brillavano di sfumature pastello dal rosa al crema. Non ci voleva un esperto per capire dalla lunghezza della collana e dalla lucentezza delle perle che si trattava di un gioiello prezioso. Alla sola vista Gabrielle rimase senza parole.

«Tanti cari auguri di buon compleanno, Coco» ripeté Dmitrij con voce sommessa.

Esitante Gabrielle toccò il regalo. Temeva in segreto che

quelle perle si sarebbero dissolte nel nulla. Ma toccandole, capì che erano vere; era rimasta senza fiato.

In realtà, non andava matta per i gioielli autentici: collane, anelli e orecchini per lei erano solo un ornamento, niente che potesse accrescere il valore autentico di una donna. Per questo prediligeva la bigiotteria. Ovviamente, non era sempre stato così. Anche lei da giovane aveva ceduto al fascino sgargiante dei diamanti.

Boy non faceva regali a Gabrielle. O almeno non come quelli che aveva visto a Royallieu presso gli amici di Étienne e le loro amanti. Gli amici di Étienne davano alle loro amanti i doni che normalmente gli sposi fanno alle spose dopo la prima notte di nozze. Oggetti preziosi che le rispettive signore sfoggiavano con orgoglio: piume di struzzo, colli di pelliccia o gioielli. Boy però non sembrava avere un debole per le donne che si facevano addobbare come alberi di Natale.

Gabrielle non sapeva cosa pensare di questa sua disattenzione nei suoi confronti. In realtà apprezzava di più la sobrietà che tutto quello sfarzo. Eppure nel profondo avvertiva a volte che si stava perdendo qualcosa. Ebbe una reazione emotiva quando, un anno dopo l'inizio della loro storia d'amore, Boy osservò: «Non ti faccio mai regali, vero?».

«Vero!» ribatté lei, combattuta fra speranza, attesa e perplessità.

La mattina dopo trovò sul cuscino un astuccio di pelle rossa. Quando lo aprì, fu quasi abbagliata dal luccichio di una tiara avvolta nel velluto rosso.

«Che bello» sussurrò a fior di labbra, commossa.

«È un diadema» replicò Boy sorridente. «È tuo.»

Gabrielle non aveva mai visto un diadema. Non sapeva nep-

pure cosa fosse. Ovviamente non aveva nemmeno idea di come lo si indossasse. Era un gioiello da portare al collo?

Una conoscente le disse che quella coroncina serviva a impreziosire l'acconciatura. Ma Gabrielle aveva i capelli corti. Come doveva metterla? E in quale occasione? Cercò di prender confidenza col gioiello; si esercitò di nascosto allo specchio finché non fu in grado di metterlo sulla testa senza che le ricadesse sulla fronte o che le scivolasse indietro. Indossò un abito da sera.

«Volevi uscire?» le chiese Boy sorpreso. «E perché? Stiamo così bene a casa.»

Gabrielle fece sparire il diadema nell'astuccio non volendo opporsi al desiderio del suo amato di far vita ritirata. Di regali del genere non ne avrebbe più avuti. Era felice con lui. Con o senza gioielli costosi.

Gabrielle rimase ammaliata dalla pura eleganza di quelle perle. Non avevano niente in comune con i gingilli scintillanti con cui le signore cercavano di farsi notare in società. Erano magiche, sembrava fossero ancora vive. Valevano più di un gioiello, emanavano una luce sfolgorante: rappresentavano più di quanto ogni donna potesse desiderare.

«È la collana di mia nonna.»

«Cosa?» Strappata al flusso dei suoi pensieri, Gabrielle alzò lo sguardo su Dmitrij. Aveva sentito ogni parola, ma non aveva ascoltato niente.

«Sono le cosiddette perle dei Romanov, Coco. Appartengono alla zarina Marija Alexandrovna, la madre di mio padre.» Dmitrij attendeva con impazienza. Sembrava irritato dal suo silenzio. Evidentemente si aspettava che si commovesse per quel regalo generoso.

Gabrielle tuttavia non si scompose.

A un uomo dalle risorse finanziarie limitate, già le rose dal gambo lungo dovevano essere costate una fortuna. Ne era consapevole. Se mai avesse ambìto a ricevere un regalo da parte sua, il mazzo di fiori sarebbe stato più che sufficiente. Ma non si aspettava regali da lui. Le ore trascorse in perfetta armonia erano per Gabrielle più preziose di qualsiasi altro gesto eclatante. La felicità, come le aveva insegnato Boy, non si compra da nessuna parte. Dmitrij la viziava con la sua presenza, la sua tenerezza e la sua amicizia – quelli erano i regali più belli in una relazione.

«Io... io... non posso accettare...» balbettò.

Sembrò costernato. «Non ti piacciono le perle?»

«Oh cielo! Certo che sì.»

A ben guardare, quelle collane erano perfette per il suo stile. Da quel punto di vista Dmitrij aveva fatto una scelta molto azzeccata. Era un regalo generoso e ben ponderato. Tuttavia Gabrielle non poteva accettare.

Vendendo quelle perle Dmitrij avrebbe ricavato una cifra cospicua, ma lei sapeva benissimo che di quel gioiello non era il valore materiale a stargli a cuore. I monili di sua nonna erano un bene di grande valore simbolico, probabilmente non solo per lui ma per tutti gli altri russi in esilio. Gabrielle sapeva bene che rappresentavano più di quanto lei potesse lontanamente immaginare.

«Non posso accettare» ripeté senza guardarlo. Non voleva vedere con i propri occhi la delusione che si stava sicuramente dipingendo sul suo volto. E comunque non voleva mostrargli la sua gioia. Era, in un modo o nell'altro, una magnifica idea regalarle per il compleanno quel gioiello prezioso. C'era il rischio che fraintendesse il suo entusiasmo. «Sono i gioielli della Corona russa, vero?»

«Oh, sì.» Dmitrij sembrò sollevato, ma la sua era una risata un po' stizzita. «Non preoccuparti, i bolscevichi ci hanno rubato così tanto che non sarà questa collana a fare la differenza. A parte ciò, credo sia appartenuta alla collezione privata della zarina. Amava queste perle, e sarebbe un colpo tremendo per me saperle al collo dell'amante di un commissario comunista o presso un monte dei pegni. Mia nonna era una donna speciale, e...» Fece una breve pausa, proseguendo poi con voce sommessa: «Per questo un simile gioiello dovrebbe andare a una donna altrettanto speciale».

Mentre Gabrielle cercava di controllarsi, lui prese in mano quei lunghissimi fili di perle e glieli mise al collo facendoli passare delicatamente dalla testa. Il tocco della sua mano in un punto sensibile del collo e la leggera pressione del gioiello le provocarono un brivido.

Stranamente le perle non le dettero una sensazione di freddo sulla pelle; assunsero il calore corporeo. Indossarle la fece sentire soddisfatta.

«All'Ermitage, quella parte del Palazzo d'Inverno che già ai tempi dei miei antenati era stata adibita a museo, c'è un quadro della zarina Marija Alexandrovna, ritratta con indosso questa collana. Mi piacerebbe fartelo vedere.»

Senza dire una parola, Gabrielle sollevò la mano afferrandogli le dita. Se le avvicinò alle labbra baciandole una a una. Quel gesto valse più di ogni parola.

«Custodisco gelosamente dentro di me quest'immagine di mia nonna» disse prendendola tra le braccia e sollevandola dalla sedia. «Allo stesso modo in cui terrò sempre vivo il ricordo di te questa mattina.»

E a quel punto le perle passarono d'un tratto in secondo piano, lasciando spazio a un lungo bacio appassionato.

21

«Dove hai preso quelle perle?» chiese Misia, invece di salutare Gabrielle quando la rivide, finalmente, dopo più di due mesi. A differenza di quanto si sarebbe aspettata Gabrielle, l'amica non l'abbracciò, le mise invece le mani sulle spalle allontanandola da sé. Osservò a distanza le perle che Gabrielle indossava su un semplice abitino nero. «Sono fantastiche!»

Gabrielle lasciò scivolare le dita sulle perle. «Sì. Sono stupende.»

«E dove le hai prese? Un gioiello simile non si trova certo da Cartier.»

«Suppongo di no.» Gabrielle abbassò la voce sorridendo: «Me le ha regalate Dmitrij. Ma ti prego, non dirlo in giro».

Non aveva ancora finito di raccomandarsi che subito capì di avere sbagliato. Probabilmente Misia avrebbe scambiato quella richiesta per un invito, ma faceva affidamento sulla discrezione dell'amica. In via del tutto eccezionale.

Misia spalancò gli occhi. «Non mi dire che sono le famose perle dei Romanov!»

Gabrielle restò in silenzio.

Ma l'amica afferrò ugualmente il messaggio ed esclamò estasiata: «Mio Dio, Coco, non puoi andartene in giro per il negozio con quelle perle come se stessi indossando della bigiotteria».

«E dove dovrei metterle?»

Gabrielle aveva fatto un'eccezione per l'amica incontrandola in boutique; per la maggior parte del tempo stava infatti nel suo atelier o nelle sue stanze private al primo piano. Per il bene dei suoi affari aveva imparato abbastanza presto che era meglio non seguire le clienti di persona, lasciando invece che fossero le commesse a occuparsene. Con le impiegate nessuno si azzardava a mercanteggiare il prezzo di un vestito; con Mademoiselle Chanel qualcuno ci provava. La sorprendeva ogni volta vedere con quali trucchi i clienti più danarosi recitavano la parte dei postulanti o cercavano di tirare sul prezzo. Quel giorno però non era impegnata con i clienti, stava studiando gli addobbi del negozio per capire dove posizionare i pacchetti bianchi con la scritta nera Chanel N° 5.

Poiché Misia non diceva niente, Gabrielle aggiunse: «Pare che le perle antiche perdano il loro splendore se non stanno continuamente a contatto con la pelle di una donna. Non terrò chiuso in un astuccio questo gioiello speciale».

«Chi ti dice questo?» rispose Misia affannata.

«Marija Pavlovna» replicò Gabrielle.

«Lei ne sa qualcosa.» Punta dall'invidia, Misia si dimenticò persino della sua adorazione per i gioielli.

La sorella di Dmitrij era andata il giorno prima all'atelier di Gabrielle per farle vedere la camicia che aveva ricamato. A Gabrielle parve un miracolo: la granduchessa lavorava meglio di qualunque ricamatrice professionista. L'opera di Marija la colpì così tanto che le chiese altri disegni. Mentre parlavano di lavoro Marija notò le perle: in fin dei conti si trattava di un gioiello di sua nonna. Gabrielle si aspettava qualche protesta da parte sua, tant'è che per un attimo si sentì a disagio, temendo che Marija avrebbe avanzato pretese. Ma la russa si limitò a dire: «Dmitrij ha fatto bene a regalargliele. Altrimenti anche quelle perle sarebbero andate perdute». Gabrielle non sapeva a cosa Marija si riferisse, ma non indagò oltre.

Nel tentativo di tornare in sintonia con la sua migliore amica, Gabrielle cambiò argomento: «Poco fa ci hanno consegnato i primi campioni del mio profumo...».

Il diversivo funzionò. «Voglio vederli subito!» gridò Misia entusiasta, aggiungendo con insistenza: «Subito!».

«Allora vieni di sopra con me. Volevo bere dello champagne per festeggiare, e in compagnia si festeggia meglio.»

Sulla scrivania di Gabrielle c'era una scatola aperta con della carta velina bianca che fuoriusciva. Aveva immediatamente aperto i campioni che le avevano mandato: pacchetti bianchi con la scritta nera e all'interno le semplici boccette di liquido ambrato con etichetta bianca e la stessa scritta. Cinque campioni di Chanel N° 5 che Gabrielle aveva posato accanto alla scatola. Ne prese uno e lo dette a Misia.

«Per te. Non è ancora Natale, ma vorrei che fossi tu la prima a provare il mio profumo.»

«È come se lo fosse, Coco.» Misia era raggiante. Si accomodò su una poltrona col profumo in mano. Osservò la confezione con sguardo ammirato prima di aprirla. Con grande attenzione tirò fuori la boccetta dalla scatola per esaminare accuratamente anche quella.

Guardando l'amica, Gabrielle si appoggiò alla scrivania. Era un piacere osservare Misia che ammirava il suo regalo, e siccome era estranea al processo di produzione, Gabrielle ci teneva molto al suo giudizio; il suo parere avrebbe potuto suggerirle su come proporlo alle clienti. Con crescente nervosismo iniziò a giocare con i fili di perle che le arrivavano fin quasi alla vita.

«Questi angoli levigati sono davvero una bella idea» commentò Misia osservando la boccetta di vetro. Alzò lo sguardo su Gabrielle. «Di grande effetto. E senza troppi fronzoli. Geniale! Come ti è venuto in mente? Se ben ricordo, il flacone del nécessaire da viaggio di Boy aveva gli angoli arrotondati.»

«È stato una sera al Ritz» raccontò Gabrielle. «Ero sola, alle prese con i miei disegni. A un certo punto guardai dalla finestra e notai la forma ottagonale di Place Vendôme. Di lì ebbi l'idea di modificare l'originale troppo uniforme.»

Misia aprì il tappo per mettersi una goccia di Chanel N° 5 sul polso. «Conosco già il profumo, ma devo ammettere che non riesco mai a saziarmene.»

«Per essere la prima, sei ben fornita.» Sorridendo compiaciuta, Gabrielle si accese una sigaretta. L'entusiasmo di Misia era per lei un sollievo, ma anche una grande gioia personale. Un trionfo. Sapeva che Misia avrebbe fatto di tutto per pubblicizzare il profumo nell'alta società.

«Questo profumo come semplice strenna natalizia per le tue clienti è davvero sprecato, Coco.»

«Temo che una produzione per il mercato sia troppo costosa. Con tutta probabilità lo Chanel N° 5 è al momento il profumo più caro al mondo.»

«Ma anche il migliore.» Misia richiuse la boccetta e la ripose nella sua confezione. «Dovresti provare, Coco, non credo che il prezzo sia così determinante. Le vendite non mancheranno di certo. Pensa solo a tutte quelle americane che girano l'Europa in lungo e in largo spendendo e spandendo. Fossi in te, non lascerei assolutamente il monopolio dei profumi esclusivi a quell'inglese... Edward Molyneux, vero?»

«Lo conosco. Cerca di copiare i miei modelli, ma la cosa non mi infastidisce.» Con aria serena, Gabrielle scosse la sigaretta in un posacenere di cristallo. «Intende lanciare anche un profumo?»

«Lo chiamerà "Numéro cinq"» disse Misia in tono grave. «Si tratta tuttavia di un puro caso, non c'è di mezzo lo spionaggio industriale. Da quanto so, l'atelier di Molyneux si trova al numero cinque di Rue Royale.»

«Vero. Forse dovrei lanciargli una sfida, e vedere quale dei due profumi avrà più successo. Sarebbe divertente, non credi?»

«Puoi farlo soltanto mettendo il tuo profumo in commercio.»

«*Mmm...*» Gabrielle dette un tiro alla sigaretta, pensierosa. Le considerazioni di Misia non erano del tutto fuori luogo. D'altro canto Gabrielle non aveva la minima idea di come mettere in commercio un'acqua di colonia. Aveva incontrato più volte Théophile Bader, il proprietario delle Galeries Lafayette, ma non poteva proporgli di includere nel suo assortimento un nuovo prodotto così costoso. Non sapeva a quali condizioni, né come trattare con lui. Boy avrebbe saputo cosa fare, ma lei era sola, abbandonata a se stessa. «A esser sincera, Misia, il tuo entusiasmo mi sta mettendo in difficoltà.»

«Parlane con François Coty. Saprà lui come guidarti.»

«Così vorrà produrre lo Chanel N° 5, e questo non va bene. Dev'esserci un'altra strada. Anche solo per cominciare. Ci penserò su.»

Misia fece una smorfia. Alzò il pacchetto come un trofeo. «È proprio una fatica sprecata regalare questo profumo.»

«Ti ho detto che ci penserò.»

«E allora muoviti.» Misia fece una breve pausa prima di proseguire: «C'è così tanta carne al fuoco. Dovrai pensare a un sacco di cose, Coco. In primo luogo la vendita di Bel Respiro. Sbarazzati di quell'immobile. Sono stata contraria fin dall'inizio, e credo che dovresti finalmente liberartene. Ti ho fissato un incontro per una visita con il conte de Pillet-Will a Rue du Faubourg Saint-Honoré 29. Dovrebbe essere favorevole ad affittarti quel grande appartamento al piano terra.»

«Misia, oggi mi stai chiedendo davvero troppo.»

«Ha un giardino grandissimo: arriva fino ai parchi pubblici in Avenue Gabriel» insistette l'amica.

Di colpo Gabrielle trattenne il fiato. Non conosceva ancora Misia quando aveva felicemente abitato in una di quelle case esclusive in Avenue Gabriel. In seguito le aveva raccontato dei momenti meravigliosi che vi aveva trascorso con Boy. Forse, in quell'appartamento si sarebbe sentita più vicina a lui che nella villa di Garches... Forse il ricordo dell'amore della sua vita si sarebbe fatto più vivo in una delle zone eleganti dell'ottavo Arrondissement che non in un sobborgo?

D'un tratto si sentì riportare indietro a quella sera in cui Étienne Balsan era giunto a La Milanaise con la terribile notizia. Ricordava ogni singolo istante. E i giorni successivi, quando era sprofondata nel dolore più cupo e non sopportava più la casa dove avevano vissuto insieme. Anche se la sua vita era cambiata, i suoi sentimenti erano rimasti intatti. Di colpo quella consapevolezza le si rivelò in modo nitido, come il suo nome scritto sul flacone nella mano di Misia.

Gabrielle giocava sovrappensiero con le perle al collo. Niente era più importante per lei del ricordo di Boy. Decise che avrebbe visitato l'appartamento. Da sola. Senza Misia e senza Dmitrij.

22

Sei settimane dopo Dmitrij aprì la porta della terrazza. C'erano due battenti a vetri, tipici dei palazzi parigini di inizio Settecento. Uscì nel giardino, sfiorito ormai da tempo, immerso nell'atmosfera autunnale. Nonostante le tante costruzioni intorno, le nubi calavano spesse sul giardino, addensandosi sui rami spogli dei tigli come ovatta sospesa nell'aria. Le foglie secche che il portiere non aveva ancora raccolto crepitavano ai suoi piedi.

Gabrielle, dietro di lui, disperdeva il fumo della sua sigaretta nella nebbia.

«Allora?» chiese. «Ti piace la mia nuova casa?»

«Che devo dire, Coco? Sai benissimo che è meravigliosa. E poi questo piccolo parco in pieno centro. Una cornice ideale per una donna di classe.»

«L'appartamento è ovviamente più piccolo della casa a Garches, ma è grande abbastanza per me e i miei cani, per il personale e gli amici. C'è spazio a sufficienza anche per i miei libri e i paraventi di Coromandel. Hai già un'idea di dove potrei allestirti il salotto?»

Avevano appena completato il giro di tutte le stanze, ammirando gli stucchi, le cornici di marmo e gli intarsi. Gabrielle detestava i rivestimenti in legno delle pareti, che tuttavia non poteva rimuovere. Le stanze non erano ancora arredate, non c'erano quadri alle pareti, neppure lampadari. In alcuni angoli c'era effettivamente poca luce, ma era sera e il tempo fuori era grigio; non era poi così buio da impedire a Dmitrij di decidere se abitare lì in futuro. Anche l'ala sul retro della cucina era grande abbastanza da ospitare gli alloggi di Pëtr oltre che dei Leclerc. Tuttavia, Dmitrij prese tempo, non dette subito una risposta.

Qualche istante dopo prese la mano di Gabrielle e la strinse. «Coco» cominciò a bassa voce «non verrò a vivere qui.»

Il vento del nord fece mulinare vorticosamente le foglie che andarono a infilarsi sotto il cappotto aperto di Gabrielle. Sentì un soffio freddo accarezzarle la pelle come se indosso non avesse il vestito.

«E dove vorresti andare?»

«Da Marija e Sergej. In un albergo. Non so ancora dove di preciso.» Era evidente che voleva mantenere il riserbo. Tergiversava come un bambino messo alle strette dalla madre dopo una marachella. «Forse andrò per un periodo in America.»

Gabrielle rabbrividì. Sarebbe rientrata volentieri in casa, dove faceva un po' meno freddo. Ma temeva di perdere il contatto con Dmitrij, lasciandogli la mano.

Finché sentiva la sua vicinanza fisica, andava tutto bene. Voleva partire. Starsene per conto proprio anche solo per un po'. Se era quello che desiderava, era giusto che lo facesse. Sapeva quanto fosse difficile per lui far valere le sue pretese al trono. Dmitrij non era un diplomatico né un politico, e non aveva mai imparato a combattere per il suo diritto di successione. Aveva perso in partenza? Dentro di lei si faceva strada il sospetto che non si trattasse soltanto della dignità imperiale, ma non voleva ammetterlo.

Tacquero entrambi, ma stavolta non c'era la consueta intesa a unirli.

Gabrielle sentiva che quell'intesa stava venendo meno. Aveva il cuore a pezzi e riprese a fumare con una certa agitazione. La nicotina nei polmoni le calmava i nervi.

«Per te ci sarà sempre posto qui» replicò alla fine, continuando a inspirare ed espirare. «La casa è grande abbastanza.»

Lui le strinse la mano ancora più forte. «Mi piacerebbe che restassimo amici, Coco. Non vorrei doverti perdere un giorno per via di un altro.»

Perché te ne vai allora?, le passò per la testa, ma non lo disse a voce alta.

«La vita divide chi si ama» commentò Dmitrij. Così dicendo, la tenne stretta come se fosse la sua àncora di salvezza. «Nessuna lite potrebbe separarci, non è così?»

«Penso di no» mormorò lei.

«Al contrario delle regole del casato dei Romanov» proseguì, come se lei non avesse risposto. «Non posso oppormi sposandoti.» Era come se parlasse fra sé.

Era così sorpresa che sottrasse la mano alla sua presa. Non avevano mai parlato di matrimonio. Certo, di tanto in tanto aveva pensato a come sarebbe stato diventare una vera principessa. Eppure non avevano mai parlato seriamente del futuro, dei risvolti che il matrimonio avrebbe avuto sulle mire politiche di Dmitrij o sul successo negli affari di Gabrielle. Ne avevano persino riso di cuore quando, al rientro a Parigi da Arcachon erano circolate voci sul fatto che si fossero sposati. Non aveva mai nemmeno immaginato che *lui* potesse pensare a un'unione legittima.

Mentre Dmitrij si era chiuso in un silenzio cupo, lei ripensò al viaggio di ritorno dalla Costa Azzurra in primavera. Perché aveva permesso a quell'uomo di conoscere aspetti della sua vita che non aveva condiviso neppure con Boy? Forse percepiva già che il suo passato non avrebbe significato niente per Dmitrij, perché con lui non ci sarebbe stato alcun futuro.

Il problema non erano solo le sue umili origini. Coco non avrebbe dato alcun erede alla casata dei Romanov, non poteva restare incinta, perché da ragazza era passata per le mani di un ciarlatano, a Vichy. Dopo tanto tempo le tornò in mente l'aborto. Non ne aveva fatto parola con Dmitrij; probabilmente lui credeva che l'impedimento fosse la sua età. Perché il passato continuava a perseguitarla?

«Vorrei restare tuo amico, ma non posso essere tuo marito.» Dal tono di voce trapelava la stessa disperazione che gli si leggeva in volto. «Mio cugino Kirill Vladimirovič è sposato con la principessa Victoria Melita di Sassonia-Coburgo e Gotha. Perfino questo matrimonio ha dato scandalo, sebbene lei, in quanto nipote della regina dell'Impero britannico Vittoria, goda dell'appoggio della mia famiglia. Ma Viktoria Fëdorovna, così si chiama ora, aveva divorziato dal granduca Ernst-Ludwig di Hessen-Darmstadt. Per non parlare del fatto che lei e Kirill sono cugini di primo grado. In seguito al matrimonio segreto lo zar ha privato Kirill Vladimirovič di tutti i privilegi regali, ma dopo un po' ha dovuto mostrarsi conciliante riammettendolo nella linea di successione al trono. Dettagli come questo vecchio scandalo hanno oggi il loro peso nel costruire il futuro della nostra patria.»

Lo ascoltava a malapena, impegnata com'era a districarsi tra tutti quei nomi. Il ricordo dei dolori lancinanti e di tutto quel sangue era molto più presente. Étienne Balsan era il padre del figlio mai nato, e all'epoca non aveva esitato un istante ad abortire. Non augurava a nessuno il suo stesso destino di figlia illegittima, segnato da quella tara pesante come un macigno. Le salirono le lacrime agli occhi.

«Mi hai reso tanto felice» disse Dmitrij. «Più di quanto abbia mai osato sperare. Di questo ti sarò sempre grato.»

Bruciandosi le dita con la sigaretta quasi finita, Gabrielle tornò alla realtà. Gettò il mozzicone a terra spegnendolo col piede, lo sguardo fisso al limitare del giardino avvolto nella nebbia. In quella direzione c'era Avenue Gabriel, il luogo dove aveva trascorso gli anni più felici della sua vita. La perdita di Boy le pesava più di qualsiasi altra cosa. Senza di lui si sentiva più sola di quanto non si fosse mai sentita prima. Eppure quando Dmitrij se ne andò, non provò un dolore insopportabile. Aveva i suoi amici. Non aveva bisogno di un uomo. Magari di un amante, che avrebbe potuto trovare ovunque. Nessuno come Dmitrij Pavlovič Romanov, quello era più che certo. Ma aveva importanza?

«Faremmo meglio ad andare» disse meravigliandosi della sua voce sommessa.

«Mi dispiace, Coco.»

Ignorò le sue scuse.

Quando si voltò lentamente per rientrare in casa, era tornata padrona di sé. Lui la seguì a testa bassa. Richiusa la porta della terrazza alle sue spalle, cominciò a parlare in tono spensierato, come se il salotto fosse già gremito di ospiti per la festa di inaugurazione della casa. Le sue parole risuonavano fra le pareti vuote.

«Tornerò nei prossimi giorni con Misia e José Sert. Parleremo dell'arredamento. Mi rimetterò completamente al loro gusto.» Si girò. «Cosa dici, Dmitrij? Dove metteresti un pianoforte a coda?» In quel momento non c'era niente di personale di cui parlare.

Dmitrij non poté sentire il battito completamente stravolto del cuore di Gabrielle.

PARTE QUARTA

1922

1

Le vacanze di Natale furono splendide. Gabrielle aveva trascorso le feste con gli amici a Cannes e, a inizio gennaio, quando sulla Croisette erano sfilati i primi ministri di Francia, Gran Bretagna, Belgio e Italia, con le rispettive delegazioni, e del ministro degli Esteri tedesco, era ripartita. Non voleva aver nulla a che fare con i piani alti della politica internazionale. Non voleva saper niente delle riparazioni di guerra chieste dagli Alleati ai tedeschi né della piaga della fame nella cosiddetta repubblica dei Soviet. Per ripicca si disinteressò completamente di tutto ciò che accadeva nel mondo.

Il corso degli eventi politici aveva avuto un peso nella fine del suo legame con Dmitrij Romanov, che continuava a lottare per la successione al trono, anche se con esiti sempre più scarsi. Gabrielle non voleva che nessuno glielo ricordasse, e persino Marija evitava di fare il nome del fratello all'Atelier Chanel, dove ultimamente era presente tutti i giorni. C'erano tante altre cose di cui parlare, cose di cui Gabrielle doveva occuparsi. Perché adesso, ancora più strabiliante dei ricami sempre magnifici di Marija, era arrivato il successo dello Chanel N° 5.

Gabrielle aveva ignorato il parere di Misia, attenendosi alla sua idea originaria di distribuire il profumo come strenna natalizia alle sue clienti più affezionate. Tuttavia non con la generosità preventivata all'inizio; serbò infatti la maggior parte delle cento boccette della prima tiratura per la successiva vendita nella sua boutique. Ma prima dei riscontri tanto attesi, era fuggita in Costa Azzurra. Da un lato temeva i commenti negativi, dall'altro voleva assolutamente rendersi irreperibile. Gabrielle seguiva il principio secondo cui le prime a provare il profumo, meno avessero parlato con lei personalmente, più ne avrebbero parlato con le amiche. Il nome della nuova creazione della maison Chanel doveva trovarsi rapidamente sulla bocca di tutti.

Gabrielle invitò a cena, al ristorante dell'Hotel Carlton, i suoi più cari amici di Parigi ed Ernest Beaux. Prima che le personalità più in vista della scena politica europea approdassero a Cannes, si raccoglieva qui tutta l'alta società. Ogni tavolo era occupato, il Maître d'Hôtel doveva sempre aggiungere nuovi posti per chi si aggregava più o meno casualmente. Donne di ogni età nei loro eleganti abiti da sera camminavano fra i tavoli in cerca dei loro accompagnatori o per recarsi alla toilette. Era proprio la sua clientela.

A un certo punto Gabrielle tirò fuori dalla borsetta il profumo che aveva con sé e con il vaporizzatore lo spruzzò abbondantemente in direzione degli ospiti che passavano. Per un istante il profumo restò sospeso sul tavolo come un'enorme cloche d'argento per poi diffondersi gradualmente al resto dei tavoli accanto. Aveva sperato di passare inosservata, ma a Misia ovviamente non era sfuggito il suo gesto.

«Per l'amor del cielo!» esclamò Misia a voce talmente alta da far voltare diversa gente. «Non puoi sprecare un profumo tanto prezioso spargendolo in aria così.»

Ernest Beaux, che aveva l'onore di sedere accanto a Gabrielle, guardò con un po' di imbarazzo ma in modo ostentato dentro al calice di champagne.

«Niente paura, sono stata attenta a non far cadere il profumo nei bicchieri» gli bisbigliò Gabrielle sorridendo.

Aveva messo in atto il suo piano solo quando erano stati portati via gli antipasti. Si era resa conto da sola che lo Chanel N° 5 non si accompagnava con le aragoste.

Il profumiere annuì. «Un buon odore non corrisponde necessariamente a un buon sapore. Posso chiederle tuttavia cosa sta facendo, Mademoiselle?»

Gabrielle sollevò la boccetta che aveva in mano e premette il vaporizzatore spruzzando del profumo sulla schiena nuda di una giovane donna che in quel momento, a braccetto di un signore in smoking, le passava vicino nel suo abito da sera con le spalle scoperte. La signora restò sorpresa, girò per un attimo la testa e arricciò il naso. Proseguì poi sussurrando qualcosa al suo accompagnatore.

«Stai attenta a non farti cacciare» osservò Misia.

«Ma cosa fa?» chiese di nuovo il profumiere stupito.

«Seguo gli insegnamenti di François Coty» replicò Gabrielle divertita.

Prese poi di mira una signora più anziana seduta al tavolo dietro al suo insieme a un gruppo più nutrito di persone, evidentemente tutti membri della stessa famiglia. Parlavano ad alta voce. Fra gli amici di Gabrielle regnava invece un silenzio attonito. Tutti e cinque guardavano quel che stava facendo, meravigliati, divertiti – e incapaci di comprendere.

Gabrielle si sporse un po' in avanti per farsi sentire meglio, e cominciò a parlare a bassa voce, segno evidente che solo gli amici dovevano sentire le sue parole: «Ricordo sempre un aneddoto di François Coty sull'inizio della sua carriera. All'epoca aveva cercato di convincere il direttore di Printemps a includere nel suo assortimento l'acqua di colonia La Rose Jacqueminot.

All'inizio con scarso successo, ma poi Coty fece cadere una boccetta di profumo sul pavimento del negozio. Il vetro si ruppe, il profumo si diffuse nell'aria inebriando le clienti, che vollero averlo a tutti i costi. Andò a ruba».

«Un'altra spruzzatina e anche il tuo successo sarà assicurato» disse José Sert. «Non girarti, Coco, quasi tutte le signore stanno puntando il naso e guardano verso di te.»

«Guardano Coco perché anche stasera è affascinante come sempre» disse Jean Cocteau con voce flautata dall'altra estremità del tavolo. «Il tuo vestito è sensazionale come al solito, soprattutto con quelle perle.»

Di riflesso Gabrielle si toccò il gioiello. «È solo per via della collana» disse con modestia. «Sto pensando a una linea di bigiotteria. E vorrei prendere spunto da questa.»

«Le tue imitazioni delle perle dei Romanov faranno furore tra le immigrate russe e le ricche americane» convenne Misia.

«Dove trova tutte queste idee meravigliose?» domandò Ernest Beaux.

«Dove troverai il tempo per realizzarle, tutte queste idee meravigliose?» commentò Jean Cocteau, fingendosi preoccupato. «Coco, tesoro mio, mi permetto di ricordarti che hai promesso di disegnare i costumi per la mia *Antigone*. Quando pensi di farlo tra tutti i tuoi impegni?»

«Non è di Coco che dovresti preoccuparti» disse Sert. «Penso sia Picasso semmai ad aver problemi in questo momento a realizzare la tua scenografia.»

«Non dirlo. La prima è fissata per la fine dell'anno.»

«Se Olga continuerà a metterlo sotto pressione, la sua creatività ne risentirà enormemente. Lo ha costretto ad andare in campagna con lei e il figlio per le feste a recitare la parte del padre di famiglia felice. È Picasso, signori!» Sert si torceva le mani.

Cocteau fece un cenno di assenso. «Si dice che lo tenga sempre chiuso in casa.»

«Dubito che lui gradisca» intervenne Gabrielle.

«*Shhh!*» fece Misia d'un tratto agitata. «La nipote dell'anziana signora al tavolo accanto – o chiunque essa sia –, insomma, quella giovane donna si sta alzando e sembra venire verso di noi.» La ragazza guardò Gabrielle, avvicinandosi, e si sforzò di non risultare indiscreta. «O vuole lamentarsi, Coco, perché con il tuo profumo incredibilmente erotico hai asfissiato la sua anziana *Mamie*, oppure vuol sapere il nome del profumo.»

Cocteau lanciò al tavolo sguardi di sfida. «Cosa farà? Scommettiamo?»

«Acqua in bocca, mi raccomando» sibilò Sert. «Non dobbiamo dire a nessuno che si tratta dello Chanel N° 5. Il mistero aumenta il fascino.»

I sette commensali – Gabrielle, Ernest Beaux e Yvonne Girodon, i Sert, Jean Cocteau e il suo amante appena diciottenne Raymond Radiguet – trattennero tutti il respiro. Stavano sulle spine in attesa che la giovane donna si avvicinasse. Sembrò tuttavia che Sert si fosse sbagliato e che la ragazza si stesse dirigendo verso l'uscita. Ci furono sospiri di delusione fra i commensali. Ma poi la donna si fermò e tornò indietro. Era davvero carina con i capelli mori alla maschietta e un vestito di seta azzurro pallido, un'acquamarina luccicante sul décolleté.

«Mi scusi il disturbo. Ci stavamo giusto chiedendo» disse con un vago cenno al tavolo accanto «che profumo fosse questo. È irresistibile, e trovo che a lei stia d'incanto.» Sorrise imbarazzata.

Senza farsi notare dalla giovane donna, Cocteau minacciò gli altri con l'indice.

«Un profumo?» ripeté Sert serio in volto. «Io non sento niente.»

«Io lo sento» lo contraddisse Gabrielle facendo l'occhiolino agli amici e aggiungendo con il massimo candore: «Ma non ho la più pallida idea di quale profumo possa essere».

La donna era visibilmente delusa. «Peccato.» Alzò le spalle dispiaciuta. «La prego di scusarmi per averla importunata.» Dopodiché si diresse verso il bagno delle signore.

Cocteau fu il primo a riprendere il discorso. «Non mi piace il modo in cui stai guardando quella giovane signora» disse rimproverando l'amante. Rivolto agli altri aggiunse in tono scherzoso: «Raymond è cattivo. Credo gli piacciano le donne». Il suo commento audace sciolse la tensione e tutti scoppiarono a ridere.

Probabilmente fu Misia a far circolare il nome del profumo. Fino ad allora Gabrielle aveva spruzzato il contenuto di un'intera boccetta, sicura che quello sarebbe stato il principale argomento di conversazione davanti agli specchi delle toilettes del Carlton, dove gruppetti di donne benestanti si incipriavano il naso. Ovviamente l'amica smentì più volte di aver spifferato in giro qualcosa che avrebbe dovuto tenere per sé. Tuttavia questa indiscrezione causò meno danni del telegramma a Stravinskij dieci mesi prima.

La notizia era sulla bocca di tutti, e le parigine di ritorno dalle ferie natalizie si precipitarono al negozio di Gabrielle in Rue Cambon alla ricerca di quel profumo speciale. Ci trovarono molte clienti che avevano avuto l'onore di sentire sulle amiche l'aroma della strenna natalizia della maison Chanel e che volevano comprare a tutti i costi ciò che le altre avevano ricevuto gratuitamente.

Gabrielle era seduta sul gradino più alto della scala che conduceva dal negozio al primo piano. Era il suo posto preferito, il più adatto quando voleva seguire di nascosto quel che succedeva al piano terra. Alle sue sfilate di moda se ne stava sempre lì accovacciata, con accanto un posacenere, un pacchetto di sigarette nuovo e l'accendino; guardava le modelle e percepiva senza filtri la reazione delle spettatrici che, in sua assenza, si sentivano più libere di criticare o di dare la loro approvazione. Adesso Gabrielle si sottraeva agli sguardi per conoscere l'indice di gradimento dello Chanel N° 5.

Aveva dato ordine alle commesse di fare le preziose: i pacchetti bianchi con la scritta nera non dovevano assolutamente venire esposti sul bancone. L'esclusività a quei tempi era tutto. Per i clienti ricchi il prezzo era ininfluente, il lusso non si misurava più su quello; era importante solo ciò che era considerato speciale. E la curiosità accresceva l'interesse, di questo era convinto José Sert.

«Mademoiselle non ha ancora intenzione di mettere in vendita lo Chanel N° 5.» La voce distinta della bella contessa caucasica, assunta da poco, giunse a Gabrielle.

«Ma è impossibile» esclamò la cliente con voce stridula e stizzita. «Non posso stare neanche un giorno senza questo profumo. E adesso è sparito dal mio bagno. Sono sicura che lo ha preso la contessa Laduree quando è venuta a trovarmi ieri sera.»

«Crede davvero che Mademoiselle dovrebbe mettere a disposizione qualche boccetta di profumo in più?» chiese la commessa recitando in modo meccanico la parte che aveva diligentemente imparato a memoria.

«Ma certo! Come le ho già detto, devo assolutamente riavere quel profumo.»

«Vedo cosa posso fare. Attenda qui un attimo, Madame. Sono subito da lei.»

Gabrielle aveva smesso di contare le volte che la sua collaboratrice faceva su e giù per le scale lanciandole di soppiatto un'occhiata di soddisfazione per poi, a metà strada, tornare indietro dalla cliente con la buona notizia di poterle vendere un altro esemplare del profumo. C'era tempo fino alla chiusura del negozio, e i direttori delle filiali di Deauville e Biarritz avevano appena chiamato per informarla che dovevano far fronte a una richiesta eccezionale. E al momento sulla costa non era neppure alta stagione.

È un trionfo, pensò Gabrielle accendendosi l'ennesima sigaretta. Doveva finirla di trastullarsi e mettersi di nuovo al lavoro: era tempo di spedire un telegramma a Ernest Beaux. La produzione doveva essere urgentemente accelerata, il numero di pezzi doveva aumentare. Ed era anche tempo che si occupasse della sua nuova collezione: i suoi modelli in stile slavo avrebbero avuto un tocco estetico del tutto nuovo, anche grazie a Marija. All'atelier già si sentiva la mancanza di Coco. Se quella sera non fosse stata stanca morta dopo un'altra giornata di lavoro spossante, tanto da dover subito andare a letto, si sarebbe dedicata ai disegni per una prima serie di bigiotteria. Se solo Jean Cocteau avesse saputo che stava rimandando al giorno successivo, o a quello ancora dopo, gli schizzi per i suoi costumi di scena, chissà quanto si sarebbe irritato. Ma in fin dei conti, poi, la prima avrebbe avuto luogo nella nuova stagione.

Nonostante tutti gli impegni e le sfide che l'attendevano, Gabrielle si concesse di fumare in tutta tranquillità. Guardò andar via una cliente al settimo cielo per il suo acquisto e ne osservò un'altra varcare la soglia del negozio ansiosa di procurarsi lo stesso oggetto. La signora portò con sé una ventata di aria gelida, ma il suo desiderio ardente riscaldò il cuore di Gabrielle. Spense la sigaretta nel posacenere e si rialzò. Era ora di incrementare la produzione di Chanel N° 5. *Boy*, pensò Gabrielle, *ce l'abbiamo fatta*.

2

Già nel breve tratto di strada dal taxi alla porta di casa, Gabrielle si infradiciò tutte le scarpe. La neve aveva formato una poltiglia fangosa sulla Rue du Faubourg Saint-Honoré e probabilmente di notte si sarebbe trasformata in ghiaccio. Il freddo era pungente e Gabrielle sperava che Joseph avesse riscaldato la casa, persino le stanze in cui non era solita stare. Bastava una sola parete fredda a ricordarle i geloni di quand'era ragazza. Né a casa sua né al convento c'erano mai stati legna o carbone a sufficienza per le stufe. Non voleva più tremare in quel modo.

Gabrielle si rese conto che quell'appartamento era troppo grande per lei da sola, ma aveva fatto arredare tutta una serie di stanze per gli ospiti e gli amici. Erano le stanze che inizialmente aveva destinato a Dmitrij. Ma poiché tutti quelli che frequentava abitavano a Parigi, nessuno di loro si fermava lì per la notte. A volte dormiva da lei Paul Reverdy, il triste poeta lirico che da tempo le era devoto e che non faceva altro che dedicarle poesie. Lo ascoltava per distrarsi e consolarsi dopo che Dmitrij l'aveva lasciata. Ma quest'uomo era una debole consolazione; dopo aver fatto l'amore con lui, le rimaneva ogni volta uno strano caos di sentimenti.

Stanca, aprì la porta di casa. Iniziò a tremare, un brivido che le saliva dai piedi su per la schiena. Un bagno caldo era sicuramente quel che ci voleva per evitare di prendersi un malanno. E poi, dopo una cena leggera, sarebbe andata a letto con un buon libro. Tutti parlavano della novità del momento, *La garçonne* di Victor Margueritte, e lei doveva assolutamente leggere quel romanzo. Da quanto aveva sentito, era la storia di una giovane donna che in seguito al tradimento del fidanzato aveva iniziato una nuova vita all'insegna della libertà e dell'indipendenza. *È da escludere ogni riferimento a persone reali*, pensò Gabrielle con ironia.

«Mademoiselle Chanel!» La voce del conte Pillet-Will interruppe le sue riflessioni.

Apparve nella luce crepuscolare dell'ingresso ai piedi della scala che portava ai piani superiori, come se stesse aspettando proprio lei. Aveva l'atteggiamento del padrone di casa che accoglieva gli ospiti. Non riusciva proprio a ritirarsi al primo piano del palazzo lasciando in pace gli inquilini degli appartamenti affittati. Evidentemente per lui era già un gran gesto permettere a un'estranea di abitare in casa sua. Sembrava non ricordare che lei gli staccava ogni mese un assegno.

Gli si rivolse con sguardo raggiante. «Prego?»

«Non posso più tollerare questo continuo fastidio. Ieri da lei hanno suonato il pianoforte fino a tarda notte, ed era per giunta una musica orribile...»

«Il pianista era Igor Stravinskij» lo interruppe Gabrielle. Nel frattempo lei e Stravinskij si erano riconciliati e si trattavano con rispetto reciproco, merito soprattutto, doveva ammetterlo, della forza di persuasione di Djagilev. Stravinskij era andato a trovarla per portarle un regalo: un'icona che, a suo dire, l'avrebbe protetta per sempre.

Tuttavia, il nome del famoso compositore non impressionò affatto il conte Pillet-Will. Incurante della sua osservazione, proseguì: «Oggi un uomo chiedeva a gran voce di entrare nell'appartamento. Non so perché il suo domestico non gli abbia aperto. Avrà avuto i suoi buoni motivi. Ma glielo dico una volta per tutte, Mademoiselle Chanel, non intendo più tollerare né il rumore di ieri sera né una condotta del genere».

«Forse Joseph era fuori con i cani» osservò lei. «E comunque io non aspetto visite, di questo può stare certo. Buonanotte, conte.» Si voltò di scatto per non dar adito a un ulteriore elenco di presunte mancanze e fastidi arrecati al suo padrone di casa.

Mentalmente passò in rassegna amici e conoscenti. Chi poteva aver fatto baccano alla sua porta? Non le veniva in mente nessuno. Purtroppo nemmeno Dmitrij, che magari poteva essere tornato da un viaggio prima del previsto e passato per rivederla.

Joseph doveva aver sentito la voce di Gabrielle. Le aprì prima ancora che appoggiasse la mano sulla maniglia. Il tepore dell'appartamento ben riscaldato e la luce calda del corridoio sembravano darle il benvenuto.

«Buonasera, Mademoiselle» disse il maggiordomo affrettandosi a prenderle il cappotto su cui c'erano ancora fiocchi di neve.

«Abbiamo un ospite, Joseph?» domandò sfilandosi le scarpe.

Il domestico la guardò sorpreso. «No, Mademoiselle, non che io sappia.»

In quel momento suonarono a ripetizione: qualcuno doveva aver incollato la mano sul campanello, perché continuava a squillare, in modo così acuto che Gabrielle temette che persino il suo locatore al primo piano lo avrebbe sentito. I cani in cucina cominciarono ad abbaiare. Il rumore era assordante.

Con un gesto impedì a Joseph di andare a vedere chi aveva tutta quella urgenza di entrare. «Lasci stare» aggiunse aprendo la porta.

Il campanello smise di suonare.

«Buonasera, Coco. Ero già passato prima, ma non c'era nessuno.»

Gabrielle guardò l'uomo di fronte a lei.

Era vestito con studiata noncuranza, una ciocca di capelli scuri bagnati dalla neve gli ricadeva sul viso dal grosso naso; parlando la fissava con occhi sicuri di sé e penetranti.

Era così stupita che non le venne in mente nient'altro da dire, se non il suo nome:

«Picasso!».

«Lei è la mia àncora di salvezza, Coco. Impazzisco con Olga, divento claustrofobico. Posso restare qui da lei?»

Quella richiesta aveva più il tono di una constatazione che di una domanda.

Lo sguardo di Picasso era ipnotico, il suo fascino così potente che Gabrielle riprese a tremare come poco prima. Stavolta per il caldo e non per il freddo. Non era certa di poter sopportare un altro genio nella sua vita; in realtà non voleva nemmeno essere risucchiata nel vortice di una crisi matrimoniale.

Mandalo via, le diceva una vocina interiore. *Chiudi subito la porta!*

Gabrielle si fece da parte. «Entra.»

Postfazione dell'autrice

Ecco come continuò la vita dei protagonisti della vicenda:

Gabrielle Coco Chanel (1883-1971) restò nubile per tutta la vita, ma continuò ad avere relazioni con uomini importanti. Nel 1926 disegnò la *Petite robe noire*, il tubino nero con cui all'inizio non ricevette solo lodi, ma anche critiche. «Adesso Mademoiselle Chanel vuole che tutto il mondo pianga Boy Capel insieme a lei.» Il trionfo di questo vestito però fu inarrestabile. Nel 1954 fu la volta del tailleur di bouclé, divenuto immortale come il *Tailleur Chanel.* Riuscì di fatto a copiare le perle dei Romanov e tuttora gli abiti e i tailleur di Chanel vengono ricollegati alle perle. Nel 1934 lasciò l'appartamento di Rue du Faubourg Saint-Honoré 29, dove adesso si trova una boutique Chanel. Per il resto della sua vita abitò in una suite dell'Hotel Ritz, dove morì multimilionaria. Fino alla fine ci tenne a essere chiamata "Mademoiselle".

Misia Sert (1872-1950) nel 1927 divorziò da José Sert (1874-1945) per dare la possibilità al grande amore della sua vita di sposare la sua allieva e amante georgiana Roussadana Mdivani (1906-1938), la quale soltanto dopo la fuga dall'Unione Sovietica si attribuì il titolo nobiliare di principessa. Alcune fonti dicono che la giovane donna si fosse messa appositamente tra Misia e il marito. I Sert restarono in contatto ma non tornarono più insieme, nemmeno dopo la morte di Roussadana. Fino alla fine dei suoi giorni Misia restò la migliore amica di Coco Chanel. Il mondo dell'arte la ricorda come la musa della Belle Époque.

Sergej Djagilev (1872-1929) lavorò come impresario dei Ballets russes fino alla sua morte, ma nonostante i grandi successi internazionali visse in condizioni precarie, dipendente dall'appoggio dei suoi amici e mecenati. Gli ultimi anni li trascorse a Venezia. Morì povero tra le braccia di Misia Sert. Il suo funerale e la tomba nell'ala ortodossa del cimitero di San Michele furono pagati da Coco Chanel. Dopo la sua morte la compagnia si sciolse; due anni dopo furono fondati i Ballets russes de Monte Carlo, che poi confluirono nel New York City Ballet.

Igor Stravinskij (1882-1971) dipese economicamente dalle sovvenzioni di Coco Chanel ancora per molti anni. Fino al 1933, ovvero l'anno in cui la moglie Ekaterina morì, restò in Francia, poi sposò la sua compagna di vita Vera Sudeikina (1888-1982) ed emigrò con lei negli Stati Uniti, dove però non si sentì mai veramente a casa. Tuttora viene considerato uno degli esponenti più significativi della musica moderna. Su sua richiesta – e con lui, più tardi, la sua vedova – venne sepolto a Venezia vicino a Sergej Djagilev.

Dmitrij Pavlovič Romanov (1891-1942) sposò nel 1926 la "principessa dei dollari" Audrey Emery (1904-1971), quando la questione della sua successione al trono era già chiusa. A partire dal 1924, infatti, l'imperatore in esilio diventò suo cugino Kirill Vladimirovič Romanov (1876-1938). Visto che la borghese Audrey era incompatibile con le regole del casato dei Romanov, le venne dato un titolo nobiliare. Il loro figlio, Paul Ilyinsky (1928-2004), per lungo tempo fu sindaco di Palm Beach, in Florida, e capo del casato Holstein-Gottorp (dal 1762 la dinastia degli zar). Dmitrij divorziò da Audrey nel 1937. Gli anni che gli restarono li passò in un sanatorio di Davos dove morì di tubercolosi. La sua tomba si trova nella cappella del castello sull'isola di Mainau, sul lago di Costanza.

Marija Pavlovna Romanova (1890-1958) riuscì a ritagliarsi un angolo nel mondo della moda grazie al sostegno di Coco Chanel. Fondò a Parigi l'atelier Kitmir, specializzato in ricami, ed ebbe molto successo. Nel 1923 fallì anche il suo secondo matrimonio. Nel 1930 emigrò negli Stati Uniti, e poi in Argentina. Solo dopo la fine della Seconda guerra mondiale si riavvicinò al figlio, Lennart Bernadotte (1909-2004), con cui visse fino alla sua morte, sull'isola di Mainau.

François Coty (pseudonimo di Joseph Marie François Spoturno, 1874-1934) nel 1929 chiese il divorzio dalla moglie Yvonne. A quel punto era già attivo in politica e un fervente sostenitore dei fascisti. Grazie all'acquisto del quotidiano *Le Figaro* e alla fondazione di vari organi di stampa sostenne i partiti e i movimenti di destra in Francia. La Coty Inc., la società per azioni da lui lanciata negli Stati Uniti nel 1913, esiste ancora oggi e produce profumi famosi, tra cui quello di Calvin Klein e Chloé.

Ernest Beaux (1881-1961) nel 1924 diventò profumiere capo di Parfum Chanel, l'azienda fondata da Pierre Wertheimer. Creò altri profumi per Coco Chanel, nessuno dei quali però raggiunse lo stesso successo di Chanel N° 5. Non è una leggenda che quest'ultimo fosse una rivisitazione o un raffinamento di Bouquet de Catherine o Rallet N° 1. Perché nella sua formula siano così importanti le aldeidi artificiali non è mai stato chiarito del tutto.

La relazione tra **Pablo Picasso** (1881-1973) e Coco Chanel stranamente non è molto nota. Leggendo con attenzione i ricordi di vita di Gabrielle, però, si trovano degli indizi. Fatto sta che la camera più luminosa dell'appartamento in Rue Faubourg Saint-Honoré la fece allestire per il suo amico pittore. Un indizio certo è il comune lavoro all'*Antigone* di Jean Cocteau, la cui prima rappresentazione fu festeggiata nel dicembre del 1922. Un altro fatto è che in quel periodo il matrimonio di Picasso con Olga (1891-1955) stava attraversando una grave crisi. In base agli ultimi studi, però, il pittore incontrò Marie-Thérèse Walter (1909-1977), motivo ufficiale della separazione, soltanto nel 1925; prima si ricordano solo liaison di breve durata.

Jean Cocteau (1889-1963) fu uno degli amici più intimi di Coco Chanel, negli ultimi anni abitò perfino nella suite di fianco a quella della stilista all'Hotel Ritz. Artista d'eccezione, viene considerato uno dei più importanti poeti francesi, ma anche illustre regista e pittore. Si godette a pieno le sue inclinazioni bisessuali: la relazione più nota è ancora oggi quella con l'attore Jean Marais, mentre è meno famosa la storia con Natalia Pavlovna Paley, la sorellastra di Dmitrij Pavlovič Romanov, nata dalle seconde nozze del padre.

* * *

La vita di Coco Chanel è circondata da leggende, e da dettagli riguardanti l'infanzia e la giovinezza costruiti con maestria da lei stessa. Anche la storia dello Chanel N° 5 è leggendaria. Mademoiselle Chanel fece in modo che molti particolari restassero avvolti dal mistero: secondo lei aumentava l'interesse per il profumo... e naturalmente per la sua persona. In generale, le invenzioni dovevano risollevare le umili origini della stilista. Per questo su Gabrielle Chanel e la creazione del profumo più famoso del mondo circolano le storie più variegate.

Quando ho iniziato a scrivere *Mademoiselle Coco e il profumo dell'amore*, mi sono illusa che fosse un compito facile, visto che la vita della creatrice di moda è ampiamente documentata. Errore! Alla nona biografia su Coco Chanel ho capito che le informazioni di cui potevo fidarmi erano veramente poche.

Ecco qualche esempio, tra molti, per farvi capire quanto sia stata problematica la mia ricerca. In una biografia ho letto che Gabrielle aveva conosciuto il profumo Bouquet de Catherine grazie all'incontro con la granduchessa Marija Pavlovna, nata principessa del Mecklemburg, avvenuto durante il soggiorno a Venezia descritto nel libro. Questo però è impossibile: la granduchessa morì nello stesso periodo in esilio in Francia. Oppure: in un saggio ho trovato la descrizione della "guerriglia marketing" di Coco nel ristorante dell'Hotel Carlton a Cannes. Tutte le fonti concordano sul fatto che accadde durante le vacanze di Natale. Due paragrafi dopo l'autrice, storica della cultura, scrive che Gabrielle, grazie a questo successo, decise di dare alcuni flaconi alle sue migliori clienti come regalo di Natale. Un regalo di Natale dopo le feste di Natale? Non mi sembra credibile.

Quindi ho cercato di affrontare la storia da un'altra prospettiva, ovvero spulciando i libri riguardanti le persone frequentate dalla stilista: Misia Sert, Igor Stravinskij, Pablo Picasso e le sue donne, François Coty, Marija Pavlovna Romanova e altri. A poco a poco è emersa un'immagine che, insieme alle altre informazioni relativamente certe riguardanti la vita di Gabrielle, ha costituito la base del mio romanzo. E poi mi sono attenuta ai fatti storici e, come già detto, ai dati incontrovertibili.

A questo proposito, però, vorrei citare due esempi importanti che non possono essere chiariti inequivocabilmente. Non sappiamo con certezza quando Gabrielle abbia conosciuto meglio Dmitrij Pavlovič Romanov: se durante una cena a Parigi, Biarritz o Venezia. Così ho scelto la possibilità che mi sembrava più logica. Grazie agli appunti del diario di Dmitrij è certo che i due diventarono una coppia nel febbraio del 1921 e fecero un viaggio in Costa Azzurra. Viene spesso ripetuto che tra Gabrielle e Dmitrij non ci fu un grande amore, ma un'intesa profonda e una fortissima amicizia. Fatto sta, però, che con nessun altro uomo Coco passò così tanto tempo da sola come con Dmitrij, con cui partì per numerose vacanze, e che nemmeno ad Arthur Capel Coco aveva mostrato i luoghi del suo passato. Forse preferiva definirla un'amicizia per riguardo della sua posizione sociale e politica? Per il senso di colpa di amare un uomo che non fosse Boy? Non lo sapremo mai; possiamo trarre solo conclusioni personali.

Non è chiaro se Gabrielle sia andata da Ernest Beaux, a La Bocca presso Cannes, nel 1921 oppure già nel 1920. I fatti storici giocano a favore del 1921; la Casa Chanel tuttora considera che lo Chanel N° 5 sia nato in questo anno. Lo stesso Ernest Beaux, nelle sue memorie, non riesce a decidersi e in alcuni punti parla addirittura del 1922, cosa che però pare alquanto improbabile. È comunque impossibile che abbia conosciuto Gabrielle nel 1920, visto che lei in quel periodo ancora non era in vacanza con Dmitrij in Costa Azzurra, ed è dimostrato che sia stato il granduca a presentare la sua amante al profumiere.

Il mio romanzo non ha la pretesa di aver trovato l'unica verità; tuttavia la mia storia vi si avvicina. Ciò nonostante, sono stata costretta ad abbreviare alcuni eventi o spostarli, per necessità romanzesche. La mia storia, infatti, è e resta un romanzo, non un saggio. Per questo, cari lettori e lettrici, perdonatemi se in qualche punto della vicenda troverete delle inesattezze.

E come proseguì il trionfo del profumo nel 1922? Le richieste di Chanel N° 5 furono presto così alte che la piccola fabbrica di Chiris non poté reggere i ritmi di produzione. E poi Gabrielle non voleva vendere il profumo solo nelle sue boutique, voleva portarlo a tutti i costi nei grandi magazzini. Per questo colossale affare ebbe bisogno di partner. Grazie a Théophile Bader conobbe i fratelli Wertheimer, che fino a quel momento avevano prodotto e distribuito articoli di drogheria. La loro ditta, Bourjois, all'inizio degli anni Venti era la più grande di quel genere in Francia. Con sommo disappunto di François Coty, Gabrielle vendette a Pierre Wertheimer la maggioranza della sua linea di prodotti; seguirono poi l'intero settore cosmetico e dopo la Seconda guerra mondiale anche quello della moda. Tuttora il marchio Chanel appartiene alla famiglia Wertheimer.

Io stessa, è ovvio, sono una grande fan di Chanel N° 5. E anche un'ammiratrice spassionata di Gabrielle e della sua moda.

Mia madre da giovane, negli anni Cinquanta, lavorava come mannequin e aveva gusto per i vestiti. Più tardi diventò cliente dello stilista Claus Leddin, di Amburgo. Se ci ripenso, credo di aver trascorso più tempo nel camerino del suo atelier che nella mia cameretta. Il mondo dell'Haute Couture mi affascinava, pur avendolo vissuto sempre e solo nelle vesti di osservatrice. Non ho mai desiderato disegnare o cucire un abito, mi mancano la pazienza e l'abilità. Claus Leddin – che quando avevo sei anni disegnò il mio primo abito da sera – negli anni Settanta iniziò a creare stoffe, anche per il marchio Chanel. Ma non è l'unico punto di contatto. Uno dei più cari amici di mio padre, l'ormai defunto giornalista Rudolf Kinzel, per tutta la vita fu a stretto contatto con gli ambienti della moda. A Parigi fu un giovane amico di Christian Dior e più tardi un amico maturo di Karl Lagerfeld. I suoi racconti, sempre molto vivaci e pittoreschi, mi hanno accompagnato per tutta la vita e da giovane cronista mi hanno procurato un'intervista con Karl Lagerfeld.

Ovviamente prima e durante questo lavoro ho guardato i film e i documentari riguardanti la vita di Coco Chanel. Soltanto mentre scrivevo, però, mi sono accorta che la mia storia inizia nel momento della sua vita in cui finisce *Coco avant Chanel. L'amore prima del mito*, il film con l'incantevole Audrey Tautou. È un puro caso… oppure uno scherzetto del mio subconscio. Di fatto, però, la storia del profumo Chanel N° 5 inizia con la fine di un grande amore, mai dimenticato.

Ringraziamenti

Per concludere desidero ringraziare la mia fantastica agente, ma la mia gratitudine va anche e soprattutto a Stefanie Werk di Aufbau Verlag, con la quale, durante la nostra collaborazione, ho dovuto superare momenti molto difficili. Ringrazio la mia famiglia per il sostegno e l'amore senza cui non avrei mai potuto scrivere un romanzo del genere. In particolare, grazie a mio marito per il flacone di Chanel N° 5.